Mira Morton

Inselblues & Flamingos

Die Autorin

Mira Morton ist das Pseudonym einer Österreicherin, die sich äußerst ungern auf einen Geburtsort oder gar ein Geburtsjahr festlegen lässt. Ihre bisher erschienenen erfolgreichen romantischen Komödien bescherten Mira allerdings den Titel *Principessa* – verliehen von treuen Leserinnen für die Selbstverständlichkeit, mit der sie völlig emanzipiert ihre Prinzessinnenseite auslebt.

»Ich will nichts anderes als unterhalten. Mich selbst, während ich schreibe und an einem neuen Roman fast verzweifle, und meine Leserinnen, wenn sich – wie durch ein Wunder – diese Liebesgeschichte plötzlich in ihren Köpfen wie ein Film liest. Wenn es mir gelungen ist, dass sie lachen und hin und wieder eine Träne verdrücken, dann war es jede Tasse Kaffee, jede durchwachte Nacht und jedes Tränensäckchen unter den Augen wert«, sagt Mira über ihren Anspruch an ihre Liebesromane.

Und tatsächlich hat Mira Morton einen Hang zu Geschichten à la Hollywood: Sexy, mit geheimnisvollen Millionären (von Filmstars bis hin zu Designern), umwerfenden Schauplätzen (Karibik, Malediven, Maui ...), aber vor allem mit modernen Frauen, die nicht in allen Belangen perfekt sein müssen. All dies gehört für sie unbedingt dazu.

Miras Botschaft lautet »Keep on dreamin'!«, da es für sie nichts Schöneres als die unendliche Welt der Fantasie und Bücher gibt.

www.miramorton.com

Email: principessa@miramorton.com

Instagram: @mortonmira

Facebook: www.facebook.com/MortonMira

Alle bisher erschienenen Romane von Mira Morton

Einzelromane:

›Sommerglück. Traummann mit Plumpsklo‹ – Österreich, irgendwo in den Bergen

›Frühstück in Venedig‹ – Wien, Venedig, Los Angeles

›Inselblues & Flamingos‹ – Providenciales, Karibik (Zuvor erschienen als ›Nur aus Liebe, Flamingo‹)

›Ich schreib dich einfach weg‹ – Malediven, Wien, Köln, Karibik

›Unter den Flügeln deiner Seele‹ – Wien, Andalusien

›Mitten ins Herz versegelt‹ – Mödling, Segeltörn in Kroatien, Maui

›Immer wieder er‹ – Wien, Neusiedler See

›SOS! Versenkt den Milliardär‹ – Mittelmeerkreuzfahrt (Teil 1 der Sieben-Sommersünden-Serie), Malta, Griechenland

›Weihnachten ist nichts für schwache Nerven‹ – Wien

›Carol's Christmas. Ein Weihnachtswunder für die Liebe‹ – Wien, ein kleines Dorf in den Bergen – nach Charles Dickens ‚A Christmas Carol‘

›Ein berauschendes Weihnachten‹ – Wien

»Miami Girls«-Reihe:

›Verliebt ist auch verrückt‹ (1) – Wien, Miami, Las Vegas – *Gloria*

›Solitaire. Liebe doch nicht inbegriffen‹ (2) – Namibia, Miami – *Lea*

›Herz zu verschenken. Mit dir hab ich nicht gerechnet‹ (3) – Österreich, Miami – *Lulu*

Alle Romane der Reihe sind in sich abgeschlossen und können unabhängig voneinander gelesen werden.

»Zauberhaftes Buchcafé«-Reihe:

>**Zwei Tage Himmel**< – Wien, Kambodscha

>**Nächte voller Sonnenschein**< – Wien, Los Angeles, Belize

Alle Romane der Reihe sind in sich abgeschlossen und können unabhängig voneinander gelesen werden.

»Marry me«-Zweiteiler:

>**Eine Singlehochzeit zum Verlieben**< (1)

>**Zwei Singleflitterwochen zum Verlieben**< (2)

Die beiden Romane gehören zusammen!

»Secrets-Geheimnisvoll verliebt«-Serie:

>**Verbloggt. Ein Milliardär auf der Couch**< (1) – *Emma* – Wien, Steiermark

>**Bon Bini. When Love rocks**< (2) – *Riki* – Wien, Bonaire in der Karibik

>**Herzknistern. Blind verliebt im Pulverschnee**< (3) – *Marlene* – Wien, Kitzbühel

Alle Romane der Reihe sind in sich abgeschlossen und können unabhängig voneinander gelesen werden.

»Hollywood Love Story«-Serie:

>**Ich will kein Autogramm**< (1) – Wien, Barcelona

>**Ich will keinen Bodyguard**< (2) – Karibik (Saint Lucia, Mustique)

>**Ich will keinen Champagner**< (3) – Wien, Mallorca

>**Ich will keine Geschenke**< (4) – Los Angeles, Mexiko

>**Ich will keinen Hollywoodstar**< (5) – Los Angeles, Bahamas

Jeder Roman der Serie ist in sich abgeschlossen. Die Serie hat jedoch die gleichen Hauptprotagonisten Mara und Aiden.

Mira Morton

Inselblues & Flamingos

Roman

2. Auflage, August 2022

© 2022 Mira Morton

1. Auflage, PINK CROWN Edition, April 2021

Zuvor erscheinen als ›Nur aus Liebe, Flamingo‹

Text: Mira Morton
Satz: János Rudolf
Endlektorat und Korrektorat: Martina König
Coverdesign: Mira Morton
Cover-Illustration: Lalana Arts
Cover Finish: BookRix

BookRix GmbH & Co. KG
Implerstraße 24
81371 München
Deutschland

ISBN: 978-3-9033-6003-7

1

Freilich. Ich kann ihr auch mit einer Hand einen Topflappen häkeln, wenn sie darauf besteht. Wie bitte soll ich in nur sechs Wochen ein Drehbuch zuwege bringen? Noch dazu mein erstes?

»Lisa! Hörst du mir überhaupt zu?«

Christina zieht ihre Lesebrille ganz nach vorne auf ihre Nasenspitze. So sieht sie richtiggehend angsteinflößend aus. Oder alt.

Ganz sicher jedoch wie eine Chefin. Meine Chefin.

»Ja, tue ich. Du willst, dass ich in sechs Wochen fertig bin, und am Ende darf das Drehbuch weder platt noch sozialkritisch sein.«

Weil sie sich wegen der derzeitigen politischen Verhältnisse ins Spitzenhöschen macht. Man weiß ja nicht: Soll man fremdenfreundlich oder fremdenfeindlich sein? Arme, Frauen oder vielleicht doch sicherheitshalber lieber Hunde zum Thema machen? In Momenten wie diesen hasse ich es, beim Fernsehen gelandet zu sein. Dabei habe ich gerade den besten Auftrag meines Lebens erhalten! Ich soll nach meinem Exposé ein Drehbuch für eine romantische Komödie schreiben. Genau das, was ich immer wollte. Aber so wie Christina mir das gerade zu erklären versucht, verkaufe ich lieber Wurstsemmeln in unserer Kantine. Im Grunde soll ich alles ändern, nur damit es massenverträglich ist. Was bedeutet, dass ich meinen Entwurf kübeln kann.

Christina trinkt einen Schluck Kaffee und spreizt dabei den kleinen Finger von der Tasse ab. Das macht sie immer, wenn sie gesellschaftlich besonders relevant sein will. Kann sie sich mit mir allein im Besprechungszimmer eigentlich sparen. »So ist es. Und weiter?«

Ich starre sie an. Glaubt Christina, ich leide unter Demenz? Bei ihrer eindringlichen Stimme und ihrem Gesichtsausdruck? Sie weiß doch, dass jeder in unserer Produktionsfirma spurt, sobald sie nur hustet. Sie muss dafür weder laut noch derb werden. Christina strahlt natürliche Autorität aus. Manche nennen sie heimlich die Hexe.

»Der Plot muss überraschen, darf aber auch nicht all die Probleme, die unsere Welt hat, ansprechen«, fahre ich fort. »Das verstehe ich ja alles, aber ich schaffe das nie und nimmer in sechs Wochen.«

Soll ich zur Untermauerung meiner Verzweiflung laut schreiend rauslaufen? Oder mir die Haare vor ihr ausreißen, damit sie merkt, dass ich verzweifelt bin?

Nein. Sie merkt es nicht, denn Christina nickt und stellt sich in aller Seelenruhe neben die Nespresso-Maschine, die auf einer Anrichte gleich neben dem Flipchart in unserem modernen Besprechungsraum steht, der nicht einmal ein Fenster hat. Also aus dem Rausspringen wird auch nichts. Doch anscheinend will sie bei sich selbst einen Herzinfarkt heraufbeschwören. Mindestens drei Kaffee hat sie heute schon getrunken und unser Meeting hat noch nicht einmal eine Stunde gedauert. Sie deutet mir, etwas zu sagen.

Bitte. Fahr ich eben fort. »Also abgesehen von der Zeitachse dürfen in der Story keine Toten vorkommen. Weder verunfallte, selbstverschuldete noch ermordete Menschen. Auch nicht, wenn es damit die weibliche Hauptfigur interessanter machen könnte. Ein idiotischer Ex-Freund geht allerdings.« Ein leichtes Lächeln umspielt ihre Lippen. Könnte aber auch daran liegen, dass Espresso Nummer vier soeben mit leisem Summen in ihre Glastasse rinnt. »Okay. Ich mach gleich weiter, aber bitte schütt den Kaffee weg, oder willst du dich umbringen?«

»Wieso? Die sind alle koffeinfrei.«

Mir fällt ein Stein vom Herzen. Wenn sie nicht, wie jetzt gerade, meine Chefin ist, ist Christina nämlich meine mit Abstand beste Freundin. Und ich liebe sie. Wirklich. Schwer nachvollziehbar für die Sie-ist-eine-Hexe-Fraktion hier im Haus.

»Na dann ist es ja gut. Zurück zum Thema und damit zu den Charakteren. Sie müssen dreidimensional sein, hast du gesagt. Im Exposé kommen sie noch zu oberflächlich rüber.«

Wer hat diesen Schwachsinn eigentlich erfunden? In der Filmbranche reden alle immer von dreidimensionalen Charakteren, dabei ist das Maximum an Eigenheiten, über die eine Figur verfügt, schon die, ob sie lieber gelbe oder rote M&M's isst. Oder lieber ein Schaumbad nimmt als duscht. Wer erinnert sich nicht an *Pretty Woman*? Ach ja, oder als besonderes Highlight lieber dicke Boots statt High Heels zu einem bodenlangen Abendkleid trägt. Voll 3D! Wobei ich nicht einmal wirklich weiß, was das sein soll.

»Exakt! Wir brauchen richtig tolle dreidimensionale Charaktere in deinem Drehbuch. Darauf musst du ganz besonders achten.«

Jetzt. Jetzt, wo sie gerade ihren Kaffee trinkt, frag ich sie.

»Christina, sag, könntest du mir vielleicht ein kleines Beispiel für einen tollen dreidimensionalen Charakter geben?«

Ups. Jetzt hat sie sich verschluckt.

Ich klopfe ihr auf die Schulter. Hustend winkt sie ab.

»Du ... willst ein Beispiel?«

Nickend sehe ich ihr in die Augen. Jetzt bin ich aber einmal neugierig.

»Gut. *Pretty Woman*. Das war so eine Figur.«

Hab ich es nicht geahnt? Eine im Schaumbad zu Prince singende Prostituierte, die Zahnseide verwendet, ist schon dreidimensional. Aber ich geb zu, ich liebe den Film ja auch.

»Ah. Verstehe. Wenn eine Nutte verheimlicht, dass sie superschlau ist und eigentlich auf die Uni will, und sonst wenig Ahnung von der Welt hat, dann ist es genau das, was du suchst?«

Sie sieht mich tadelnd an.

»Du weißt genau, wie ich es meine, Lieselotte. Und das meine, nebstbei bemerkt, nicht nur ich, sondern auch alle Redakteure in den Sendern, denen wir den Film als Kooperationsprojekt ja am Ende verkaufen wollen.«

Jaja. Ich weiß. Und dass sie das nur für mich macht. Niemand anderer würde überhaupt einen Quasi-Drehbuchauftrag ohne ein Go für das Exposé von irgendeiner der großen deutschen oder österreichischen Fernsehanstalten erhalten. Gut. Bei uns in Wien ist die Auswahl an Sendern sowieso überschaubar. Umso mehr freu ich mich aber, dass sie mir das zutraut. Wobei die Freude langsam einer gewissen Hysterie weicht, ob ich das jemals schaffen kann. Noch dazu in nur sechs Wochen? Ich hab ja auch noch einen Job hier.

»Ist mir schon klar, und du kannst dich voll auf mich verlassen.«

Sie sieht mir in die Augen.

»Dann verblüffe uns alle hier, ja? Schließlich halte ich hier meinen Kopf für dich hin.«

Ihr gehört doch der Laden! Niemand wird auch nur einen Mucks machen, wenn auch über mein Drehbuch, wie über alle anderen in den letzten Jahren, am Ende eine große Wolke des Schweigens weht und es im Mistkübel landet.

»Christina! Ich bin dir unendlich dankbar und schwöre dir, ich liefere dir den besten Plot der Welt.«

Mist. Woher nehme ich diesen Ehrgeiz? Klar, vielleicht schaffe ich es. Aber niemals in der kurzen Zeit. Wieder schiebt sie ihre Lesebrille hin und her. Möglicherweise kommen auch ihr langsam Zweifel, ob das eine gute Idee ist. Kann ich ihr nicht verdenken. Nur weil ich gute Ideen für Spielshows habe, gerne schreibe und gefühlte hundert Drehbücher gelesen habe, heißt das noch gar nichts.

»Lisa, es reicht mir schon, wenn sie einander einfach beim Bäcker treffen und du dann eine wunderschöne Liebesgeschichte drum herum spinnst, die weder vorhersehbar noch banal ist. Mehr will ich gar nicht. Den Rest aus deinem Exposé lass einfach weg. Ach ja, und wehe, ich weiß nach der ersten Seite, wer wen kriegt!«

Nein. Eh nicht. Ist alles kein Problem für mich. Zumal ich beim Bäcker schon so viele unheimlich spannende Szenen miterlebt habe, die sich grandios für eine romantische Komödie eignen. Die alten Frauen, die sich immer vordrängeln, oder die verschwitzten Männer, die sonntags bei meinem Bäcker direkt von der Radtour kommend reinstürmen und für ihre Familie Gebäck holen, sind doch die perfekte Vorlage für ein spannendes Drehbuch. Und wenn ich damit fertig bin, erfinde ich als Nächstes ein Perpetuum mobile.

»Sag einmal, und das Ganze ist dein voller Ernst? Bisher haben die Sender doch jeden Pitch von uns abgelehnt. Und da waren gute Geschichten dabei. Sehr gute sogar.«

»Siehst du. Deshalb gehst du das jetzt an. Du kennst die Vorgaben und ich halte dich für absolut fähig. So, jetzt muss ich mich beeilen, wir haben noch Budgetsitzung.«

Na gut. Sie traut es mir zu. Und Christina ist nach dem Tod ihres Mannes Hannes hier die Chefin. Hm. Dann werde ich mal an die Arbeit gehen.

Sie küsst mich links und rechts auf die Wange und huscht in ihrem Designerkostüm zur Tür hinaus. Wie immer klappern ihre Bleistiftabsätze am Fliesenboden. Der Hall verleiht ihnen etwas Dringliches.

Okay. Ich schreib vielleicht endlich mein erstes Drehbuch. Wie geil ist das denn? Wobei. Bevor ich einen Freudentanz beginne, sollte ich das mit Sit und Bo besprechen. Besser, ich nehme ihnen einen Nespresso mit. Wir in der Kreativabteilung, wie es hier so schön heißt, haben ja nur eine normale Kaffeemaschine mit Bohnenkaffee. Ich bin mal gespannt, wie die beiden das Angebot von Christina sehen.

***

»So, meine Herren! Kaffeepause«, sage ich fröhlich und schubse mit meinem Ellbogen die Tür zu unserem Mini-*Großraumbüro* auf.

»Du kannst Gedanken lesen«, schnauft Bo und seine blauen Augen blitzen mich förmlich an.

»Das auch, aber ich muss euch etwas erzählen.«

»News? Ich bin ganz Ohr!«

Hab ich mir gedacht. Neuigkeiten und Gerüchte ziehen bei Sit immer. Sofort sieht er vom Computer auf, rollt seinen Schreibtischstuhl in meine Richtung, streckt seine Hand in Richtung der drei Kaffeetassen auf meinem Tablett aus und schnappt sich einen großen Kaffee mit Milch. Ich bin hier die Einzige, die, wie Christina, nur schwarzen Kaffee trinkt. Allerdings langen.

Ein wenig rücke ich auf meinem Sessel hin und her. Schließlich will ich es ja spannend machen.

Gelogen.

Ich habe Schiss. Weil die letzten drei Drehbücher für einen romantischen Film von meinen beiden besten Freunden hier gekommen sind. Aus denen, wie aus allen anderen, die von uns bei diversen Sendern eingereicht wurden, nichts geworden ist. Wie sag ich ihnen jetzt, dass ich das nächste schreiben soll? Und dass Christina sogar laut darüber nachgedacht hat, den Film eventuell im Alleingang zu produzieren?

»Würdest du so freundlich sein und dann endlich eine Ruheposition einnehmen? Dieses Hin- und Hergetänzle macht mich ganz wahnsinnig«, faucht Sit, der eigentlich Lukas Sittendorfer heißt. Doch laut Bo muss jeder hier einen Spitznamen haben. Seiner kommt von Harald Bogensberger. Mich wollten die beiden Wahnsinnigen Walli nennen, von Liselotte Walters. Aber ich hab Lisa durchgesetzt. So haben mich schon meine Freunde in der Schule genannt. Meine Mutter nicht. Die hasst Lisa.

»Okay. Entschuldige. Also. Ich hab ja gerade mit der Chefin eine Besprechung gehabt. Ihr wisst schon.«

Die beiden sehen einander an, jetzt mich. Und lachen laut los.

»Und? Machst du es?«, fragt Bo mich und fährt sich über die Glatze.

»Was soll ich machen?«

»Na, die neue RomCom, von der Christina wie alle anderen hier träumt.«

Sie wissen es?

Natürlich. Die beiden wissen immer alles, was hier passiert. Na egal.

»Und ihr würdet es okay finden, wenn ich es versuche?«

Mein Puls hat ganz schön beschleunigt. Ich will auf gar keinen Fall, dass sich einer von ihnen auf den Schlips getreten fühlt oder mir gar am Ende seine Freundschaft kündigt. Sollte einer einen Einwand haben, gehe ich zu Christina und blase die ganze Sache ab.

»Also ich bin froh, wenn du das machst. Ich hasse romantische Komödien! Da schreib ich lieber noch zwanzig Entwürfe für eine Datingshow«, meint Sit und Bo bläst ins gleiche Horn: »Dito. Du machst das auch sicher am besten von uns dreien.«

Sind sie nicht einfach süß?

»Und keiner von euch ist bös auf mich?«

»Böse? Lisa, wir sind dankbar, dass der Kelch an uns vorüberzieht«, grinst Sit und wischt sich Kekskrümel vom T-Shirt. Bo stöhnt und tut so, als sei ihm furchtbar heiß. Ich finde es eher kalt in unserem Büro. Aber mir ist immer zu kalt.

»Hat sie dir auch gesagt, dass sie bei den Sendern dreidimensionale Charaktere wollen?«, will Bo wissen.

Ich starre ihn kurz an und nicke. »Aber ich weiß nach wie vor nicht, was damit gemeint ist.«

Sit legt seine Beine auf den Schreibtisch und fährt sich theatralisch durch sein volles schwarzes Haar. »Lass es mich dir einmal so erklären. Hier in diesem Raum ist keiner außer mir zu finden. Nimm Bo. Er hat zwei Kids, zieht gerade in ein Haus um, hackelt Tag und Nacht, und sein einziges Hobby sind Wochenenden in einem netten Heurigen mit Doris.« Er dreht sich im Stuhl Richtung Bo. »Meiner Ansicht nach könntest du Doris dann aber wirklich einmal heiraten, Bo.« Ich nicke zustimmend, nur Bo grinst und sagt aber nichts. Er hasst das Thema. Sit wendet sich wieder mir zu. »Und du, Lisa, du bist Single, arbeitest auch am Wochenende, weil man ja sonst nichts zu tun hat, wohnst also quasi hier, und ich wüsste nicht ein einziges Hobby von dir.«

Stimmt nicht! Ich bin überhaupt keine fade Person.

»Hey, ich sammle buntes Lilienporzellan von den Flohmärkten, lese gerne und ich bügle gern!«

Beide lachen hell auf und Bo meint: »Siehst du, und kaum schreibst du sowas in eine RomCom, zerfleischen dich die Feministinnen.«

Sit stimmt ihm zu und fährt fort: »Der möglicherweise dreidimensionalste Typ hier, wobei das Wort zu steigern natürlich ein Frevel an der deutschen Sprache darstellt, bin – wie unschwer zu erraten – natürlich ich. Ich bin schön, Single, gehe joggen, habe einen Sinn für Mode, ganz im Gegensatz zu dir«, dabei schickt er Bo einen seiner Blicke, »und werde von vielen Besuchern fälschlicherweise für den Quotenschwulen gehalten, bloß weil ich Fuffy mit ins Büro nehme und zu meinem Hund stehe.«

In der Sekunde, und das macht Fuffy immer, sobald Sit ihren Namen nennt, sieht sie aus ihrem Körbchen auf und ihn aus ihren Knopfaugen an. »Alles gut, Fuffy. Du kannst weiterschlafen, wir gehen dann später eine Runde.«

»Also das ist zu wenig, Sit. Wenn du zugeben würdest, dass du kleine Kinder hasst, dann kommen wir in die Nähe eines dreidimensionalen Charakters, der aber wiederum nicht für eine Liebesgeschichte taugt«, wendet Bo amüsiert ein.

»Aber ich geb doch zu, dass ich kleine Kinder hasse! Das sind doch einfach nur kleine, völlig unsympathische Terroristen! Nicht alle, aber die meisten von ihnen. Bloß will das keiner wahrhaben oder zugeben.«

Ich biege mich vor Lachen. Genau deshalb arbeite ich seit über zehn Jahren hier. Mit den beiden ist jeder Tag einfach der blanke Wahnsinn. Irgendwas ist immer, das uns zum Lachen oder Schreien bringt. Langweilig ist es mit den beiden jedenfalls nie.

»Und deshalb beschenkst du die Kleinen von Bo immer mit Spielzeug, wenn wir bei ihnen auf Besuch sind?«, stichle ich ein wenig in Richtung Sit.

»Ich beschenke Luisa und Laurin nicht, ich besteche sie. Ihr habt bloß noch nie gehört, dass ich dazusage, sie können die Geschenke nur haben, wenn sie nie ins Wohnzimmer kommen, solange Onkel Lukas da ist.«

»Ach, und mit der lahmen Geschichte willst du den Preis für den am ehesten dreidimensionalen Charakter in der Beutelrattenhöhle gewinnen? Ich glaubs ja nicht!«, erwidert Bo amüsiert, steht auf und öffnet breit grinsend das Fenster. Auch sowas: Selbst unser Büro hat einen Spitznamen. Opossum-Cave oder Beutelrattenhöhle, weil Bo ein Fan der uralten Comedyshow von Dame Edna ist.

»Bist du wahnsinnig? Es ist kalt draußen und regnet!«, schimpfe ich in der Sekunde.

Was die zwei immer mit dem Fenster haben. Selbst wenn es noch so saukalt ist, müssen sie es aufreißen. Und heute ist es saukalt, auch wenn es später Frühling sein sollte.

»Wo sind deine etwas verfrühten Wallungen?« Bo sieht mich an. Spinnt er? Natürlich habe ich noch keine Wallungen, sondern ein normales Temperaturempfinden, was ich den beiden Männern hier absprechen muss.

»Also ich muss schon bitten! Ich bin erst einundvierzig!« So. Und jetzt mach ich das Fenster wieder zu. Ich will ja nicht, dass mir mein Hirn einfriert, doch Bo motzt sofort: »Und ich übermüdet. Habt ihr gewusst, dass ich vorgestern blaugemacht habe, weil mich meine Kids die ganze Nacht nicht haben schlafen lassen?«

Kopfschüttelnd sehen Sit und ich einander an. »Was glaubst du denn, Bo? Das weiß die ganze Firma.« »Und es war nicht das erste Mal«, assistiert Sit. »Aber auch das ist eindeutig zu wenig, wenn du 3D sein willst.«

Okay. Ich muss da was drauflegen. Das ist ja Weltklasse. So komme ich zu einem Brainstorming für meine Charaktere. Mir fällt noch etwas ein: »Ich sortiere Unterwäsche nach Farben und bin auf keiner einzigen Datingplattform angemeldet.«

»Puh! Wie aufregend!«, mault mich Sit an und fährt sich theatralisch über die Stirn. »Und ich habe Sex, du blondes Gift! Was du ja seit Jahren nicht von dir behaupten kannst.«

Das war jetzt aber unter der Gürtellinie!

»Na und? Ich werd schon noch den Richtigen finden!«

»Kein Problem. Wir klonen den Clooney«, Bo ist sichtlich stolz auf dieses Wortspiel, »am besten mit Johnny Depp von früher, verbieten dem Klon Alkohol und Drogen und lassen deinen superintelligenten, supercharmanten, überhaupt super-superen Superstar direkt bei deinem Bäcker ums Eck Semmeln einkaufen. Dort sieht er dich. Ist auf den ersten Blitzschlag für immer in dich verliebt und besteigt den Mount Everest, um dich zu bekommen. Da hast du deine Story!«

Die beiden Männer lachen einander an. Wissend. Klar! Das geht nie! Und wieso glauben sie, dass ich so immens hohe Ansprüche an einen Mann habe? Ist es zu viel verlangt, wenn man darauf wartet, Schmetterlinge im Bauch zu haben? Mehr will ich doch gar nicht.

»Das mit dem Bäcker und den Semmeln sagt sie also immer?«, setze ich nach. Langsam finde ich das gar nicht mehr so spaßig hier.

»Die Hexe? Ja. Sie und auch die Redakteurtussis von den Sendern. Am besten wäre, du machst die ›Stephanstürmin‹ und die ›Praterin‹ zum Schauplatz. Lass dein Pärchen an der ›Gräbin‹ in Wien lustwandeln und vielleicht irgendwo gleich in der Innenstadt Abendessen gehen. Bau den Salvo ein, dort bist du ja ohnehin Stammgast.«

Wer ist denn Bo heute über die Leber gelaufen? Jetzt gendert er schon den Graben in Wien, den Prater und den Stephansdom? Und ich soll meinen Lieblingsitaliener in der Story verbraten? Nie und nimmer mach ich sowas.

»Der war gut«, gluckst Sit. Er hat so eine seltsam verhaltene Weise, schallend zu lachen. Irgendwie lacht sein Körper lauter, als es die Geräusche, die seinem Mund entweichen, vermuten lassen.

»Entschuldigung, Bo! Gehts dir nicht gut, oder was war heute los?«

»Gar nichts. Mir ist nur diese Tussi heute in der Besprechung echt am Keks gegangen. Andauernd hat sie mich ausgebessert. Also Entschuldigung, bei allem Verständnis, aber ich muss nicht von ›Gästinnen‹ sprechen. Und überhaupt, diese Kuh würde am liebsten Arthouse-Filme statt verkaufbare machen und versteht überhaupt nicht, worauf es bei einer Unterhaltungsshow ankommt.«

Also ich kenne Amelie, mit der die beiden eine Besprechung hatten. Die ist mehr als okay. Eine Feministin, ja. Aber gescheit und entgegenkommend. Niemand, mit dem man einen Streit vom Zaun brechen muss.

»Bo!« Ich schlag ihm auf den Oberarm. »Du bist ja sowas von eine Mimose! Iss ein Snickers, du Diva!«

Sit rollt zu seinem Schreibtisch zurück, reißt die Lade auf und zieht einen Proteinriegel heraus.

»Hier, Bo! Der hilft sicher.«

Seine Augen leuchten und seine Hand zittert, so sehr amüsiert ihn das hier gerade alles.

»Ihr braucht mich jetzt nicht mit Müsliriegeln abzuspeisen! Ich habe das ernst gemeint, Lisa. Nimm dich in Acht vor denen! Und wähle deine Schauplätze schlau, mehr hab ich nicht gesagt.«

Jetzt ist er beleidigt und verzieht seine Mundwinkel. Na super. Wenn nur ein Funke Wahrheit dran ist und nicht bloß männliches Mimosentum, dann hab ich überhaupt nie eine Chance auf einen eigenen Film. Woran soll ich denn noch alles denken?

»Pfuh! Das klingt, als ob ich das nie schaffen kann!«

»Sag niemals nie«, schmunzelt Bo und setzt sich die verspiegelte goldene Ray-Ban auf, die er Sommer wie Winter immer dabei hat, und steckt sich nun doch den Müsliriegel in den Mund.

»Wozu brauchst du jetzt eine Sonnenbrille?«

»Weil es hier geradezu karibische Temperaturen hat. Zum Glück hat Sit seinen Kaffee bereits ausgetrunken, sonst würden auch seine Schweißperlen feucht und fröhlich in ebendiesen tropfen«, kontert Bo und kaut genüsslich weiter.

Müssen wir jetzt wieder, wie immer, darüber streiten, ob das Fenster geöffnet werden soll oder nicht? Das tun wir, seit wir dieses Büro gemeinsam haben. Also seit ewig und drei Jahren.

»Von mir aus. Reiß das Fenster wieder auf! Ich zieh mir meinen Mantel an, setz mir meine Mütze auf und dann sagt ihr mir doch bitte einmal eure Dos and Don'ts für meinen Drehbuchvorschlag, ja?«

Sit schenkt mir seinen berühmten Blick. Eine Mischung aus Mitleid, Amüsement, Arroganz und ehrlichem Interesse. Und dann kriegt er diese Grübchen an den Mundwinkeln und dieses Leuchten in den Augen. Sag ich ja. So wie jetzt! Seine weiblichen Fans hier im Haus würden ihm dafür den Schreibtischsessel absaugen, wenn er es wollte.

»Na gut, Lisa. Weil du es bist und weil wir endlich wieder einmal Frischluft zum Denken bekommen!«, meint Bo und Sit nickt.

Sie sind sich einig. Wie immer.

Na gut. Soll sein.

Ich nehme mir eines von meinen besonderen Notizhefterln für besondere Themen. Die habe ich stapelweise, weil ich nie an ihnen vorbeigehen kann, wenn ich in meiner Lieblingsbuchhandlung stöbere.

Hm. Soll ich jetzt das mit ›Choose happy‹, das mit ›Follow your dreams‹ drauf oder lieber doch das mit ›Ich bin nicht seltsam. Ich bin eine limitierte Edition‹ nehmen?

Hm.

Letzteres.

Ja. Ich glaube, das passt perfekt.

»Hat Frau Schriftstellerin jetzt alles beieinander?«, motzt Bo und wirft das Papier vom Proteinriegel in Basketballmanier in Richtung Papierkorb.

Verfehlt.

Klar.

Aber ich steh jetzt nicht auf und werf es für ihn in den Korb. »Ja. Es kann losgehen.«

»Zuerst die Don'ts. Keine Asiaten oder Afroamerikaner als Hauptfiguren«, beginnt Sit. Hä? »Nicht nachfragen, schreiben, Lisa.«

»Jaja, ist ja schon gut.«

»Nichts mit Politik, Klimawandel, Flüchtlingskrise oder Krankenkassenzusammenlegung.«

»Willst du mich pflanzen, Bo? Wer schreibt denn in einer romantischen Komödie über die Krankenkassenzusammenlegung?«

»Die, die normalerweise auch die dreidimensionalen Charaktere haben«, lacht er mich an und fährt sich durch seine dunklen Locken.

Egal. Ich schreibs auf.

»Keine Millionäre, Milliardäre, Prinzen oder etwas dergleichen«, ergänzt Sit seine eigene Liste an Nicht-Darstellern.

»Aber alle erfolgreichen Weihnachtsfilme letztes Jahr aus diesem Genre waren mit Prinzen«, wende ich ein. Und das stimmt. Ich liebe diese Filme selbst. Gerade deshalb ist es ja so aufregend, dass ich jetzt einen schreiben darf. Auch wenn die zwei sich echt anstrengen, mir die Sache zu vermiesen.

»Wir heißen nicht Netflix. Wenn du dort angekommen bist, darfst du auch was mit Prinzen machen«, zerkugelt sich Sit auf die ihm eigene Weise. Also quasi geräuschlos. »Oder Rockstars, oder Schauspieler oder was weiß ich was. Also: Keine übererfolgreichen Männer, lautet die Botschaft.«

Wenn er meint. Ich seh das anders.

»Gut. Ist notiert. Und weiter?«

»Die weibliche Hauptfigur ist am besten zu dick, aber mach lieber nichts mit Abnehmen, das ist schon zu abgedroschen. Sie darf auch nicht zu intelligent sein. Weibliche Klugscheißer interessieren andere Frauen auch nicht sonderlich. Genauso wenig wie die Supersexbombe, die tollpatschige Chaotin oder toughe Alleinerzieherin, die überhaupt alles meistert.«

Ich sehe vom Heft auf. »Sagt jetzt wer?«

»Wir«, ertönt die Antwort im Chor.

»Verstehe. Die Profis. Und was bleibt dann eurer Meinung nach übrig?«

»Ein Mädchen wie du und ich.« Bo krümmt sich vor Lachen zu Sits Meldung. »Unauffällig, weder dick noch dünn, weder sexy noch unsexy, weder ganz arm noch ganz reich, sie liest keine Bücher, trinkt nicht zu viel Alkohol und raucht nicht. Sie hasst Clubbings und ist weder links noch rechts, also politisch gesehen. Dafür hat sie ja keine Zeit. Nun, sie ist auch nicht ...« Sit ist in seinem Element und seine dunklen Augen lachen diebisch in Richtung meines Blocks.

»Hör auf!«, falle ich ihm ins Wort. »Da bleibt doch überhaupt nichts mehr übrig und widerspricht zudem allem, was als Buch oder Film erfolgreich war.«

»Falsch. Übrig bleibt die Unauffällige. Die, die am Sonntag beim Bäcker Semmeln und Topfengolatschen holt, dort ihren Traumprinz trifft, frag mich nicht wie und warum, sonst hätte ich es selbst geschrieben, aber einen verdammt spannenden, dreidimensionalen Charakter aufweist, den nicht nur er in der Sekunde spürt oder zumindest vermutet, sondern auch das Publikum vor Verzückung sofort auf ihre Seite zieht.«

Ich klappe mein Notizbuch zu,

»Danke, Sit! Das war jetzt sehr aufschlussreich. Ich geh jetzt heim weinen.«

»Wieso denn?«

»Weil das mit dem Drehbuch niemals was werden kann.«

Sit legt seinen Handrücken an die Stirn. »Wenn jetzt du auch noch auf Diva machst, tu ich es auch!« Und Bo sagt: »Das wäre doch ein schönes Pseudonym für dich: Nobody Candoit.«

Nobody can do it? Es reicht. Aber es war vorhersehbar. Schon in meinem Gespräch mit Christina habe ich andauernd nach dem Haken in ihrem Angebot gesucht. Jetzt weiß ich es: Es ist nicht einer, es sind unzählige. Die könnte ich dazu verwenden, um mich mit meiner eigenen Garderobe selbstständig zu machen und diesen Auftrag zu vergessen!

Ich küsse die beiden Männer jeweils rechts und links auf die Wangen. »Danke! Ihr habt mir alles verdorben, jetzt muss ich alleine in eine Bar und mich volllaufen lassen.«

»Tu das! Und sag Salvo einen schönen Gruß von uns!«, meint Sit und rollt seinen Sessel zurück vor seinen PC.

Sehr witzig. Das war ja jetzt nur Spaß.

»Machen wir gerne und jederzeit wieder!« Ich verdrehe meine Augen und schicke Bo einen von *meinen Blicken*.

So. Computer runterfahren. Handtasche packen. Mantel anziehen und Fuffy zum Abschied knuddeln. Der braun-beige Mini Yorkshire Terrier ist einfach der süßeste Hund, den ich kenne. Aber trotzdem: Für heute bin ich raus.

»Ich ignoriere eure Bemerkungen einfach. Baba! Wir sehen uns dann morgen!«, ruf ich ihnen zu und schließe die Tür hinter mir.

Das hab ich gebraucht.

Mist.

So wie das!

Christina trippelt eben die Stiegen in den ersten Stock herauf. Da wir eine runde Galerie haben, um die alle Büros angeordnet sind, kann sie mich nicht *nicht* sehen.

»Huhu! Und? Gehst du jetzt feiern?«

Was haben hier alle? Es ist ja nicht so, dass ich jeden Tag in einem Lokal abhänge und mich ansaufe!

»Nein. Weinen. Ich hab mit Sit und Bo ein Brainstorming gemacht.«

Sie stellt sich vor mir auf und erschlägt mich beinahe mit ihrem Parfum. Muss sie eben frisch aufgetragen haben.

»Sehr gut, dann hat es im Opossum-Cave ja gedampft«, schmunzelt sie.

»Ja, etwas. Aber jetzt geh ich mal heim nachdenken.«

Plötzlich packt mich Christina an den Schultern.

»Ich weiß, dass das schwierig wird. Aber ich will, dass du das schaffst, Lisa. Zunächst einmal für uns alle hier in dieser Firma, aber auch, weil du es kannst. Das weiß ich. Daher wirst du mir in den nächsten Wochen an nichts anderes mehr denken als an dieses Drehbuch. Verstanden? Von mir aus flieg in mein Haus auf Turks, sperr dich da ein und schreibe. Verstanden?«

Was soll ich denn in der Karibik? Deshalb wird die Aufgabe auch nicht einfacher.

»Ich weiß nicht.«

»Was weißt du nicht?«

»Ob ich das hinbekommen kann.«

»Aber ich weiß es, Lisa. Du brauchst einen Schubs ins kalte Wasser und ich schubs dich jetzt. Morgen bring ich die Schlüssel von Turks mit. Wird ohnehin wieder Zeit, dass da jemand hinfliegt.«

Ich liebe ihr Ferienhaus in der Karibik, aber ... »Ich kann das nicht annehmen.«

»Papperlapapp. Du bist die Tochter, die Hannes und ich nie hatten, das habe ich dir schon tausend Mal gesagt. Du bist Familie, Lisa, und warst mit mir schon dort. Damit schlagen wir zwei Fliegen mit einer Klappe. Du schaust, ob alles mit dem Haus in Ordnung ist, und hast deine Ruhe beim Schreiben. Also: Du fliegst so schnell wie möglich, denn ich brauche dieses Drehbuch. Ich lasse Agnes einen Flug buchen.«

Karibik? Jetzt? Wo es gerade so saukalt hier in Wien ist? Wenn ich jetzt Nein sage, gehöre ich geschlagen. Draußen nieselt es und die Sonne hält sich seit Tagen versteckt.

»Okay. Ich fliege. Danke, Christina! Du bist ein Schatz! Aber den Flug buche ich selbst.«

Sie umarmt mich. »Gut. Sorry, ich muss jetzt weiter. Besprechung wegen der seltsamen Meerschweinchen-im-Schuh-Werbung. Buch am besten sofort. Ich ruf dich am Abend an!«

Wie üblich küssen wir einander auf die Wangen und Christina drückt mich ganz fest an sich, bevor sie weiter in Richtung großes Sitzungszimmer klappert.

Ich geh doch zu Salvo was trinken.

Was für ein Tag!

Das muss alles erst einmal sacken. Ich darf mir in der Karibik die Geschichte mit den Semmeln zusammenspinnen. Also wenn das an sich nicht bereits total dreidimensional ist, dann weiß ich auch nicht! Zumal ich zwischen Freudenwallungen und Angstgänsehaut taumle.

Ungefragt schieben sich die Bilder von Christinas Haus und dem sagenhaft weißen Sandstrand mit dem türkisen Wasser vor die Bilder des nassen dunkelgrauen Asphalts und der Autos auf unserem Parkplatz.

Hm. Wäre doch zu schön, wenn Dominique auch zufällig auf Turks wäre, wenn ich dort bin. Ich habe ihn schon länger nicht mehr gesehen, aber ich mag ihn sehr. Vom ersten Moment an. Seine Freundin Fayce ja weniger. Aber wer heißt auch schon so? Ich hege ohnehin den Verdacht, dass sie einen total normalen Namen hat. Sabine. Vielleicht Karin. Aber Fayce? Fayce aus Linz?

So ein Blödsinn.

Trotzdem wäre es cool, wenn er da wäre. Dann hätte ich ein wenig Ablenkung am Abend. Und Fayce könnte ja zuhause geblieben sein. Vielleicht mit einer eitrigen Angina?

Doch. Das könnte sein.

Außerdem kann ich ohnehin nicht Tag und Nacht schreiben. Und außer Dominique kenne ich auf der Insel niemanden.

Mal sehen. Vielleicht wirds ja doch nicht der Bäcker, sondern der Fischhändler?

Shit.

Geht nicht. Wien ist ja nicht gerade berühmt für seine Fischhändler.

2

Freitag

>*Wenn du noch ein einziges Foto schickst, geh ich zum Betriebsrat und beschwer mich wegen Vitamin B in diesem Haus! Mich hat sie noch nie zum Schreiben in die Karibik geschickt!*<

Sit hat mir sämtliche Emojis, vom Teufel bis zum Weingesicht, die er gefunden hat, mitgeschickt.

>*Mach das, dann schicke ich Christina das Foto, wo deine Fuffy auf ihren geheiligten roten Teppich gekotzt hat!*<

Smiley mit Lachtränen. Senden.

Herrlich!

Ich liebe es, mit Sit zu whatsappen.

>*Du willst mich erpressen?*<

>*Ja! What else?*<

>*Okay. Schick keine Strandfotos mehr und keine vom türkisblauen Wasser und schon gaaar keine vom Loungebett unter der Palme mit dir und deinem Computer. Dann erwäge ich, den Betriebsrat nicht mit der in unserem Haus grassierenden Korruption, Bestechung und Bevorzugung von einer weiblichen Mitarbeiterin zu behelligen.*<

>*Abgemacht! Ich schick dir nur mehr dann ein Foto, wenn es regnet! Oder falls ein Eisberg vorbeischwimmt. Klimaerwärmung, du weißt schon.*<

Kichernd nehme ich einen Schluck Wasser.

>*Vergiss dieses Unthema. Denk an die Semmeln und aus jetzt! Ich muss schließlich auch arbeiten.*<

Auch?

>*Dann erkennst du also an, dass ich nicht zum Spaß hier bin?*<

›*Eigentlich nein. Aber wenns dich glücklich macht schon. Also: Hab Spaß!*‹

Schade. Ich hätte ewig mit Sit weiterchatten können. Aber er hat recht. Ich bin zum Arbeiten hier, auch wenn es sich im Moment verdammt nach Urlaub anfühlt. Doch niemand kann von mir verlangen, sofort, nachdem ich angekommen bin, stundenlang am Laptop zu verbringen. Schließlich bin ich saumüde vom langen Flug. Aber gleichzeitig auch aufgedreht. Soll ich noch schwimmen gehen?

Ins Meer hinunter oder gleich hier im Pool?

Wie lässig. Solche Sorgen liebe ich. Die wünsche ich mir öfter.

Mein Handy bimmelt.

»Christina! Hi!«

Wir haben doch bereits zwei Mal miteinander telefoniert? Kurz nachdem ich gelandet und auch als ich im Haus angekommen bin.

»Hallo, Lisa. Du, morgen kommen Suzy und Gonzales. Sag ihnen alles an, was eventuell zu richten oder was nicht in Ordnung ist, ja? Ich habe das gerade mit ihnen ausgemacht.«

»Kein Problem. Gerne. Und noch einmal danke. Ich habe schon vergessen gehabt, wie traumhaft schön euer Strandhaus ist.«

Kurz ist es still am anderen Ende.

»Ich bin froh, wenn du es nützt. Für mich ist es nach wie vor sehr schwer. Zu vieles erinnert mich an Hannes. Aber du weißt, ich will, dass du dich zuhause fühlst.«

Ja. Weiß ich. Weil sie ein Engel als Freundin ist. Wir bewundern sie auch alle dafür, wie sie nach Hannes' Herzinfarkt den Laden schupft. Niemand könnte das wie sie, und die Zahlen, die sie erwirtschaftet, sind sogar besser, als seine es jemals waren.

»Danke. Ich weiß gar nicht, wie ich dir das alles jemals zurückgeben kann.«

»Keine Sorge, Lisa. Das hast du schon und viel mehr als das. Also *mi casa es su casa*! Das weißt du doch. So, jetzt lasse ich dich erst einmal in Ruhe. Ich drück dich, und grüß Dominique von mir, falls er da ist.«

Für einen Moment sticht meine Brust. Das war das Erste, was ich getan habe: über den Zaun gespäht, der die beiden Grundstücke trennt. Aber alles ist verriegelt, die Holzbalken der Villa im spanischen Stil sind bummfest zu.

»Leider nein. Aber ich bin schon am Arbeiten.«

»Super. Aber bitte: Schalt dein Handy ab. Und zwar so lange, bis du fertig bist. Sonst machen dich Bo und Sit verrückt.«

»Ich soll mein Handy abdrehen? Ganz?«

Das käme mir wie eine Amputation vor. Ich brauch mein Handy. Was glaubt sie denn?

»Natürlich ganz.«

Auf gar keinen Fall werde ich mein Handy abdrehen und auch nicht darauf verzichten, weiterhin mit Sit und Bo zu chatten. Aber ich werde ihr die beste romantische Komödie liefern, die jemals auf A4-Seiten ausgedruckt auf ihrem Schreibtisch gelandet ist. Das schwör ich.

»Mach ich. Dickes Bussi, Christina!«

»Ebenfalls, mein Schatz!«

Ich schnappe mir mein Strandtuch und gehe die Stufen, die in den Felsen gehauen worden sind, hinunter an den Strand. Wenn ein Stück vom Paradies käuflich zu erwerben ist, dann ist es dieses Grundstück hier. Heute würde sich Christina das nie mehr leisten können. Hannes war es, der sich das Grundstück vor rund dreißig Jahren von einem Teil seines Erbes gekauft hat. Um einen Pappenstiel verglichen mit dem, was Christina jetzt dafür bekommen würde. Der Verkauf wäre daher ein Wahnsinnsdeal, doch sie würde es nie im Leben verkaufen.

Meine Beine fühlen sich wie Blei an. Kein Wunder. Schließlich bin ich über dreißig Stunden unterwegs und habe nur ein paar Stunden im Flugzeug geschlafen. Aber sich von der Sonne streicheln zu lassen, entschädigt für alles. So traumhaft schön hier. Und erst das Meer. Diese Farbe. Alles hier sieht wie aus dem Bilderbuch aus. Blitzweißer Strand. Diese seichte, in verschiedenen Blau- und Türkistönen schillernde Bucht, die nur von drei Häusern aus zugänglich ist. Ein paar Büsche, Blumen und Palmen. Hinten die Felsen. Das wars.

Seit wann gibt es hier einen Holzsteg? Und wem gehört der schwarze Waverunner, der da hängt? Daneben liegen mehrere Bretter. Ein Standup-Paddle-Board, ein Windsurf- und ein Wellenreitbrett. Da scheint ja jemand sehr sportlich zu sein. Ich muss mal nachsehen, ein kleines Wellenreitbrett hatte Christina auch. Der Steg schaut toll aus, aber andererseits war es hier vorher schöner. Unberührte Natur. Ich drehe mich um und sehe hinauf.

Ah! Das müssen die neuen Nachbarn sein, von denen Christina mir erzählt hat. Sie kennt sie auch nicht persönlich, aber die Villa ist bombastisch. Früher war da oben ein altes Holzhaus. Jetzt thront eine moderne weiße Villa mit Flachdach und riesigen Glasfronten auf der Anhöhe. Müssen die einen Ausblick haben! Im Gegensatz zu Christinas Haus sehen sie nicht nur in diese Bucht, sondern auch auf die andere, größere hinaus. Die müssen echt reich sein. Na ja. Ich bin dankbar, dass ich hier sein darf. Und das geht allein auf Christinas Kappe.

Schon seltsam. Nie hätte ich gedacht, dass Christina und mich eine so innige Freundschaft verbinden könnte. Bo hat mich damals für die Produktionsfirma angeworben und lange Zeit war sie einfach die Chefin für mich. Bis ich sie einmal weinend in ihrem Büro überrascht habe. Damals hat sie gedacht, ihr Mann betrügt sie mit einer Cutterin. Was ein dummes Gerücht war, aber diese Sybille hat ständig irgendwelche Lügen erzählt. Auch, dass sie mit Hannes eine heiße Nacht verbracht hat. Dabei hätte der sie nicht einmal mit einer Kneifzange angegriffen. Vor mir ist ein Häufchen Elend gesessen, das einfach jemanden zum Ausweinen gebraucht hat. Das war der Moment, auch wenn er für Christina nicht schön war, an dem unsere doch ungleiche Freundschaft begonnen hat. Selbst Hannes hat mich später ins Herz geschlossen. Vor allem, weil ihm Christina irgendwann gesteckt hat, dass ich nicht eine Sekunde an seiner Treue gezweifelt habe und alles unternommen habe, Christina sein Verhältnis mit Sybille auszureden. Die blöde Kuh arbeitet noch immer für uns. Das ist Größe, denn Christina hat gemeint, sie ist eine Koryphäe als Cutterin und so jemanden lässt man nicht gehen. Tja, egal. Auf jeden Fall bin ich direkt nach Hannes' Tod für über zwei Monate bei Christina geblieben. Ich habs einfach nicht übers Herz gebracht, sie in ihrer großen Villa in Wien alleine zu lassen.

Später haben wir sogar gemeinsam Hannes' persönliche Sachen ausgeräumt und ich habe Christina geholfen, ihr Haus umzustylen. Jetzt fühlt sie sich dort viel wohler. All das hat mich zu ihrer Wahltochter, wie sie es nennt, gemacht. Für mich ist sie aber auch meine allerbeste Freundin. Ich habe viele Freundinnen, aber niemanden wie Christina, der ich alles anvertrauen würde. Alle anderen würden sicher irgendetwas gegen mich benützen. Sie niemals. Dafür ist sie gnadenlos direkt. Fordernd. Okay, hin und wieder ein wenig nervtötend. Es ist hart, wenn Christina die Chefin raushängen lässt. Das kann sie. Aber wie! Meistens kann ich das nehmen und mag sogar ihre mühsamen Seiten. Hach. Wir haben uns echt gefunden.

Wow! Das Wasser ist ja bacherlwarm. Ich lasse mein Strandtuch fallen und gehe langsam ins Tiefere. Ein Traum!

Morgen geh ich schnorcheln. Aber jetzt genieße ich es einfach nur. Die Sonne steht schon sehr tief, der Himmel ist zartrosa und selbst die vereinzelten Wolken schillern in Rosa- und Orangetönen. Ich drehe mich auf den Rücken und starre in den Himmel. Auf dem Wasser zu liegen ist himmlisch. Sich treiben zu lassen. An nichts zu denken. Wahnsinn. Doch das bilde ich mir bloß ein. Ich denke immer an irgendetwas. Und wenn es Dominique ist. Ja, der hat mir immer schon total gut gefallen. Außerdem ist er lustig. So ein Easy-Going-Typ. Charmant. Dunkelhaarig und muskulös. Ich mag dunkle Typen. Die sind genau mein Fall. Alle meine Ex-Freunde waren dunkelhaarig. Blond bin ich selbst.

Das letzte Mal hatte Dominique allerdings schon einen kleinen Bauchansatz, aber der stört gar nicht. Echt schade, dass er nicht da ist. Aber das wäre auch unwahrscheinlich. Das Jahr hat zweiundfünfzig Wochen. Warum soll er sich gerade für die beiden entscheiden, in denen ich hier bin? Und das noch dazu völlig ungeplanterweise.

Sanft wiegen mich die kaum merklichen Wellen im warmen Wasser. Ich lausche ihrem Rauschen, wenn sie an den Strand laufen, ihren weitesten Punkt innehaltend erreichen, sich dann wieder zurückziehen und sich unter der nächsten Welle wieder ins Meer zurückziehen. Das, und das Rauschen der großen Muscheln, die man sich ans Ohr halten kann, ist für mich die schönste Art von Musik. Da kommt keine Band der Welt mit.

Ich treibe dahin.

Wow. Eine der Wolken formt sowas wie ein Herz. Okay. Mit viel Fantasie. Aber schön ist es trotzdem.

Plötzlich heult ein Motor auf.

Was ist denn das?

Schnell rolle ich mich auf den Bauch und sehe mich um.

Auf dem Waverunner sitzt ein Mann. Mist. Langsam fährt er ein Stück zurück. Der sieht mich doch an, oder? Ich winke ihm zu.

Nichts.

Bitte schön. Ich wollte ja nur höflich sein, schließlich ist das hier ja kein Massenstrand. Üblicherweise kennen sich die Nachbarn hier. Grüßen einander. Plaudern ein paar nette Worte und ab und zu trinken sie einen Sundowner miteinander. Aber das alles muss ja nicht sein. Ich hab sowieso keine Zeit.

Zum Glück düst er in Richtung der Landzunge in die andere Bucht. So überfährt er mich wenigstens nicht.

Vielleicht ist er kurzsichtig?

Ich stehe auf und gehe die letzten Meter im seichten Wasser zurück an den Strand. Herrlich. Jetzt noch duschen, Zähne putzen und ab ins Bett, damit ich morgen ausgeschlafen bin. Vielleicht lese ich noch ein wenig.

Das klebrige Gefühl, das ich immer nach längeren Flügen habe, ist jetzt weg. Wäre Dominique hier, wäre das heute der perfekte erste Tag in der Karibik. So ist es auch okay. Also zumindest ein beinahe perfekter erster Tag.

3

Montag, drei Tage später ...

»Ja, Gonzales hat heute auch das Schloss vom Gartenhaus ausgetauscht. Sonst war aber nichts mehr zu tun. Den tropfenden Wasserhahn oben im ersten Stock hat er ebenfalls repariert.«

Christina ist hocherfreut gewesen, dass das Haus, obwohl es so lange niemand mehr bewohnt hat, gut in Schuss ist. Es waren wirklich nur ein paar Kleinigkeiten, die Gonzales reparieren musste. Heute habe ich das mit dem Handy nicht mehr ausgehalten und prompt hat sie mich angerufen.

»Sehr gut. Und wie weit bist du?«

Diese Frage habe ich erwartet und mir meine Erklärung schon in der Früh zurechtgelegt.

»Also ich habe mal die Haupt- und Nebencharaktere näher skizziert, den Grundplot aus dem Exposé ein wenig verändert und bereits in Stichworten niedergeschrieben.«

Wenn sie wüsste! Weiter als ›männlicher Hauptprota – dunkelhaariger Mann‹ und ›weibliche Hauptprota – kleine, nicht allzu dünne blonde Frau‹ bin ich noch nicht. Stimmt nicht ganz. Ich habe ein paar Schauplätze, die ich unbedingt in die Story einbauen will. Das Riesenrad im Prater, dann das Café auf der Gloriette im Schloss Schönbrunn und dann noch ein Lokal am Donaukanal. Aber wie ich die beiden zusammenbringe, also diese blöde Semmelgeschichte, ist mir bisher noch nicht eingefallen.

»Das klingt doch gut. Du kannst natürlich nach den sechs Wochen dran weiterarbeiten, aber es muss zumindest so weit sein, dass ich es herzeigen kann. Also: Schalt endlich dein Handy ganz ab und mach dich an die Arbeit.«

»Entschuldige, aber ich habe es abgedreht gehabt. Und wer ruft an? Du und meine Mama.«

Sie lacht am anderen Ende der Welt.

»Dann warn sie vor und dreh eine Woche alles ab. Glaub mir, du musst in einen kreativen Flow kommen und da stören wir alle nur.«

»Wie wärs, wenn ich mein Handy nicht abdrehe und du mich einfach nicht mehr anrufst?«

Manchmal hat sie echt seltsame Ideen.

»Nein. So funktioniert das nicht. Glaubst du, ich weiß nicht, dass dir die Herren vom Opossum-Cave ständig Nachrichten schicken? Also wehe, du hebst noch einmal ab, wenn ich anrufe! Ich will die Mailbox hören, verstanden?«

Bitte. Wenn es sie glücklich macht!

»Okay. Ich ruf nur noch Mama an, sag ihr das und ab dann bin ich eine Woche offline.«

»Sehr gut. Übrigens, ich habe heute eine WhatsApp von Dominique erhalten. Er fliegt nächste Woche nach Turks.«

Oh, oh! Mein Puls beschleunigt aus dem Stand. Das ist ja toll. Vielleicht hat er wenigstens abends einmal Lust, mich auf ein Glas Wein einzuladen? Ups. Ich stolpere über einen kleinen Stein und halte mich am Hibiskus fest. Mir scheint, der blüht noch bunter als zuvor.

»Das ist ja nett. Also, ich bin dann ab jetzt offline, aber ich sag dir gleich, wenn er mich auf einen Drink einlädt, geh ich rüber.«

Kurze Stille.

»Wenn ich dir einen Tipp geben darf: Himmle Dominique von mir aus an, aber nur kurz. Dann hast du anschließend genügend Stoff für romantische Dialoge.«

Ich höre, wie Christina kichert.

Aber woher ... weiß sie das?

Kein Wort habe ich jemals Christina gegenüber erwähnt, dass mir Dominique eigentlich ganz gut gefällt.

»Ich ... also, ich will doch gar nichts von ihm.«

»Stimmt nur zur Hälfte. Weil du anständig bist und er eine Freundin hat, traust du dich nicht, es laut zuzugeben. Aber ich bete, dass er diese blöde Kuh endlich losgeworden ist. Ihr beiden würdet nämlich ein hübsches Paar abgeben.«

Ich schalt jetzt aus. Zeit, sich auf meine Arbeit zu konzentrieren und die Welt wegzublenden.

»Vergessen wir ihn bitte? Ich mach mich jetzt an die Arbeit, du hörst von mir in einer Woche.«

Sie lacht hell auf.

Im Moment hab ich echt keine Lust, über ihn zu diskutieren. Am Ende schwärme ich für jemanden, der sich ohnehin nie für mich interessiert hat, und das vermutlich auch nur deshalb, weil mir in Wien nie jemand über den Weg läuft, der mich auch nur ansatzweise interessiert. Und das seit über vier Jahren. Aber was solls. Ich hab ein Leben, meine Freunde, meine Familie und meine Arbeit. Wenn es sein soll, werde ich dem Richtigen begegnen und in der Zwischenzeit habe ich genügend zu tun.

»Das wollte ich hören! Also Bussi und machs gut.«

Ich lege auf und schalte glatt mein Handy ab, obwohl ich fünf neue WhatsApp-Nachrichten von Sit und Bo habe. Ich bin eine Heldin!

Irgendwie ist es brütend heiß. Pool oder Meer?

Meer.

Ich schnappe mir meine Flossen, die Taucherbrille und den Schnorchel sowie das türkise Surfbrett aus der Gartenhütte. Eine kurze Runde abkühlen, dann schreib ich weiter.

Ups. Die Steinstufen sind aber verdammt heiß. Flip-Flops wären kein Fehler gewesen.

Laufend erreiche ich die Wasserlinie und lasse das Brett fallen. Noch ein paar Meter im seichten Wasser. Kopfüber springe ich mit Brille und Flossen in den Händen im etwas Tieferen ins Wasser.

Ein Traum. Jetzt muss ich mal sehen, ob die Doktorfische noch immer da vorne die Korallenstöcke bewachen.

Einmal in jedes Glas gespuckt. Ausgespült, Flossen rauf und los gehts.

Das ist eindeutig die schönste Art, die Zeit zu verlieren. Unter Wasser ticken die Uhren anders. Möglicherweise gar nicht. Die kleinen Clownfische unter mir zappeln emsig in ihrer Anemone herum. Daneben schwimmen zwei gelbe Doktorfische majestätisch vorbei und kommen in meine Richtung. Die sind solche Poser! Freunde, ich hab keinen Fotoapparat mit!

Schade. Auch hier hat die Korallenbleiche bereits eingesetzt. Einige der Stöcke sind nur mehr weiß, kahl und tot. Sit hat recht. Wer ein wenig Grips hat, dem müsste mittlerweile klar sein, dass wir unseren Planeten umbringen. Ich müsste eigentlich doch die Klimaerwärmung einbauen.

Nein. Ich halte mich an das, was Christina will. Aber welche Situation beim Bäcker kann so besonders sein, dass sich zwei Menschen aus dem Stand unsterblich ineinander verlieben? Die Verkäuferin könnte die beiden Sackerln mit dem Gebäck vertauschen, beide bezahlen, verlassen das Geschäft, einer von ihnen greift in das Sackerl und stellt fest, dass es das falsche ist.

Super. Und dann?

Okay. Er könnte ein Blitzgneißer sein und sofort auf die Idee kommen, dass sie seinen Einkauf hat. Sie ist schon auf der anderen Straßenseite, er läuft ihr nach, erklärt ihr die Situation, sie tauschen die Sackerln. Und dann? Niemand auf der Welt würde deshalb Telefonnummern austauschen oder sich auf einen Kaffee verabreden.

Sackgasse. Im wahrsten Sinne des Wortes. Eine Sackerlgasse. Pfuh. Da sollte mir aber ganz schnell etwas Besseres einfallen.

Ups! Was ist denn das?

Schräg vor mir taucht jemand. Ein Mann.

Er sieht zu mir hoch.

Was jetzt? Soll ich ihm winken? So nach dem Motto: ›Hey, ich hab dich gesehen‹? Das wäre vermutlich höflich. Vor allem dann, wenn das nicht der gleiche Mann wie gestern ist.

Winke ich ihm eben. Deshalb wird mir kein Stein aus der Krone fallen.

Nichts.

Also echt. Zurückwinken hätte er schon können. Scheint doch der von gestern auf dem Waverunner zu sein. Aber er steigt auf und taucht in meine Richtung. Ich mag das, wenn die Luftblasen der Taucher nach oben blubbern.

Ihn zu beobachten hat etwas von einem Autounfall. Nachdem hier sonst niemand ist, kann ich nicht wegsehen, obwohl ich es will. Er geht direkt unter mir nach oben. Schwimmt in seinem Neoprenanzug mit zwei Sauerstoffflaschen am Rücken an mir vorbei. Ich hebe meinen Kopf aus dem Wasser und zieh mir die Brille auf die Stirn. Auch er ist jetzt an der Oberfläche, spuckt sein Mundstück aus und schiebt ebenfalls seine Brille nach oben.

»This here is private!«, schnauzt er mich an. »What are you doing here?«

Ja hat der nicht mehr alle? Was glaubt der? Dass ich drüben über die Felsen heruntergeklettert bin, nur um hier zu schwimmen? Außer den drei Häusern und einem anderen auf der gegenüberliegenden Straßenseite ist hier meilenweit nichts. Bloß Gestrüpp und Steine.

»I know that this here is a private beach. So what are *you* doing here?«

Unhöflich sein kann ich auch. Soll er doch mal erklären, warum er hier ist.

Er schaut mich an. Die Brille hat einen Abdruck in seinem Gesicht hinterlassen. Aber seine Augen sind klar und strahlend blau. Sein Haar ist blond und gewellt. An manchen Stellen gelockt.

»Deutsche?«, will er plötzlich wissen.

Hä? Ich hab immer gedacht, mein Englisch sei akzentfreies American, aber so kann man sich täuschen. Immerhin habe ich ein Jahr in Ohio als Austauschschülerin verbracht.

»Nein, Staatenlose.«

»Verstehe. Österreicherin«, antwortet er.

Bitte? Das stimmt zwar, aber so feindselig, wie er mich nach wie vor ansieht, glaubt er noch immer, ich wäre in seinen erweiterten Garten eingebrochen.

»Dass Sie mich verstehen, bezweifle ich. Aber zur Erklärung: Ich wohne da oben. Das gelb gestrichene Haus. Wo wohnen Sie?«

Seine zusammengekniffenen Augenbrauen lassen mich ihm beim Denken zusehen. Ratter, ratter, ratter. So schwer zu verarbeiten war die Info jetzt aber auch wieder nicht.

Er deutet auf die neu gebaute, hypermoderne Nachbarvilla.

»Dort.«

Jetzt rattert es in meinem Hirn. Gehört ihm die Villa? Vielleicht ist er aber auch nur zu Gast, so wie ich in Christinas Haus? Doch warum beschäftigt mich das überhaupt? Hätte er mich nicht auf diese schroffe Weise gestellt, würden wir nicht mittlerweile hierher ins bauchtiefe Wasser geschwommen sein und einander auch nicht gegenüberstehen und diese mehr als unnötige Unterhaltung führen. Und was hilft es, wenn ein so arroganter Typ wie er in einem GQ-Body steckt?

Die pure Verschwendung.

»Dann ist ja alles bestens. Ich darf hier schwimmen und Sie auch. Es wäre mir nur lieb, wenn Sie mir ein wenig Privatsphäre lassen würden.« So entschlossen und feindselig, wie ich nur kann, funkle ich ihn an. »Die Bucht wird ja hoffentlich groß genug für uns beide sein. Sie können sich ja weiter drüben vergnügen.«

Plötzlich grinst er breit und streicht sich seine blonden Locken aus der Stirn. Was hab ich jetzt wieder Falsches gesagt?

»Was ist?«, fauche ich ihn an.

»Sie sollten das mit dem strengen Blick noch üben«, lacht er.

Ach ja? Ich kann auch kratzen, wenn es meine Botschaft, dass er sich verziehen soll, besser unterstützt.

»Und Sie sollten in Wien einen Benimm-dich-Kurs beim Elmayer belegen.«

Woah! Ich kann diese Überheblichkeit in seinem Tonfall nicht ertragen. Was glaubt er denn? Nur weil für uns Österreicher jeder Deutsche wie ein Uni-Professor und wir selbst wie Bauarbeiter klingen, bin ich doch kein schlechterer Mensch als er!

»Elmayer? Sollte ich den oder das kennen?«

Ja. Und er sollte sich stante pede anmelden und per Telebanking den Kursbeitrag überweisen.

»Den! Und der Elmayer ist eine alteingesessene Wiener Tanzschule, in der man sich auch zu benehmen lernt. Die haben auch jahrelang den Opernball eröffnet und bieten Etikettekurse an. Letzteren sollten Sie buchen.«

»Danke für den Tipp, aber nein danke. Ich weiß ja nicht, in welcher Zeit Sie leben, aber in meiner Welt schreiben wir das einundzwanzigste Jahrhundert und da haben *Etikettekurse* ausgedient. Aber schönes Wort.«

Das wird ja immer schlimmer.

»Sehen Sie, und genau da irren Sie sich. Und zwar gewaltig. Aber ich schlage vor, Sie lassen mich hier jetzt in Ruhe schnorcheln, gehen in Ihr schönes Häuschen hinauf und befragen mal Doktor Google, was heutzutage so alles *in* ist, von dem Sie anscheinend keinen Tau haben. Schönen Tag noch!«

So. Jetzt hab ichs ihm aber gegeben.

Brille runter, Kopfsprung und wegtauchen.

Hoffentlich versteht er wenigstens diesen Wink mit dem Zaunpfahl.

Ich tauche sicherheitshalber noch ein paar Meter den sandigen Grund entlang.

Okay, bevor mir die Luft komplett ausgeht, muss ich dann wohl wieder meinen Kopf aus dem Wasser strecken. So unauffällig wie möglich sehe ich in die Richtung, wo wir gerade noch unsere unfreundliche Begegnung abgefeiert haben. Aber keine Spur von ihm.

Er ist verschwunden?

Wie geht das denn?

Vermutlich ist er abgetaucht. Das wird es sein. Mir egal. Ich werde noch eine Runde bunte Fische bewundern und dann schreiben gehen. Und oben im Garten werde ich ja meine Ruhe vor ihm haben.

Sowas. Wie kann ein Mann so toll aussehen und dann so ein arroganter Macho sein?

Ja, hab ich einen Sonnenstich? Das eine ist doch logischerweise die Erklärung für das andere. Pfh. Ich habe zu lange keine feschen Männer mehr gesehen, dass ich schon ganz vergessen habe, wie die ticken.

Einerlei.

Außerdem ist er blond. Überhaupt nicht mein Typ.

Die warme Sonne scheint auf meine Haut, auch wenn ich es zwischendurch kühl spüre. Schuld daran sind die ziemlich schnell vorbeiziehenden Wolken. Heute sind es mehr als gestern, aber wenn ich an Wien denke, wo es seit Tagen durchregnet, dann kann ich mich wohl kaum über die paar Wolken hier beschweren. Überhaupt darf ich mich wegen gar nichts beschweren. Ich bin hier und das Einzige, was ich noch erledigen muss, ist, mit Christinas Auto zum Supermarkt zu fahren. Wenn das nicht die besten Aussichten sind, die man überhaupt haben kann?

Leise meldet sich mein Herz.

Stimmt. Dominique kommt in einer Woche. Das ist das Beste daran. Deshalb werde ich so viel schreiben, wie nur geht, damit ich dann ein wenig Zeit habe. Wer weiß, vielleicht passt es diesmal?

4

Ich krieg die Krise!

Meine Stimmung passt zum Wetter! Keine Ahnung, warum es so wolkig und windig ist, aber das ist im Moment noch gar nicht das Schlimmste. Ich rutsche auf dem Stuhl nach hinten und schicke einen bösen Blick quer über den Pool hinweg, hinüber in Richtung meines dauerklavierspielenden Nachbarn.

Schätze, es wird ihn Nüsse kümmern, dass er mich ständig dazu bringt, die Augen zu schließen und ihm zu lauschen, statt an meinem Skript zu schreiben. Nie hätte ich gedacht, dass ein Mann mit einem durchtrainierten dunkelbraunen Body auch noch so fantastisch Klavier spielen kann. Wo gibts denn sowas? Noch dazu kenne ich die Nummer, die er gerade spielt. Aber so wie er sie interpretiert, habe ich ›7 Years‹ von Lukas Graham noch nie gehört.

So gefühlvoll. Geradezu verspielt und doch unheimlich stark. Einfach wow.

Und einfach lästig.

So komme ich nicht weiter. Außerdem geht mir der Wind auf die Nerven. Kann es nicht einfach nur sonnig, heiß und ruhig sein, wenn ich schon einmal das Privileg habe, in der Karibik zu sein? Aber nein. Nicht bei mir. Glück haben andere Menschen, ich arbeite hart. Das ist alles. Fad. Uninteressant. Aber das habe ich von meiner Mutter gelernt. Schließlich hat sie mich als Alleinerzieherin durchgebracht. Für mich blieb jedoch nie Zeit. Mein jüngerer Bruder war während der Pubertät echt anstrengend. Jahrelang haben wir ihn mit Samthandschuhen angefasst, damit er keinen Blödsinn macht. Bei ihm waren wir nie sicher, ob er sich nicht mal etwas antut. Aber jetzt ist das zum Glück Geschichte und meine Mama schwebt auf Wolke sieben. Mein Brüderchen Marc ist Programmierer, macht einen tollen Job und wohnt mit seiner Frau und zwei Kindern im Silicon Valley. June hat ihn glücklich gemacht und das ist gut so! Und meine Mama ist verliebt. Ihr neuer Freund ist aber auch wirklich ein Goldgriff. Ich gönne ihr dieses Glück von Herzen. Gleich morgen werde ich meine Telefonabstinenz unterbrechen und meinen Bruder anrufen. Endlich muss ich mir über niemanden in meiner Familie Sorgen machen. Das hat auch was. Also sollte ich wohl dankbar sein und einfach weitermachen.

Mist.

Was ist denn jetzt los?

Schnell halte ich meinen Computer fest. Doch mein Glas fällt um. Die Tür kracht ins Schloss und irgendwo dürfte etwas umgefallen sein. Vielleicht drüben beim Klavierspieler?

Was soll denn das? Dieser Windstoß war jetzt aber schon sehr heftig.

Ich sammle die Scherben von meinem Wasserglas am Tisch ein. Zum Glück ist es nicht auf meinen Laptop gekippt. Aber ich gehe besser ins Haus.

Hm. Verdammt schwarz und ungemütlich sieht es über dem Meer aus. Ich schätze, da braut sich ein Gewitter zusammen. Dann werde ich mal drinnen weiterschreiben. Eh besser. Dann bin ich nicht abgelenkt. Obwohl, jetzt hat er aufgehört zu spielen. Gut so.

***

Gar nicht gut!

Ich bin in Teufels Küche gelandet. Draußen stürmt und rumort es, als wäre die Hölle losgebrochen. Und mein Handy geht auch nicht. Ich wollte das Wetter hier googeln. Gar nichts. Keine Verbindung. Was mache ich jetzt? Ist das bloß ein Unwetter oder gar ein Hurrikan?

Mir läuft es kalt über den Rücken. Was mache ich, wenn das tatsächlich ein Hurrikan ist? Aber nein, das hätte ich mitbekommen.

Handyabstinenz! So eine beschissene Idee. Wie hätte ich es denn mitbekommen sollen? Seit Tagen lese ich weder Nachrichten noch meine WhatsApps.

Im Wohnzimmer auf und ab zu laufen bringt auf jeden Fall nichts. Die Fensterläden habe ich mittlerweile alle geschlossen. Was soll ich sonst noch machen? Was tut man denn, wenn der Sturm stärker wird?

Mehr einzukaufen, wäre sinnvoll gewesen. Besonders viel ist nicht in meinem Kühlschrank. Gerade einmal ein bisschen Obst, Salat, eine Packung Mozzarella und zwei Tafeln Schokolade.

Ich zucke zusammen.

Was hat denn da so gekracht?

Ich stürze nach draußen.

»Nein!«

Die Sitzgruppe liegt teilweise im Pool und die Liegen hängen quasi in den Büschen vom Klavierspieler. Der Wind raubt mir den Atem. Das ist jetzt aber schon ein verdammt starker Sturm. Ich hätte definitiv mehr zum Essen und mehr Wasser einkaufen sollen. Was, wenn das jetzt tagelang so geht?

»Was tun Sie denn hier draußen? Sind Sie lebensmüde?«, blafft mich plötzlich mein Nachbar von hinter der lebenden Hecke an.

»Wonach sieht es denn aus?«, keife ich zurück und ziehe an dem Tisch, der halb im Pool hängt.

Er teilt die Büsche und kommt auf mich zu. Der Sturm drückt sein T-Shirt so eng an seine Brust, dass jeder Muskel sichtbar ist.

»Shit!« Der Tisch ist einfach zu schwer. Mit einem Ruck fällt er in den Pool und ich nach hinten.

Er fängt mich im letzten Moment auf und stellt mich wieder senkrecht hin.

»Sie sind ja eine Gefahr für sich selbst!«

»Danke für die Fürsorge, aber Sie sind es scheinbar für andere.«

»Sie irren sich, denn wer rettet hier mitten im Hurrikan lieber einen ersetzbaren Gartentisch als sich selbst? Hängen Sie so wenig an Ihrem Leben?«

Moment.

»Hurrikan?«

Doch?

Oh mein Gott!

Immer, wenn ich irgendwohin fahre, googel ich zuerst das Wetter. Aber nein, weil ich so high wegen meines Drehbuchs war, habe ich es glatt vergessen. Und Gonzales? Er hat doch auch was von wegen Tormenta oder was Tornmenta, gebrabbelt und war ganz aufgeregt. Der hat ganz sicher den Sturm gemeint. Und was sag ich darauf? ›No problem.‹ Spitzenklasse. Ich bin echt durch den Wind. Im wahrsten Sinn des Wortes.

Nach wie vor sehe ich ihn entgeistert an und er hält mich am Arm fest. Wir lehnen uns quasi beide gegen den Wind.

»Jetzt sagen Sie nicht, Sie haben die Warnung nicht mitbekommen.«

»Äh, nein. Ich, also, na ja, ich habe mein Handy abgedreht gehabt und heute ging es nicht mehr.«

Herrschaftszeiten, komm ich mir blöd vor.

Wenig überraschend schreit sein Blick geradezu: ›Dumme Tussi! Wie kann man nur?‹

»Kein Wunder! Ich nehme an, Sie sind daher auch nicht vorbereitet, oder?« Ich schüttle den Kopf. Er kneift die Augenbrauen zusammen und sieht mich richtig angepisst an. »Ich fasse es nicht! Wie kann man bloß so ignorant sein?« Nun fährt er sich durch sein blondes Haar, als würde ich ihn total stressen. Der kann mich mal.

»Jetzt reichts aber. Niemand verlangt, dass Sie sich um mich kümmern.«

»Sie haben recht. Ich geh rüber und vergesse Sie in Ihrem Elend hier am besten.«

Schon dreht er sich weg und ich sehe seinen Hintern in den engen Jeans. Mein Herz pocht laut im Hals. Wenn er jetzt weggeht, bin ich hier allein im Sturm! Soll ich ihn doch laut schreiend um Hilfe anbetteln?

Nein.

Niemals.

Nicht so einen Macho.

Er erreicht die Hecke, doch mit einem Ruck dreht er sich um.

»Shit! Auch wenn ich nichts lieber täte, als Sie hier versauern zu lassen, kann ich das nicht.« Wie jetzt? Er macht sich echt Sorgen um mich? »Sie holen auf der Stelle ein paar Ihrer Sachen und kommen mit mir mit. Aber schweigend, wenn ich bitten darf.«

Mich fröstelt. Sooo schlimm soll es werden? Sonst würde mir dieser Mann doch niemals anbieten, mich mitzunehmen.

Angst kriecht meinen Rücken hoch.

Er hat recht. Ich hab keine Ahnung, was man während eines Hurrikans tut. Wie man sich am besten verhält. Und googeln kann ich auch nicht.

»In Ordnung. Ich packe schnell eine Tasche.«

»Ich komme mit. Wir sollten uns beeilen. Heute soll der Sturm am schlimmsten werden. Und schweigend packen, wenn ich bitten darf.«

»Okay, okay. Glauben Sie nicht, dass ich groß Lust auf eine Unterhaltung mit Ihnen habe.«

»Dann ist es ja gut.«

Ich kämpfe mich gegen den Wind ins Haus zurück. Alles fliegt herum. Christinas gesamte Deko: Lampions. Glaskelche, die in den Blumenbeeten auf Stäben aufgehängt waren. Die Polster der Loungemöbel. Einfach alles!

Nach ein paar Minuten habe ich das Notwendigste gepackt. Auch wenn er mir mit seiner überheblichen Art auf den Wecker geht, aber alleine will ich während eines Hurrikans wirklich nicht sein. Und ich habe kein Wort gesagt.

Mit meiner schwarzen Tasche in der Hand laufe ich die Treppe ins Wohnzimmer hinunter, wo er wartet. Da steht er: mit verschränkten Armen und süffisant grinsend.

»Ich habe alles so weit verriegelt, wie es ging«, informiere ich ihn nun doch.

Oh. Er hat einen schweren Ohrenstuhl vor die Eingangstür geschliffen.

»Gut.«

Plötzlich streckt er seine Hand aus. »Nathaniel. Und du?«

Verdutzt gebe ich ihm meine. Sehr formell, irgendwie. »Lieselotte, aber meine Freunde nennen mich Lisa.«

»Freut mich, Lieselotte. Meine nennen mich Nat, aber für dich gerne Nathaniel.«

Meine Augen werden gerade noch größer, als sie es ohnehin schon sind. Will er damit andeuten, dass wir hier nur eine Zweckgemeinschaft gegen den Sturm sind?

Kann er haben.

»Mich auch, Nathaniel.« Wie Ausschlag. »Dann lass uns mal gehen.«

Ohne ein weiteres Wort nimmt er mir meine Tasche ab, dreht sich um und öffnet die Türe. Hätte er sie nicht gehalten, wäre sie wohl in dem Moment aus den Angeln gehoben worden und davongeweht.

Ich schlüpfe an ihm vorbei ins Freie.

Holy Moly!

Die Palmen biegen sich aber echt arg.

Er packt mich fest am Oberarm und so schnell es der Wind zulässt, kämpfen wir uns zur Hecke. Schlüpfen durch. Erst er mitsamt meiner Tasche. Jetzt ich.

Nur noch den mit rechteckigen Sandsteinplatten ausgelegten Weg rauf zu seiner weißen Villa. Falls es seine ist. Aber ich denke, das wird er mir noch erzählen. Und wenn nicht, ist es auch egal. Hauptsache, wir kommen endlich ins Haus. Hier heraußen ist es mehr als ungemütlich. Ich kann nur hoffen, es hält dem Sturm stand, denn dieses Haus hat gar keine Balken. Vielleicht hätte ich doch lieber drüben bei Christina bleiben sollen? Herrgott! Und wo ist eigentlich Dominique geblieben? Hm. Vielleicht ist sein Flug gecancelt worden? Wird wohl so sein. Verdammt. Ich würde sonst was drum geben, jetzt mit ihm ein paar Tage in seinem Haus zu verbringen. Weggesperrt von der Welt. Nur er und ich. So wie ich jetzt mit diesem Nat ... Den ich gerade anstrahle, weil er mir seine Eingangstür aufhält. Ich weiß, was sich gehört. »Vielen Dank, dass du mir Unterschlupf gewährst, Nathaniel.«

Komischer Name. Seine Eltern scheinen Bibelanbeter zu sein.

Ich halte mich an der Türklinke fest, drehe mich noch einmal kurz um und seh aufs Meer zurück. Es ist total dunkel, laut und aufgepeitscht. Überhaupt herrscht seit heute in der Früh Weltuntergangsstimmung. Die dicken dunkelgrauen Wolken jagen quer über den Himmel. Nein. Das ist definitiv nicht nur einfach ein Sturm.

Schnell husche ich unter seinem Arm hindurch hinein ins Haus.

In der Sekunde fühle ich mich sicherer als drüben in Christinas Villa. Gott weiß warum. Andererseits, wer will in so einer Ausnahmesituation schon alleine sein? Selbst mit so einem Arroganzling ist es besser als alleine.

Bewundern werde ich die stilvolle, moderne Einrichtung später. Dann, wenn der Sturm sich verzogen hat. Nat deutet mir, ihm die freistehende Holztreppe nach oben zu folgen. Schätze, da sind die Schlafzimmer.

Im Öffnen einer der weiß lackierten Türen sagt er: »Hier ist ein Gästezimmer. Gleich daneben ein Badezimmer. Nimm dir, was immer du brauchst.«

Äh. Das Zimmer ist toll. Keine Frage. Ein weißes Boxspringbett thront in der Mitte, eingehüllt in weiße Vorhänge. Kleine fliederfarbene Sitzgruppe, weiße Stilmöbel. Sogar ein Schminktisch. Sehr hübsch. Aber nie und nimmer will ich bei einem Hurrikan im ersten Stock darauf warten, dass der Wind das Haus abdeckt. Okay. Diese Villa hat ein Flachdach. Ist das gut oder schlecht?

Eigentlich noch schlimmer! Was, wenn es das ganze Stockwerk hinunter ins Meer wirbelt? Und ich mit ihm? Ich sehe es förmlich vor mir, wie ich mitsamt dem Schminktisch ins Meer geweht werde.

Ich spüre, dass meine Gesichtszüge etwas Flehendes angenommen haben. »Ist es okay, wenn ich gleich wieder, äh ... mit dir hinunterkomme?«

Er grinst. Das macht ihn einen Tick sympathischer, denn es nimmt seinen Zügen das Harte. Sture.

»Da hat ja jemand richtig Angst vor dem Sturm.«

Ich nicke. Jetzt ist der falsche Zeitpunkt, die Heldin zu geben.

»Klar, komm. Ich habe schon den begehbaren Kleiderschrank unten richtig heimelig hergerichtet. Mitsamt Taschenlampen und Champagner. Da ist noch Platz für dich.«

Mein Herz setzt kurz aus.

Verarscht er mich oder hat er ernsthaft vor, den Hurrikan in einem Kasten auszusitzen? Begehbar oder nicht, tut nichts zur Sache.

»Das war jetzt ein Scherz, oder?«

Aufrecht vor mir stehend und die muskulösen Armen direkt vor seiner Brust verschränkt, sagt er: »Keineswegs. Das ist der sicherste Platz in diesem Haus. Wurde quasi als Schutzraum gebaut, denn hier gibt es keinen Keller.«

Aha.

Gut. Aber was ... »Wenn der erste Stock zusammenbricht, dann werden wir aber verschüttet!«

Er grinst mich spitzbübisch an.

»Ich hoffe, bevor wir hier ein unrühmliches Ende finden, haben wir zumindest noch Zeit, die vollen Namen und Adressen auszutauschen. Wäre ja etwas skurril, wenn wir als Fremde nebeneinander den Tod finden.«

Seinen morbiden Humor und einen Gin Tonic für die Nerven hätte ich gerne.

»Hast du jetzt plötzlich vor, mit mir auf Konversation zu machen?«

Er mustert mich. »Sieht so aus. Ich habe es mir anscheinend anders überlegt.«

»Aber ich nicht«, erwidere ich trotzig. Auch wenn ich die Gesamtsituation als echt bedrohlich empfinde, zumal der Sturm zugelegt hat. Wie heftig kann so ein Hurrikan eigentlich werden? »Ich weiß, das klingt jetzt blöd, aber wie stark soll der Sturm denn werden und wie lange wird das dauern?«

»Nach der letzten Meldung, die ich im Fernsehen gesehen habe, Stärke vier bis fünf.« Verstehe, sagt mir aber leider gar nichts. »Aber zum Glück hat sich die Route geändert. Jetzt lautet die Prognose, dass wir nur vom Rand erwischt werden.«

Mein Blick fällt auf die große Glasfront. Draußen sieht es nach Weltuntergang aus. Wann hat er vor, die Fenster zuzunageln? Ich habe bei Christina wenigstens die Balken geschlossen, aber er hat ja nicht mal welche.

»Wenigstens etwas.« Auch wenn ich nicht weiß, was das für uns bedeutet. »Aber was ist mit den Fenstern?«

»Was soll mit ihnen sein?«

Ich muss das fragen. Mich macht das ganz verrückt. So schön Fensterfronten nach allen Richtungen auch sind, sie vermitteln mir das Gefühl, als würde ich mitten im Sturm stehen. Die Palmen biegen sich immer mehr, sind kurz vor dem Abbrechen. Und das Meer ist dunkelgrau und schäumt. Alles andere als heimelig.

»Hier wurde Hurrikan-sicheres Glas eingebaut.«

Laut und etwas beruhigter als noch vor einem Moment atme ich aus.

»Okay, dann begeben wir uns mal in deinen Schutzraum.«

Nat deutet mir, ihm zu folgen, was ich voller Erleichterung tue. Vielleicht beruhigt sich mein Puls wieder, wenn ich nicht nach draußen schauen kann.

***

Da sitzen wir. Auf einer Matratze am Boden. Rund um uns hängt seine Kleidung. Also ich denke, dass es seine ist. Ziemlich viele Jeans auf Haken. Jede Menge weißer Hemden, einige Sakkos, aber auch Sportliches wie einige Neoprenanzüge und sein Tauchzeug. Der Raum ist gar nicht so klein. Vor uns brennen drei Kerzen, die Nat auf ein Tablett gestellt hat. Aus purer Verzweiflung futtere ich Erdnüsse und hab bereits zwei Gläser Champagner getrunken. Sehr sonderbar, die ganze Szene hier. Irgendetwas müssen wir tun, um die Zeit totzuschlagen. Uns weiterhin anzuschweigen bringt mich sonst noch um den Verstand.

»Ich schlage ein Spiel vor.«

»Sex?«

»Du spinnst. Backgammon oder so.«

»Habe ich keines«, meint er und lehnt gemütlich auf den Ellbogen gestützt neben mir.

»Na gut, dann stelle ich dir eben eine Frage, die du ehrlich beantworten musst, und dann darfst du mir eine stellen.«

»Das soll ein Spiel sein? Woran willst du denn erkennen, ob meine Antwort ehrlich oder gelogen ist?«

Sein belustigtes Blitzen in den Augen macht mich fertig. Im Gegensatz zu mir scheint er die Lage hier nicht sonderlich ernst zu nehmen. Andererseits, warum hat er mich dann zu sich rübergeholt?

»Mach dir darüber mal keine Sorgen. Also, erste Frage: Seit wann bist du hier auf Provo?«

So nennen die Einheimischen die Insel Providenciales, auf der wir hier sind. Ich finde, das klingt so wissend von mir. Echt lässig.

»Uninteressant, und du musst dich nicht wie ein Löwe an die Gazelle anschleichen. Die drei Fragen, die dich brennend interessieren, beantworte ich dir gerne. Auch ohne Spiel.«

Ich funkle ihn zornig an. Grundsätzlich halte ich mich für ein umgängliches Wesen. Ich kann buchstäblich mit jedem irgendetwas quatschen. Also wie kann es sein, dass man mit ihm so gar keine normale Unterhaltung zustande bringt? Ich will doch nichts anderes, als nicht an den Sturm denken und uns die Zeit so angenehm wie möglich gestalten. Das war es auch schon.

»Bitte, dann lass ich mich mal überraschen, was mich deiner Ansicht nach so brennend an dir interessiert.«

Er sieht mir direkt und intensiv in die Augen. »Ja, Musiker und nein.«

Verdattert sehe ich auf die Matratze. Was war das jetzt? »Und was waren meine nicht gestellten Fragen?«

Ob ihm das Haus hier gehört, welchen Beruf er hat und ob er eine Frau oder Freundin hat, schätze ich. Das nehme ich an, aber ich weiß nicht, in welcher Reihenfolge er die erste und letzte beantwortet hat.

»Doch blond?«, lacht er.

Hallo? Er ist selbst auch blond.

»Doch noch nie selbst in den Spiegel geschaut?«

»Vielleicht schlechte Erfahrungen mit blonden Frauen gemacht?«

»Vielleicht kein Wunder, wenn man mit dir nicht normal reden kann?«, ätze ich.

Was ist schlimmer? Noch stundenlang hier neben ihm auszuharren oder mich durch den Sturm rüber zu Christinas Haus zu kämpfen?

»Mag sein. Aber vergiss es. Denk nicht mal drüber nach, rauszugehen.«

Was bin ich für ihn? Ein offenes Buch? Wie geht das?

»Hab ich gar nicht.«

»Wenn du es sagst? Du hast auf Ehrlichkeit bestanden, nicht ich.«

»Pass auf. Nur damit du es weißt: Ich weiß es zu schätzen, dass du mich den Sturm nicht alleine aussitzen lässt. Ehrlich. Aber wir müssen auch gar nicht reden. Das ist auf jeden Fall besser als unsere Nicht-Gespräche, die wir hier führen.«

»Also ich mag Nicht-Gespräche. Und ich mag Nicht-Tussis.«

Jetzt reichts dann aber! Ich wähle den Sturm!

Ruckartig springe ich auf.

»Du bist ja wie ein Elefant im Porzellanladen!«

»Hier gibts aber keine Elefanten«, grinst er ein weiteres Mal und es ist überheblich!

Stimmt. Nur Flamingos, Fische und ein paar andere Vögel. Ach ja. Und Salamander. Ist ja jetzt egal.

»Außer dir!«

So. Das hat gesessen. Er kaut an ein paar getrockneten Ananasstücken aus der Nussmischung.

»Dann bin ich doch wenigstens eine Rarität hier, oder?«

Der ist aber auch durch nichts aus der Ruhe zu bringen. Oder aber Verbalgefechte turnen ihn an. Ich sehe von oben auf ihn herab, weil ich stehe und er im Schneidersitz am Boden hockt.

»Manchmal ist es durchaus besser, keine zu sein.«

»Sagt wer? Die Flamingotussi aus dem Schwarm?«

Es reicht.

Ja. Genau.

»Danke für deine Gastfreundschaft«, fauche ich schnell in seine Richtung, dreh mich um und stürme hinaus ins angrenzende Zimmer. Ein weiteres Gästezimmer, so wie es eingerichtet ist. Ich renne zur Tür, die zum Wohnzimmer führt, von wo aus wir gekommen sind.

Dieser Kerl ist ja nicht auszuhalten! Was glaubt er eigentlich, wer er ist?

Ich greife nach der Türklinke. Im selben Moment zieht mich eine Hand nach hinten.

Seine.

Klar.

Ist ja sonst niemand hier.

»Willst du dich umbringen?«, fährt er mich an.

Man kanns auch übertreiben. Es sieht nicht so viel schlimmer aus als zuvor, als wir hergegangen sind. Angenehm war der Weg nicht, aber sterben werd ich auch nicht gleich. Jetzt funkle ich ihn zornig an.

»Nein, hab ich nicht vor. Aber alleine den Hurrikan aussitzen kann ich drüben auch.«

Shit!

In dem Moment kracht draußen einer seiner Bäume mitsamt den Wurzeln auf seine steinerne Terrasse. Ein kalter Schauer jagt durch meinen Körper. So ein Mist!

»Willst du noch gehen?«, fragt er siegessicher.

Was zum Teufel will er eigentlich von mir? Aber ja! Im Moment bin ich gerade voll stolz auf mich, dass ich nicht vor Schreck wie ein Klammeraffe in seine Arme gesprungen bin oder mir ins Höschen gepinkelt habe.

»Von mir aus bleibe ich eben hier. Aber nur, weil du darauf bestehst.«

Wieder kann er sich das Grinsen nicht verkneifen und seine hellblauen Augen leuchten geradezu schadenfroh.

»Tue ich, aber unter zwei Bedingungen! Entweder wir schweigen doch, oder, wenn wir schon reden müssen, dann ernsthaft, denn sonst tritt wieder Bedingung eins in Kraft: Wir schweigen.«

Draußen wird das Tosen des Sturms oder des Meeres, ich kann den Unterschied nicht mehr ausmachen, immer lauter.

Bedrohlicher.

Angsteinflößender.

Ich mach mir doch gleich ins Höschen.

»Ach, und an wem liegt es, dass wir nichts Ernsthaftes miteinander reden können? An mir nicht. Aber okay. Von mir aus. Ich bleibe.«

Das mit ihm ist entwürdigend. Aber besser entwürdigend, als dass ich da draußen sterbe.

»Geht ja«, meint er, nimmt mich an der Hand und geht vor.

Da soll einer schlau aus ihm werden. Für Sekunden ist er fürsorglich, hat einen beinahe liebevollen Blick in den Augen, und dann schlägt er um, entweder in spöttisch oder zornig. Aber ich hab nur die Wahl zwischen Pest mit ihm und Cholera drüben bei Christina allein. Dann eben Pest. Immerhin hat er genügend Getränke und vermutlich auch Essen.

Nat zieht die schwere Tür hinter uns zu und streckt mir plötzlich im Halbdunklen die Hand hin. »Nat Riffkin, Single-Urlauber. Du kannst mich doch Nat nennen.«

Hä?

Ist das bei ihm sowas wie ein Friedensangebot?

»Lieselotte Walters. Drehbuchautorin, und wie schon gesagt, du kannst gerne Lisa zu mir sagen.«

Er küsst meine Hand. »Freut mich, Lisa. Bitte nimm Platz.«

Also so verarschen muss er mich jetzt echt nicht.

Trotzdem murmle ich ein »Danke« und lass mich an derselben Stelle wie zuvor auf der breiten Matratze im Schneidersitz nieder.

»Noch ein Glas Champagner?«

Eher nicht, auch wenn ich es brauchen könnte. Denn wer weiß, am Ende müssen wir schnell reagieren und geistig fit sein, da wäre ein Schwips das Allerallerletzte!

»Nein danke. Aber ein Wasser gerne.«

Er schenkt mir mein Glas von zuvor voll und reicht es mir.

»Es tut mir leid. Aber hin und wieder bin ich ein Misanthrop. Doch du hast sicher recht, Lisa: Wenn uns das Schicksal schon zusammengebracht hat, dann sollten wir aus diesen paar Stunden das Beste machen.«

Das alles hab ich doch überhaupt nie gesagt. Und außerdem: Ein paar Stunden? Seine Worte in Gottes Ohr! Ich hab schon Angst gehabt, so ein Hurrikan kann Tage dauern.

»Schön, wenn du es endlich auch so siehst.«

Er öffnet einen Unterschrank, indem er ihn kurz anstupst. Zum Vorschein kommt ein ozeanblaues Keyboard, das er herausnimmt und auf den Boden legt.

»Das wird aber ohne Strom ein Problem werden.« Hat er vor, sich die ganze Nacht mit Keyboardmusik um die Ohren zu schlagen?

»Nein, ich habe es mir mit Akku bauen lassen.«

Auf der Seite hat das Instrument ein silbern schillerndes, stilisiertes Ankh-Symbol, wie man es aus dem alten Ägypten kennt. Doch es ist verfremdet. Die seitlichen Teile sehen nämlich wie Flügeln aus.

Moment.

Dieses Symbol kenne ich. Er legt das Keyboard direkt auf die Matratze am Boden. »Und du hast dir das Zeichen von ›The Egyptian‹ drauf machen lassen? Find ich sehr cool.«

Ich weiß, wie sehr Bo und Sit auf die Musik von ›The Egyptian‹ stehen. Sie halten ihn für einen der besten Musiker der Welt. So weit würde ich ja nicht gehen, aber auch ich mag seine Songs, die sie hin und wieder im Büro spielen. Äh ...

Verdattert sehe ich ihn an. Kann das sein?

»Danke, wenn du mein Keyboard meinst. Ich finde es übrigens auch überaus gelungen. Es heißt Destiny.«

Er ist das mit dem Symbol einfach übergangen. Meine grauen Zellen laufen auf Hochtouren. Heißt das, er ist ›The Egyptian‹? Denn welcher normale Mensch gibt einem Keyboard einen Namen? Ich nenne mein Bügelbrett auch nicht Susi. Außerdem hat Nat doch gesagt, dass er Musiker ist.

»Bist du ›The Egyptian‹?«

Er zwinkert mir zu. »Wenn du es nicht weitersagst, leider nein. Aber im Zweifelsfall würde ich es zugeben.«

Bahnhof. Aber ich denke, die einfache Erklärung ist, Nat mag ›The Egyptian‹. ›The Egyptian‹ ist eigentlich nur ein Mann, der mit wechselnden Musikern auftritt und alle Konzerte in bombastischen Kostümen und in Maske spielt. Wie Kiss oder Lordi. Für Bo ist dieser Musiker jedenfalls eine lebende Legende. Auf einmal springt Nat auf. »So ein Mist! Ich habe Kaal Otschovsky vergessen.«

Ich hüpfe ebenfalls auf. »Wer ist das denn?«

»Der alte Designer genau gegenüber auf der anderen Straßenseite von mir. Ich muss zu ihm.«

Ich dachte, das Haus stünde leer? Zumindest hat es das. Jahrelang.

Nat reißt die Tür eines der wenigen Kästen in dem Raum auf und holt einen Bleigürtel heraus. Flossen und eine Taucherjacke fallen auf den Boden.

»Was willst du denn mit dem Bleigürtel?«

Wieder beschleicht mich dieses Angstgefühl. Er wird doch nicht?

»Keine Ahnung, aber ich denke, er macht mich schwerer und das kann in dem Sturm kein Fehler sein.«

»Du willst jetzt aber nicht rüber zu diesem Herrn Otschovsky, oder?«

»Doch, will ich. Kaal ist über achtzig und für ein paar Tage alleine in seinem Haus.«

Himmel! Mittlerweile ist der Strom ausgefallen und die Windgeräusche werden kontinuierlich lauter. Manchmal kracht irgendetwas, schlägt irgendwo wie eine Bombe ein. Mein Herz klopft im Hals. Das ist ja lebensgefährlich!

Ich packe seinen Oberarm. »Spinnst du? Du kannst da nicht rüber! Der Wind ist viel zu stark geworden.«

Nat zieht den Bleigürtel enger.

»Ich muss!«

Er schlüpft in eine Regenjacke.

Ich hasse es, wenn Männer auf Helden machen! Und das hier ist definitiv der falsche Ort und der falsche Zeitpunkt für Heldentum.

»Okay, dann komm ich mit!«

»Bist du wahnsinnig? Da draußen haben wir zwischen 140 und 160 Kilometer die Stunde Sturm! Reicht schon, wenn ich da rausgehe.«

Ich schnappe mir einfach eine weitere Regenjacke vom Haken. »Du kannst einen alten Mann doch unmöglich über die Straße hierher in dein Haus bringen. Wir gehen rüber und bleiben auch dort.«

Kurz sind tiefe Querfalten auf seiner Stirn zu sehen. Plötzlich nickt er.

»Du hast recht. Nimm dir auch einen Bleigürtel und lass alles andere hier.«

Mein Herz plumpst auf den Steinboden.

Ich geh da mit ihm raus in die Hölle?

Freiwillig?

Warum kann ich meinen Mund nicht halten? Sein Kühlschrank ist sicher voll und hier ist es total gemütlich. Aber andererseits fühle ich mich neben Nat so verdammt sicher. Ich will keineswegs die ganze Nacht alleine hier ausharren.

Die Angst vor meiner eigenen Courage übermannt mich. Zitternd greife ich nach dem Bleigürtel. Er ist kleiner als der, den er um seine Hüften über den Jeans trägt.

»Okay. Fertig. Wir können.«

Wenn wir das überleben, feiere ich morgen Geburtstag! Dabei habe ich erst in zwei Monaten.

5

Mittwoch

Klatschnass, aber am Leben, hocken wir wieder in einem begehbaren Kleiderschrank. Diesmal in Kaals. Ihn mag ich auf Anhieb. Der schmale weißhaarige Mann ist zwar ein wenig tattrig unterwegs, aber seine Stimme ist fest und seine Augen wirken im Kerzenlicht spitzbübisch.

Nat hat aus seiner Küche, auf Kaals Anweisungen hin, noch etwas Nachschub zum Essen und Trinken mit der Taschenlampe besorgt. Nat hat in der Zwischenzeit auch hier eine Matratze auf den Boden gelegt, aber in dem großen Raum ist eine Sitzgarnitur mit einem Sofa und einem Ohrenstuhl.

Eigentlich ganz gemütlich, wenn mir nicht in meinen feuchten Klamotten so kalt wäre.

»Du bibberst ja, Herzchen«, meint Kaal.

Stimmt. Aber was solls? Das werde ich wohl aushalten müssen.

Er steht auf und leuchtet mit der Taschenlampe eine Kleiderstange entlang. Dabei schüttelt er den Kopf. Jetzt durchsucht er Schubladen.

»Hier sind sie ja!«

»Was?«, fragen Nat und ich gleichzeitig.

»Die Jogginganzüge, die ich weggepackt habe.«

Wir sehen uns verdutzt an.

»Hier, einen für dich«, sagt er und reicht mir einen weißen Jogginganzug, der mir vermutlich zu groß, aber trocken ist. »Und hier ist einer für dich.« Auch Nat drückt er einen in die Hand, seiner ist allerdings schwarz.

»Einen Moment noch. T-Shirts und Socken finde ich auch noch für euch.«

Wieder kramt er in den großen Laden direkt vor mir und scheint fündig geworden zu sein, denn er drückt mir und dann Nat jeweils ein farblich passendes T-Shirt samt Socken in die Hand.

»Danke!«

Und schon verflüchtigt sich mein Strahlen. Wo soll ich mich umziehen? Doch nicht hier herinnen vor den beiden?

Bevor ich mein Problem zum allgemeinen Diskussionsthema erheben kann, schlüpft Nat direkt vor mir aus seinen nassen Sportschuhen, den Socken, der Jeans ... Oje, wieder wie Autounfall! Ich kann nicht wegsehen. Zieht er jetzt auch noch seine grauen Boxershorts aus?

Nein.

Gut. Dann kann sich mein Puls wieder entschleunigen.

Das Problem ist nur, ich bin bis auf den Bikini, den ich drunter trage, komplett nass.

Nat ist umgezogen und lacht mich an: »Worauf wartest du?«

»Auf einen Ganzkörperföhn, wenn ich ehrlich bin.«

Die beiden Männer lachen auf.

»Keine Sorge, meine Liebe. Ich war Schneider und habe wirklich viele nackte Frauen gesehen. Aber wir drehen uns um, nicht wahr, Nat?«

»Aber sicher doch. Obwohl: Ich hab Nachholbedarf, was nackte Frauen angeht.«

Ich schlag ihm mit dem Jogginganzug auf den Oberarm.

»Jetzt hör aber auf und dreh dich um.«

»Okay, okay.«

Keine Sekunde lasse ich während des Umziehens die Augen von Nat.

Geschafft.

»Ihr könnt euch wieder umdrehen, danke.«

Das tun sie auch. »Vermute ich richtig: Du trägst da jetzt nichts drunter, Miss Flamingo?«

Sehr witzige Anspielung. Auf meinem T-Shirt thront vorne ein Flamingo auf einem Surfbrett, das fast so aussieht wie das von Christina. Und ... »Natürlich trag ich was drunter!«, kläre ich Nat auf.

Haut.

Aber ich hasse diese blöden sexuellen Anspielungen.

»Schade. Was genau?«

»Lass das«, schreitet zu meinem Glück Kaal ein. »Solche Fragen stellt man einer Dame nicht, Nat.«

Der sieht ihn mit großen Augen an. Scheint nicht oft vorzukommen, dass ihn einer tadelt. Das ist mein Moment, um die Situation hier wieder in die richtige Richtung zu lenken.

»Sag, Kaal, du hast gesagt, du warst Schneider. Wo denn und was hast du denn geschneidert?«

Ein Lächeln huscht über sein Gesicht.

»In Deutschland habe ich gelernt und später, nach dem Krieg, bin ich nach Los Angeles ausgewandert.«

»Du musst wissen, Kaal hat Kleider und Maßanzüge sogar für Hollywoodstars angefertigt. Er ist nicht irgendein Schneider, er ist Kaal-O«, erklärt mir Nat, als würde er den alten Mann besser kennen als er sich selbst.

Wobei mir Kaal-O als Markenname jetzt leider gar nichts sagt. Doch das überspiele ich lieber.

»Wow! Das ist ja cool. Für wen hast du denn zum Beispiel ein Kleid gemacht?«

Ich muss diese Konversation hier am Laufen halten, sonst pfuscht mir Nat wieder mit irgendeinem Blödsinn hinein.

»Weißt du, das ist alles schon lange her. Aber zum Beispiel für die Bette Davis. Oder die Doris Day. Leider nie eines für die Monroe.«

Ich lehne mich gemütlich im Sofa zurück, das ich unglücklicherweise mit Nat teilen muss. Da es ein kleines Sofa ist, haben wir Körperkontakt. Aber den muss ich leider aushalten.

»Das musst du mir in allen Einzelheiten erzählen!«

In meinem Kopf läuft das Kino an. Die schicken 60er-Jahre-Kleider. Vielleicht hatte er ein kleines Atelier in Los Angeles, wo sich die Stars die Klinke in die Hand gegeben haben? Ob Kaal wohl noch seine Kleider in diesen großen schönen Schachteln an die Kundinnen ausgeliefert hat? Das habe ich in einer Fernsehserie gesehen und es echt toll gefunden. Was würde ich drum geben, wenn ich mal ein tolles Abendkleid in so einer Schachtel bekommen würde.

»Wenn du es wirklich hören willst, Lisa? Ich erzähle euch das gerne, aber nerven will ich euch mit meinen alten Geschichten nicht.«

»Du nervst doch nie, Kaal«, meint sogar Nat. Schau einmal einer an. Zu Kaal ist er ja geradezu handzahm. Ihn mag er anscheinend ziemlich. Wenigstens eine positive Eigenschaft an Nat.

»Bitte. Auf eure Verantwortung. Also, Anfang der Sechzigerjahre hatte ich es zu einem eigenen Atelier in der La Brea Avenue gebracht. Es war genau das, wovon ich immer geträumt hatte. Zwei Geschosse mit schweren Vorhängen, kleinen Ankleideräumen für die Kundinnen und ganz oben meine Schneiderei mit fünf Angestellten. Ich war so stolz! Ihr könnt euch das gar nicht vorstellen.«

Während Kaal verzückt seine Augen verdreht, muss ich daran denken, dass von uns dreien wohl bloß ich alleine mir das kaum vorstellen kann. In meinem ganzen Leben war ich noch nie auf etwas, das ich getan habe, wirklich stolz. Vielleicht als ich den Medienlehrgang an der Uni beendet habe. Ja, doch. Da war ich stolz. Aber dieses Gefühl ist schnell der Verzweiflung gewichen, einen Job finden zu müssen. Nicht einfach, wenn man weiß, dass man eigentlich gar nichts kann. Nat kann wenigstens toll Klavier spielen.

»Nein, leider habe ich das noch nie wirklich empfunden, aber ich finde es toll. Du musst unbedingt weitererzählen, Kaal.«

Er zieht die Augenbrauen kurz in die Höhe, übergeht aber meine Bemerkung und fährt fort. Kaal erzählt. Von den Abenden, an denen Grace Kelly mit ihm über seine neuen Entwürfe gebeugt am Boden gesessen ist und sie gemeinsam passende Kleider ausgesucht haben. Und wie überrascht er war, als sie plötzlich die Fürstin von Monaco wurde. Oder von Doris Day, die immer erst nach einem Anruf bei ihm erschienen ist, in dem sie nachgefragt hat, ob sie wohl alleine sein würden. Sie mochte schon damals keine Öffentlichkeit. ›Ihr ging es wie mir. Wir haben uns immer die große Liebe gewünscht, aber es sollte eben nicht sein.‹

Kaal erzählt auch von den wilden Siebzigern, in denen er, teils zum Schrecken seiner Stammkundinnen, sehr früh Gefallen an psychodelischen Mustern und wallenden Kleidern gefunden hat. Aber er berichtet auch davon, dass seine Arbeit ihn immer davon abgehalten hat, zu heiraten. Einmal, ja einmal, da hat Kaal die Liebe seines Lebens kennengelernt. Noch in Deutschland. Sie wollte nicht mit in die USA und er sah für sich in seinem Heimatland keine Zukunft. Dass er damals nicht nach einer besseren oder anderen Lösung für sie beide gesucht und stattdessen einfach das Schiff nach New York bestiegen hat, tut ihm heute noch leid. Alles andere waren Affären. Mal kürzere, mal welche, die Jahre hielten, doch nun, mit siebenundachtzig, hat er zwar genügend Geld, aber weder Nachkommen noch eine Ehefrau. Und darunter leidet er, wie er uns schonungslos ehrlich offenbarte.

Es ist berührend mit ihm. Zwischendurch so spannend wie ein Krimi, dann wieder unheimlich lustig, wenn er von den Allüren seiner Kundinnen erzählt, für eine musste er immer alle Spiegel verhängen, sonst hat sie zu schreien begonnen, oder welche Whiskeysorten er für seine männlichen Kunden bereitstellen musste. Manchmal war sein Atelier auch der heimliche Treffpunkt schwuler Hollywoodstars mit deren Freunden. Aber es ist auch traurig. Denn hier sitzt ein alter, sehr lebenslustiger Mann, der seine Einsamkeit vor uns entkleidet. Schicht um Schicht. Der Mann, der alle hübsch anzog, sitzt nackt hier vor uns. Und er bedauert, dass er jetzt, wo er sich dieses Haus gekauft hat, nicht mehr schwimmen gehen kann. Weil er im Sand immer umknickt. Aber er liebt die Aussicht und das Wetter, sagt er.

Mir tut das unendlich leid. Wie schlimm muss das für ihn sein? Sein Grundstück endet ebenfalls am Meer, allerdings ist es eine langgestreckte Bucht, nicht so wie drüben bei Christina, wo die Bucht ins offene Meer hinausgeht.

Kaal scheint am Ende seiner Ausführungen angekommen zu sein. Spontan stehe ich auf und umarme ihn herzlich. Mir fällt nichts ein, was ich auf all das sagen kann, aber Kaal versteht auch so. Drückt mich innig an sich, dann ein Stückchen von sich weg, um sich ein paar Tränen aus den Augen zu wischen.

»Nun, so war es, mein Leben. Aber genug von mir. Nun möchte ich alles von dir wissen, Lisa. Du bist also zu Gast im Haus dieser Österreicherin?«

»Ja, stimmt. Das Haus gehört Christina, die meine Chefin und zugleich beste Freundin ist. Aber können wir nicht bei Nat anfangen?«

Ich erhasche Nats Blick. Ein eindeutiges Nein.

»Von mir gibts nichts zu erzählen und das wenige, das es doch gibt, kennt Kaal schon. Also: Du bist dran, Flamingo.«

Kaal tätschelt meine Hand. »Leider muss ich ihm recht geben, Herzchen. Ich bin mehr an dir als an diesem miselsüchtigen Menschen interessiert.«

Mit einem ausatmenden »Na gut« lasse ich mich aufs Sofa neben Nat fallen. Dann erzähle ich eben von mir. Auch wenn ich langsam wissen will, wer Nat wirklich ist und warum er rein gar nichts Essentielles von sich preisgibt.

Diese Nacht kann noch lang werden. Irgendwann knickt er sicher ein und dann löchere ich ihn mit Fragen.

6

Am nächsten Morgen

Was? Wo bin ich?

Ich sehe nur Kleidung. Anzüge. Jeans. Jede Menge Hemden. Andere als bei Nat.

Oh. Sein Arm liegt auf meiner Brust. Ich auf seiner Schulter. Neben ihm, in eine Decke gehüllt, Kaal.

Alles kommt zurück.

Wie wir gegen den Sturm angekämpft haben. Ich konnte kaum atmen. Dazu der heftige Regen. Klatschnass und mit brennender Brust haben wir Hand in Hand Kaals Tür erreicht. Nachdem wir ihn gerufen und laut auf die Tür getrommelt haben, hat er endlich aufgemacht. Das Türblatt hat es beinahe aus den Angeln gehoben, aber Nat konnte es halten. Tränen vor Rührung sind dem schmalen weißhaarigen Mann die Wangen heruntergeronnen. Er hat uns umarmt und wieder haben wir uns in einem begehbaren Schrankraum auf Matratzen niedergelassen. Diesmal Kaals.

Da sind wir noch immer.

Ich rieche Nat. Die letzten Spuren seines herben Parfums, ein wenig Schweiß, aber hey, es riecht sicher. Fühlt sich gut an. In seinen Armen zu liegen fühlt sich gut an. Richtig.

Für einen Moment schließe ich wieder die Augen. Kuschle mich enger an ihn. Sein Arm rutscht nach oben, kommt auf meinem Busen zu liegen und drückt mich an ihn.

Was ist das?

Alles in mir kribbelt. Er scheint zu schlafen. Liegt hinter mir.

Gestern oder heute Nacht, keine Ahnung, wie spät es war, hat er zu reden begonnen. Nach und nach hat auch Nat von sich erzählt. Von seinen Eltern, die bei einem Autounfall ums Leben gekommen sind, als er gerade einmal acht Jahre alt war. Von seiner Tante, die ihn aufgezogen hat. Seinen Depressionen in der Pubertät. Wie ihm die Musik geholfen hat, das Leben wieder als bunt und lebenswert zu betrachten. Warum er nach Kalifornien ist, um Filmmusik zu studieren. Aber was er jetzt beruflich macht oder ob ihm das Haus gehört, hat er mir nicht beantwortet.

Mein Kopf sortiert eine Information nach der nächsten aus. Zusammen ergeben sie ein Bild, das überhaupt nicht zu dem schroffen Typen passt, der mir im Meer begegnet ist. Trotz seiner Größe, trotz seines durchtrainierten Körpers scheint er hochsensibel zu sein. Möglicherweise erklären seine Kindheit und Jugend seine Ressentiments Fremden gegenüber. Oder aber ich weiß noch nicht alles.

»Guten Morgen«, brummt er hinter mir in mein Haar hinein.

Ich drehe mich um. Nach wie vor hält er mich umarmt.

»Auch guten Morgen.«

Aus seinen Augen fließt Zuneigung. Hüllt mich für einen Wimpernschlag ein. Wärmt meinen Körper. Strömt in mein Herz. Macht mich sprachlos und glücklich.

»Äh, Entschuldigung.«

Ruckartig setzt er sich auf.

Dieses so unheimlich schöne Gefühl verlässt mich schlagartig. Lässt mich leer und verwirrt zurück.

Was war das eben?

Auch ich setze mich auf und zupfe mir mein T-Shirt zurecht. »Ich höre nichts mehr. Du?«

Er lauscht. »Nein, klingt gut. Bleib du hier, ich sehe mal nach draußen.«

»Guten Morgen, ihr beiden«, meldet sich nun auch Kaal.

Ich strahle den alten Mann an.

»Bin gleich zurück, Kaal. Ich checke bloß mal die Situation.«

Kaal nickt und ich strecke ihm die Hand hin, um ihm aufzuhelfen. Aber stur wie er ist, das habe ich gestern schon bemerkt, will er alleine hochkrabbeln, auch wenn es ihm einige Mühe bereitet. »Das hier ist unwürdig«, lächelt er mich an. »Ich brauche eine Dusche, frische Kleidung und du hast mich niemals so gesehen, Lieselotte!«

Ich muss lachen. »Nur, wenn du mich auch nicht so gesehen hast, Kaal.« Schließlich musste ich mich, wie Nat auch, ausziehen und stecke in einem von Kaals T-Shirts und in einer Jogginghose. Bloß dass sein T-Shirt um die Brust dermaßen spannt, dass ich mich wundere, wie er darin schlafen und atmen konnte.

»Versprochen«, meint er und torkelt in Richtung Tür.

»Kaal, sollten wir nicht warten, bis Nat zurück ist?«

»Kindchen, ich bin sicher, dass das Gröbste vorbei ist.«

Bitte. Dann eben nicht.

Ich schlüpfe nach ihm raus, vorbei an seinem riesigen Master-Bedroom, in dem ein cremefarbenes Himmelbett steht. Tolle Stoffe. Wunderschöne, etwas protzige dunkelbraune Möbel. Überhaupt wirkt seine Einrichtung opulent. Aber dafür ist seine Marke, Kaal-O, anscheinend bekannt, wie ich gestern gelernt habe. Umwerfende Muster und Designs. Farben, die sich sonst niemand zu mischen getraut, und Schnitte, die sowohl schlicht und klassisch wie gleichzeitig ausladend und extrem sind.

Kaal verschwindet in das angrenzende Badezimmer, ich gehe hinaus ins Wohnzimmer. Auch Kaals Wohnzimmer hat eine Glasfront zum Garten hinaus mit einem herrlichen Blick über die schmale Bucht. Doch draußen ist alles grau in grau. Der Regen hat aufgehört, der Wind bläst aber noch immer.

»Was muss man tun, damit du das machst, was man dir sagt?«

Ich fahre herum. Nat steht mit verschränkten Armen hinter mir.

»Am besten wäre, mir diesen ›man‹ vorzustellen, denn warum sollte ich überhaupt etwas für ihn tun?«

Sorry. Auf ›man‹-Sätze bin ich allergisch. Reicht schon, wenn Sit oder Bo meinen, ›man müsste das Fenster aufreißen‹ oder ›man müsste einen gescheiten Kaffee vom Besprechungsraum holen‹. Der ›man‹ bin immer ich, aber ich stell da auf taub.

»Eins zu null für dich.«

Schmunzelnd betrachte ich Nat. Seine Größe gefällt mir. Ich mag große Männer, die schöne Hände haben. Nat hat lange, schmale Finger, die manikürt sind. Aber auch sein kantiges Gesicht, sein Mund, diese gerade, aber irgendwie eigenwillige Form seiner Nase, seine hellblauen Augen. Ich bin einfach ... »Zufrieden mit dem, was du siehst?«

Ertappt.

Unwillkürlich zucke ich zusammen.

»Heute ist das Licht besser.«

Was war denn das für eine sinnentleerte Ansage? Und überhaupt. Wieso fühle ich mich neben ihm wie ein verliebter Teenager?

»Stimmt. Woher hast du den Cut auf der Stirn?«

Mit einem Finger fahre ich die Narbe nach.

»Das? Ach, das war die Ecke unseres Esstischs. Ich glaub, ich war vier oder fünf, als ich dagegen gerannt bin.«

»Du warst also tatsächlich auch einmal klein? Aber steht dir.«

Wieso können wir bei halbwegs normalem Tageslicht nicht auch halbwegs normal miteinander reden?

»Ja, stell dir vor. Auch ich war einmal klein. Aber zum Glück bin ich jetzt groß. Daher: Danke dafür, dass du mich heute Nacht so heroisch beschützt hast. Ich werde jetzt nach Hause gehen. Sag Kaal ebenfalls Danke und ich seh am Nachmittag nach ihm, wenn es ihm recht ist.«

Genau. Ich geh jetzt heim und vergesse am besten den Wahnsinn, den wir heute Nacht erlebt haben. Und ich hoffe, dass ich, sobald ich draußen bin, dieses Gefühl los bin, ihm spontan um den Hals fallen und ihn küssen zu wollen.

Konzentriert sehe ich in Richtung Eingang und gehe schnurstracks an Nat vorbei. Wieder einmal zieht er mich an der Hand zurück. Ich lande in seinen Armen. Was soll ...?

Oh.

Nat sieht mir ins Herz. Direttissima.

Küsst mich aus heiterem Himmel mitten auf den Mund. Schmetterlinge. Wärme. Funken!

Überall in meinem Körper.

Meine Augen klappen zu, mein rechtes Bein nach oben.

Und nun?

Er schiebt mich nach hinten. Ich fahre mir mit den Fingern über den Mund. Warum eigentlich?

»Jetzt kannst du gehen! Wir sehen uns.«

Hä?

Was war denn das?

Keine Ahnung. Ich renne nach draußen.

Die Straße ist nass, überall stehen Pfützen. Äste liegen am Boden, aber ansonsten sieht es gar nicht so schlimm aus. Zwar geht noch ein ordentlicher Wind, aber gegen gestern ist das gar nichts.

Von der Straße aus sehe ich, dass in Christinas Vorgarten alles recht gut aussieht. Der Hibiskus hat fast alle seine Blüten verloren, von einer der Palmen hängen ein paar abgeknickte Äste armselig nach unten, aber ansonsten geht es. Ich laufe um das Haus herum nach hinten in den Garten, der auf der Meerseite liegt.

Oje! Das sieht eher traurig aus. Teile der Sitzgarnitur liegen im Pool, die großen Tontöpfe sind zersplittert. Überall liegen Scherben und Erde. Die große Palme vor Nats Haus liegt quer bis über die Hecke. Ich werde mich duschen, anziehen und dann hier alles mal sauber machen, soweit es geht.

Aber zuerst brauch ich einen Kaffee.

***

Großartig! Ich habe keinen Strom.

Kein Strom bedeutet kein Kaffee und kein Kaffee bei mir miese Laune. So ein Topfen aber auch. Wenigstens bin ich geduscht, wenn auch kalt, und fühle mich in Jeans und T-Shirt wieder frisch.

Ob mein Handy wieder ein Netz hat? Ich schalte es ein.

Wenigstens was.

Nacheinander poppen unzählige Nachrichten auf. Ich tippe auf Christinas Nummer.

»Gott sei Dank! Alles okay mit dir?«, schreit sie durchs Telefon.

»Jaja, alles in Ordnung. Sorry, aber ich konnte dich gestern nicht mehr erreichen. Erst jetzt gibt es wieder ein Netz.«

Christina atmet lautstark am anderen Ende aus. »So ein Glück! Ich konnte nur an dich denken und habe keine Sekunde geschlafen. Die Nachrichten waren voll mit diesem Hurrikan.«

Die Arme. Jetzt ist es drei Uhr in der Früh bei ihr.

Ich erzähle ihr von Nat, den sie noch nie selbst getroffen hat. Allerdings schaffe ich es nicht, ihr von all den Gefühlen zu berichten, die dieser seltsame Mann in mir auslöst. Ich würde irgendwie gerne, spüre aber diese innerliche Sperre. Vielleicht weil es kindisch ist. Außer, dass ich noch ein paar meiner Sachen bei ihm drüben habe und später holen werde, werden wir vermutlich nichts mehr miteinander zu tun haben.

Kaal schildere ich ihr in bunten Farben. Alles. Seine Villa, die Einrichtung, seine wachen hellen Augen. Ja, auch Christina ist erstaunt, dass der berühmte Kaal-O ihr Nachbar ist. Sie kennt ihn und gesteht mir soeben, dass sie sogar zwei Kleider von ihm besitzt. Wenn ich mein Drehbuch fertig habe, muss ich mir wirklich einmal ein paar Fashion-Seiten reinziehen. Es kann ja nicht sein, dass sie immer alles und jeden kennt und ich keinen blassen Schimmer habe. Aber ich weiß so einiges über die alten Ägypter. Überhaupt über Archäologie. Mit vierzehn, fünfzehn wollte ich Archäologin werden. Das hat sich wieder gelegt. Mein Wissen ist geblieben, auch wenn es brachliegt. Wen interessiert heute schon Heinrich Schliemann? Dieser Mann hat Troja quasi vom Schreibtisch aus entdeckt. Er war immer mein großes Vorbild, weil ich mir nie vorstellen konnte, dass ich mir große Reisen werde leisten können.

Christina hat mir in der Zwischenzeit erzählt, dass sie sowohl mit meiner Mutter als auch mit Sit und Bo telefoniert hat. Oje. Ich muss sofort alle anrufen. Marco, meinen Bruder, am besten auch.

»Christina, ich muss jetzt aufhören. Du schaust, dass du noch ein wenig Schlaf bekommst, und ich sehe zu, dass ich den Tisch und die Sessel aus dem Pool fische.«

»Okay, Lisa. Danke. Jetzt kann ich beruhigt schlafen gehen. Und mach dir keinen Kopf, alles, was kaputt ist, lasse ich in den nächsten Tagen von Gonzales abholen und zum Müll führen.«

»Jaja, aber so schlimm ist es nicht.«

Wir verabschieden uns.

Wie gerne hätte ich jetzt einen Kaffee!

Es klopft an der Tür zur Terrasse.

Nat öffnet das Moskitogitter, das ich vorher wieder eingehängt habe, und da ist er wieder. Dieser elektrische Augenblick zwischen uns beiden.

Ein Blitz, der durch meinen Körper fährt und sich in meinem Bauch entlädt. Sein Blick. Magisch. Für diese eine Sekunde. Dann ist alles wieder so wie immer.

Ob er das Gleiche wie ich fühlt? Vermutlich werde ich es nie erfahren.

»Hi, hier, ich bringe dir deine Sachen und einen Kaffee.«

Nat drückt mir meine Tasche in die Hand und hält mir eine Tasse unter die Nase. So gut hat Kaffee noch nie gerochen! Leider zieht er sie aber gleich wieder weg, bevor ich gierig danach greifen kann.

»Krieg ich ihn doch nicht?«

»Nur, wenn du ihn drüben bei mir trinkst.«

Ich versteh diesen Mann nicht.

»Du schleppst ihn hierher, damit du ihn wieder rübertragen kannst?«

Seine hellen Augen lachen.

»Genau. Ich dachte, du solltest ihn riechen, damit du mir brav wie ein Hündchen folgst.«

Ich bin zu schwach, ›Nein danke. Ich bin alles, nur kein Hündchen‹ zu sagen. Ich brauche diesen Kaffee! Was ich noch alles von ihm brauchen könnte, daran will ich erst gar nicht denken. Auch nicht, was das mit dem Kuss vorhin bei Kaal sollte.

»Okay, von mir aus. Aber warum hast du Strom und ich nicht?«

»Notstromgenerator«, lautet seine knappe Antwort. Dazu lächelt er schweigend, was Nats Lieblingsbeschäftigung zu sein scheint. Ich folge ihm nach draußen.

Oh wow! »Danke, du hast ja meine Garnitur aus dem Pool gefischt.«

»Ja, habe ich. Im Vorbeigehen. Spucks ruhig aus: Ich bin dein Held.«

Was hat man all den Buben der Welt angetan, dass sie immer Helden sein wollen?

»Ja, bist du!«

Allerdings eventuell anders, als du glaubst, Nat.

Was solls. Ich zockle ihm einfach hinterher, krabble zwischen den Büschen durch und über die umgestürzte Palme. Folge ihm auf dem mit Steinplatten ausgelegten Weg hinauf zur weißen Villa und bleibe kurz stehen, um auf das Meer zu sehen. Es hat nichts Türkises mehr. Leider. Nach wie vor brechen die Wellen donnernd in die Bucht herein.

Ich will mein Karibikwasser zurück!

Aber das wird noch dauern, schätze ich.

Daher werde ich mich fürs Erste mit einem Kaffee begnügen.

An der Theke seiner modernen Küche sitzend, nehme ich den ersten Schluck. Endlich! Nat hat den Kaffee weggeschüttet und mir einen neuen, heißen gemacht.

»Herrlich! Aber warum musste ich herkommen?«

Er lehnt mir gegenüber auf der anderen Seite der behauenen schwarzen Granitplatte.

»Weil ich dachte, hier wäre es netter. Immerhin sehen wir von hier aufs Meer hinaus.«

Mit dem Ausblick hat er recht. Da die gesamte Front aus Glas besteht, überblickt man die gesamte Landzunge, die zu seinem Grund gehört, und sieht rundum aufs Wasser.

»Von Christina aus kann ich auch aufs Meer sehen.«

Er streicht sich mit der Hand übers Kinn.

»Stimmt. Aber ich dachte mir, ich spiele Klavier und du kannst zuhören und hier schreiben. Du hast doch gestern gesagt, du musst dringend an deinem Drehbuch arbeiten. Und ich hab Strom. Du nicht.«

Plötzlich dämmert mir etwas. »Ach, und warum mussten wir dann gestern bei Kerzenschein ausharren, wenn du einen Notstromgenerator hast?«

Er schmunzelt. »Weil es so gruseliger war. Hättest du mich sonst als deinen Retter gesehen?«

Ich rolle meine Augen.

»Im Ernst? Genau was ich suche: einen Retter!«

»Jede Frau will einen.«

»So ein Blödsinn!«

»Bitte, wenn du meinst. Wonach suchst du dann?«

Das hier läuft in die völlig falsche Richtung. Nat tut ja geradezu so, als ob ich nichts dringender nötig hätte als einen Mann. Und damit ist er schief gewickelt. Ich bin zwar Single, aber nicht auf der Suche. Schon gar nicht nach einem Macho, von dem ich nur weiß, dass er Strom und Kaffee hat und ich nicht. Die Welt ist echt ungerecht.

»Ruhe und Frieden, wenn du es genau wissen willst. Und ein wenig Strom für meinen Computer, damit ich meinen Job erledigen kann.«

»Tja, das kann ich bieten, aber was bist du bereit, dafür zu tun?«

In meinem Hirn rattert es. Normalerweise würde ich aufspringen und wegrennen. Aber dann kann ich nicht schreiben, denn mein Akku vom Laptop ist leer. Ich sitze in der Falle. Wenn ich arbeiten will, und das muss ich, dann muss ich mich mit ihm gut stellen. Wenn ich es nicht tue, köpft mich Christina.

Ich hasse das!

»Ich kratz dir nicht die Augen aus?«

Er lacht.

»Zu wenig.«

»Okay, ich sag dir nicht, dass du ein mürrischer Macho bist.« Und ich frag dich auch nicht, warum du mich geküsst hast.

Nat beugt sich über die Theke, stützt seinen Kopf auf seinen Armen auf und sieht mich an. Unangenehm an.

Bohrend.

»Was?«, frag ich.

»Seltsam, denn ich denke, dass ich alles andere bin als ein Macho. Deine Menschenkenntnis lässt zu wünschen übrig, Flamingo.«

»Ach ja? Dann sag mir doch, *wie* du bist. Oder *wer* genau. Und nenn mich nicht Flamingo.«

»Für mich wirst du mein Flamingo bleiben.«

Hab ich es doch geahnt. Statt mir eine vernünftige Antwort zu geben, beginnt er, in der Küche zu hantieren, und schenkt uns beiden ein Glas Wasser ein. Über die Schulter sieht er mich an und fragt: »Woran genau schreibst du eigentlich?«

»Schau mich an und rate mal.«

Jetzt bin ich aber gespannt, ob er mit beiden Füßen voraus in der ›Blond ist gleich dumm‹-Falle landet. Eher ja als nein.

»Kitschiger Liebesroman. Großer, gut aussehender, reicher Mann verliebt sich in kleine, hübsche Frau mit Rehaugen, weil er sie vor dem bösen Wolf retten muss.«

Schon wieder mustert er mich mit seinen wachen blauen Augen. Und schon wieder wird mir heißer, als es sein dürfte. Immer wenn er mich so intensiv ansieht, breche ich in Hitzewallungen aus. Das muss ich ignorieren und mich eher auf seine provokanten Aussagen konzentrieren. Meine Hauptfiguren sind nämlich beide völlige Normalos. Sie Alleinerzieherin, er gerade geschieden. Aber ich lasse Nat gerne in dem Glauben, er hätte den Nagel auf den Kopf getroffen.

»Natürlich! Und wieso ist das in deinen Augen kitschig? So muss Liebe sein, oder etwa nicht?«, ätze ich.

»Kann sein, dass sich die unterschminkte Tussi mit dem Denkvermögen von Brot sich das so vorstellt. Ich wäre eher dafür, dass sie ihn rettet und er Ecken und Kanten hat, die sie eigentlich nicht mag, aber aus Liebe akzeptiert. Das wäre meine Variante von Kitschfilm.«

Das ist ja eine Frechheit! Ist es das, was er von mir denkt? Hält Nat mich tatsächlich für eine strohdumme und noch dazu völlig unattraktive Tussi? Das wäre ja die Höhe, denn klar bin ich nach dieser Nacht weder geschminkt noch sonderlich gestylt. Himmel! Wir haben einen schweren Sturm überstanden, der noch immer da draußen wütet. Was geht in seinem Hirn vor, wenn er erwartet, dass mich mein erster Weg ins Badezimmer und zum

Make-up führt? Okay, im Bad war ich, aber die Schminke hab ich völlig vergessen.

»Ich sehe jetzt einmal großzügig über deine unterschwelligen Beleidigungen hinweg, denn ich nehme an, du hättest logischerweise die Toleranz, dich in eine kleine, pummelige Frau mit dicken Brillengläsern zu verlieben? Klar. Und an Wunder glaubst du sicher auch.«

Die Welt ist ungerecht. Eine unumstößliche Tatsache. Da muss nicht ein Nat daherkommen und sie mir rosarot anmalen. Ich möchte mal seine Ex-Freundinnen sehen! Da können mir alle Männer mit inneren Werten daherkommen, aber sobald sie entweder gut aussehen und/oder reich sind, kenne ich keinen, der sich mit einer durchschnittlich aussehenden Frau an seiner Seite zufriedengibt.

Moment. Stimmt nicht. Pierce Brosnan ist eine rühmliche Ausnahme. Dafür hat er meinen größten Respekt. Er liebt seine Frau, so wie sie ist. Aber sonst?

Nats hellblaue Augen fixieren meine. »Wer weiß? Und wenn ich das tue? Würde das deine Vorurteile über mich ins Wanken bringen?«

Ich blase mir eine Strähne aus dem Gesicht und wische mir entnervt über die Stirn. Mein Rücken schmerzt etwas, ich muss ziemlich verkrampft geschlafen haben. Was hält mich davon ab, aufzustehen und zu mir rüberzugehen?

Ach ja. Er hat Strom. Und der Geruch von frischer Ananas, den Mangos und der Papaya, über die er soeben Joghurt schüttet. Mein Magen knurrt leise. Ich kann auch nach dem Frühstück aufstehen und gehen und mir überlegen, wie ich an Strom komme. Vielleicht hat Kaal auch einen Generator?

»Ich hab dir gegenüber gar keine Vorurteile! Das bildest du dir bloß ein.«

Mir rinnt das Wasser im Mund zusammen.

Nein. Es geht nicht darum, wie sexy er mit seinen noch feuchten Haaren aussieht. Er gießt Ahornsirup über das Joghurt und ich liebe Ahornsirup über dem Joghurt. Egal, was er mir eventuell noch an unterschwelligen Gemeinheiten rüberschiebt, erst esse ich seinen Obstsalat und anschließend haue ich ab.

»Okay, dann sag mir doch mal, was du genau von mir denkst«, sagt er, schöpft das verfeinerte Joghurt in zwei separate Glasschalen und schiebt mir eine davon samt einem Löffel rüber.

»Wow! Danke!«

Schmeckt himmlisch!

Aber was sage ich ihm nun? Dass er eingebildet, arrogant und verschwiegen ist? Dass er verdammt heiß aussieht, obwohl er gar nicht mein Typ ist? Dass er hilfsbereit ist und es mich rührt, wie er über seine schwere Kindheit gesprochen hat? Oder dass er ein Einsiedler zu sein scheint, der es gewohnt ist, dass niemand seine Kreise stört?

Hm. Auf jeden Fall kann ich seinen Kuss noch immer irgendwie auf meinem Mund spüren. Und es ist auch so, dass ich mich in seiner Nähe unheimlich wohl, aber auch einen Tick verunsichert fühle. Warum, weiß ich nicht.

»Kommt heute noch was, Flamingo?«

»Gut Ding braucht Weile.«

»Du hast doch bloß Angst, dass ich dir die Schüssel wegnehme, wenn du etwas Falsches sagst.«

Ich lege einen filmreifen Augenaufschlag hin.

»Sowas Gemeines würde mein Retter doch nie tun.«

»Im Ernst jetzt!«

Oh. Bitte. Kann er haben.

»Ich denke, du spielst toll Klavier, bist also sehr musikalisch, anscheinend nicht ganz unerfolgreich, weil du dir eine Villa hier leisten kannst, und vermutlich mit einer schönen Frau liiert, die es gerade nicht einrichten konnte, hierherzukommen. Den Single-Urlauber kauf ich dir nicht ab. Viel mehr weiß ich noch nicht über dich.«

Also das klang jetzt hundsmiserabel und nicht einmal ehrlich.

»Und wenn die Villa einem Freund gehört und ich mich hier eine Weile vor der Welt zurückgezogen habe? Wenn die hübsche Frau Vergangenheit ist und ich weder reich noch erfolgreich bin? Vielleicht habe ich auch ein dunkles Geheimnis, von dem du überhaupt nichts ahnst. Was dann?«

»Wäre auch okay, bloß dass niemand, der ein dunkles Geheimnis hat, andeutet, dass er eines hat. Sonst wäre es ja kein dunkles Geheimnis.«

Will er sich mit diesem ›Ich hab ein dunkles Geheimnis‹-Quatsch interessant machen? Das passt gar nicht zu ihm. Nat grinst und hält mir eine Nuss hin. »Probier die mal! Und übrigens: Ich mag gescheite Frauen.«

Kauend antworte ich: »Gut für dich!«

»Für dich etwa nicht?«

Vielleicht wäre das jetzt der perfekte Zeitpunkt, um ihn endlich zu fragen, warum jede normale Unterhaltung zwischen uns beiden unweigerlich in einem Gefühl des Unbehagens und in Schweigen mündet. Warum kann er nicht einfach drauflosplaudern wie andere Menschen auch? Warum hält er krampfhaft eine körperliche Distanz von mindestens einem Meter zwischen uns? Wir haben in Löffelchenstellung die Nacht verbracht!

Eines ist fix: Gestern hat er für etwa eine Stunde aufgemacht, aber das dürfte ihm passiert sein. Normalerweise scheint Nat überhaupt nichts über sich selbst zu erzählen. Er spricht lieber in Rätseln. Gegenfragen gehören anscheinend auch zu seiner Taktik.

Bevor ich ein neues Thema anschneiden kann, läutet sein Handy. Nat hebt ab. »Oh, meine Frau!«

Wie bitte? Alles passiert zugleich: Mein voller Löffel fällt mir aus der Hand, schlägt an der Theke an und ich versuche, ihn aufzufangen. Dabei rutsche ich vom Sessel und am Ende landet die Glasschale am Boden.

»Entschuldigung«, murmle ich leise.

Er deutet mir mit zwei Fingern über dem Mund, dass ich meinen halten soll, während er locker mit seiner Frau weiterplaudert und vom Sturm erzählt. Er geht um die Theke herum, erscheint wieder neben mir und drückt mir ein Schwammtuch in die Hand. Ich nehme es, noch immer am Steinboden kniend, und sehe zu ihm auf.

Mein Innerstes kocht. Ist wütend. Verstört. Wie konnte er *das* nicht erwähnen? Wie konnte er mir einfach verschweigen, dass er verheiratet ist? Plötzlich fährt er mit seinen Fingern über meine Wange.

Tickt der noch richtig? Spricht mit seiner Frau und streichelt mich?

Ich rühr mich nicht, da ich mir gerade selbst nicht traue. Wer weiß? Ich habe eine große Glasscherbe in der Hand. Mit der könnte ich über ihn herfallen.

Nat zieht die Linie meines Mundes nach. Ich höre sie am anderen Ende schreien. Warum brüllt die so?

Jetzt ist aber Schluss!

Voller Zorn werfe ich den Lappen in seine Abwasch und renne zur Tür hinaus.

Der ist ja nicht einmal ein halber Single! Und ich habe es geahnt!

Im Laufen erwische ich einen Ast. Bleibe stehen und werfe ihn wütend zum Strand hinunter. Warum treffe ich immer auf solche Vollidioten?

7

Zwischen die auf meinem Gesicht landenden Regentropfen mischen sich Tränen. Muss meine Wut auf Nat sein.

Was hab ich mir gedacht? Dass ich hier eine Art modernes Märchen erlebe? Dass ich mich aus dem Stand in Nat verliebt habe? Und er sich in mich? Ich wüsste nicht einen einzigen Grund, warum überhaupt. Der Kerl hat nichts an sich, was ich mir von einem Mann wünsche. Es muss am Drehbuch liegen. Ich überidentifiziere mich mit der Idee, frisch verliebt zu sein. Völliger Schwachsinn. Ich brauch einen Therapeuten, keinen Mann.

Fast rutsche ich auf den Terrassenfliesen aus, fange mich aber im letzten Moment wieder.

Verdammte Sträucher! Sie kratzen und sind schwer zu teilen.

Geschafft. Ich schlüpfe auf meine Terrasse rüber. Mist. Schon wieder hat der Wind die Essgarnitur verschoben. Die Korbstühle stehen gefährlich nahe am Pool. Einen nach dem anderen, wie auch den Esstisch, schiebe ich an den äußersten Rand, genau in die Richtung, in die der Sturm bläst. So können sie maximal drüben bei Nat landen, was mir egal ist.

Seltsam. Ich sehe zu Dominique hinüber und mir fällt auf, dass ich seit gestern nicht ein einziges Mal an ihn gedacht habe. Dafür pausenlos an Nat. Mit einem lauten Knall fällt die Tür hinter mir ins Schloss. Besser, ich sperre sie sofort ab. Nat will ich nie mehr wieder ...

»Nat!«

Er drückt die Tür auf und steht auch schon im Esszimmer.

»Genau. Wieso läufst du denn einfach davon?«

Wieso?

Fragt er jetzt ernsthaft *wieso*?

Die Hände in die Hüften gestemmt, baue ich mich vor ihm auf.

»Nur eine Frage: Wann hast du vorgehabt, mir von deiner Frau zu erzählen? Single-Urlauber? Ha!«

Die Frage scheint ihn nicht sehr aus der Fassung zu bringen. Genauer gesagt, eigentlich gar nicht. Nach wie vor ruht sein Blick auf mir. Er steht mit verschränkten Armen da und lächelt.

»Keine Ahnung, es erschien mir bisher nicht wichtig.«

Einer Eingebung zufolge beruhige ich mich. Nat hat recht. Was war denn schon zwischen uns? Einmal hat er mich zum Abschied geküsst, einmal hat er mich absichtlich berührt, und dass ich in seinen Armen aufgewacht bin, dafür können wir beide nichts. Also was soll mein Drama? Es gibt kein Drama, weil zwischen uns überhaupt nichts läuft, das ein Drama rechtfertigen würde.

»Entschuldige. Du hast recht. Ich hab wohl etwas überreagiert. Der Sturm, die paar Stunden Schlaf, wenn es überhaupt ein paar Stunden waren ...«

Völlig ruhig kommt er einen Schritt auf mich zu, nimmt meine Hände in seine und zieht mich an sich heran. »Nein, ich muss mich entschuldigen. Ich weiß auch nicht genau, seit wann, aber jetzt scheint es auch mir wichtig zu sein.«

Was machen wir hier? Wie Wachs zerfließe ich, wenn er mich berührt. Wie hypnotisiert sehe ich in seine Augen. Suchend.

Wonach?

Liebe?

Nach einer rationalen Erklärung, warum mich alleine seine Anwesenheit aus der Bahn wirft? Warum alles südlich meines Nabels brennt und zieht?

Aber das dürfen wir nicht. Niemals mische ich mich in eine Ehe ein. Nie und nimmer! Doch ich schaffe es nicht, meine Hände aus seinen zu ziehen.

»Lass das, Nat. Bitte! Du hast eine Frau. Wir beide haben zwar eine außergewöhnliche Nacht gemeinsam überstanden, und sowas verbindet, aber das ist es auch schon. Mach dir keinen Kopf. Ich respektiere deine Ehe.«

»Das ist schön, denn ich tue es nicht.« Wieder so ein Blick, der meine Brust verengt und sich irgendwo in meinem Bauch verliert. »Nicht mehr«, schiebt er nach.

So ein Topfen! Und jetzt? Wird er all die Fragezeichen, die durch meinen Kopf jagen, beantworten können? Werde ich all diese Fragen überhaupt stellen oder werde ich mich …

… in seinem Kuss verlieren?

Kraftvoll drückt er mich an sich heran. Ich sehe nur mehr Sternchen und fühle Blitze. Höre das Rauschen von draußen und Stille in meinem Kopf.

»Ich will dich kennenlernen, Flamingo«, raunt er in mein Ohr und streichelt mich am Hinterkopf.

Ich spüre seine Erregung.

Meine eigene.

Verdammt. Ich zerfließe …

Will ihn. Hier. Jetzt. Sofort.

»Das hier ist falsch«, hauche ich mit letzter Kraft.

Und das stimmt.

Es ist Betrug. Führt am Ende zu nichts außer einem gebrochenen Herzen. Meinem. Denn seiner Frau darf er niemals davon erzählen!

Doch alles fühlt sich so unheimlich richtig an.

Während mein Kopf mit meinem Bauch streitet, versinke ich in seinem Geruch. So herb. So männlich. Betrachte für einen Moment seine muskulösen Arme. Auf einen lege ich meinen Kopf.

»Nein. Ist es nicht. Unerwartet, ja, aber nicht falsch. Doch ich kann dir im Moment nicht alles erklären und das will ich auch gar nicht. Vertrau mir einfach. Ja?«

Beginnt so nicht der Klassiker einer Affäre ohne jegliche Zukunftsperspektive? »Ich werde nicht mit dir schlafen!«

Warum hab ich das jetzt gesagt? Wie peinlich. Es stand ja überhaupt nicht zur Debatte.

Er sieht mich an, küsst mich auf die Nasenspitze und flüstert mir ins Ohr: »Auch nicht, wenn ich dich darum bitte? Dir verspreche, dass du dir keine Sorgen zu machen brauchst, und dir sage, dass ich mir im Moment nichts mehr wünsche als genau das?«

Nat schiebt mein T-Shirt über den Rücken und noch weiter hinauf. Streichelt mich. Langsam wandern seine Fingerspitzen nach vorne. Er fährt mir über den Bauch. Gleich zerspringe ich.

»Und noch etwas: Deine Augen haben etwas von einem Flamingo. Nicht nur, wenn du in Kaals Jogginanzug steckst, erinnerst du mich an einen.«

Was?

Egal.

Er berührt meinen Busen. Dreht an meinen Brustwarzen. In meinem Höschen brennt alles.

Ich klammere mich an ihn wie eine Ertrinkende. Wissend, dass ich mir nichts sehnlicher wünsche, als ihn zu spüren. Zu erkunden. In ihm zu versinken.

Ich will ihn.

Aber ich darf nicht.

Ich brauch ihn!

Aber das geht nicht.

Plötzlich winde ich mich aus seiner Umarmung, meinen Gefühlen, einfach der gesamten Situation. Schnell streife ich mein T-Shirt über den Bauch.

»Du solltest besser gehen.«

»Wieso?«

»Weißt du, ich glaube, das ist keine gute Idee. Wir sollten vielleicht einfach ...« »Reden?«, beendet er meinen Satz.

Ich nicke nur. Schaue ihn an. Seine Augen wirken ein klein wenig enttäuscht, aber sanft. Aber sie haben etwas Spitzbübisches. Vielleicht sogar Verwegenes. Um nichts Falsches zu tun, steckt er beide Hände in die Taschen seiner Jeans. Die Daumen bleiben draußen. Nat will nichts falsch machen. Mich nicht noch einmal verscheuchen. Das spüre ich genau.

In genau diesem Moment schreit mein Herz, mein Kopf, mein Bauch ... einfach jede Faser meines Körpers: Nimm mich! Zum Teufel mit meiner Moral und seiner Frau! Wir sind in einer Ausnahmesituation. Da draußen stürmt die Welt vor sich hin, hier gelten gerade keine Regeln.

Ich falle ihm um den Hals und raune »Schlaf mit mir« in sein Ohr. »Sofort!«

Verdutzt sieht er mich an, hebt mich jedoch wortlos hoch und fragt: »Wo ist das Schlafzimmer?« Ich deute nach hinten. »Die Stiege rauf. Erste Tür rechts.«

Da alle Balken, außer jene der Tür zur Terrasse hinaus, geschlossen sind, ist es stockfinster im Inneren des Hauses. Daran habe ich gar nicht gedacht. Vor dem Treppenaufgang lässt er mich sanft nach unten gleiten. »Ich sehe so wenig, da will ich nicht mit dir in den Armen stürzen«, erklärt er mir knapp, was ich ohnehin schon angenommen habe.

»Schon okay, komm.«

Hand in Hand gehen wir nach oben. Da fällt mir ein: Haben wir irgendwo Kerzen? Unten vielleicht? Ah! Die Teelichter in Christinas Badezimmer fallen mir ein. Was für ein Glück, dass sie verrückt danach ist. Da stehen mindestens dreißig herum. Ich öffne die Schlafzimmertür.

»Nur eine Sekunde, im Bad gibt es Kerzen. Ich bin gleich zurück.«

»Ist okay.«

Im Zappendusteren tappe ich mich der Wand entlang ins angrenzende Badezimmer, um sie zu holen. Ich spüre die Badewanne. Super. Ja, da ist die erste Kerze. Noch eine. Meine Hand sucht nach Zündern. Sind sicher hier irgendwo. Etwas rutscht in die Wanne. Egal.

Christina, du bist die Beste! Ich hab, was ich wollte, und hangle mich der Wand entlang zurück ins Schlafzimmer.

Sofort rieche ich Nat. Da sich meine Augen nun akklimatisiert haben, sehe ich ihn auch auf dem Bett liegen. Auf einen Ellbogen gestützt.

Perfekt.

Ich zünde die Kerzen an und platziere sie auf dem Nachtkästchen und der Kommode. Sehr heimelig und romantisch. Sogar das Windgeräusch hat was, finde ich. Wir sind hier in unserer Höhle und alles, was draußen ist, hat für heute keinen Zutritt. Das gilt auch für seine Frau, auch wenn mich das schlechte Gewissen im Minutentakt heimsucht.

»Komm her!«

Nat streckt mir die Arme entgegen. Er trägt nur mehr seine Boxershorts. Sehr heiß. Das ist wie vor einem heißen Schokokuchen mit flüssiger Schokolade und Vanilleeis zu stehen. Ich kann nicht widerstehen. Die Kraft habe ich nicht und deshalb lasse ich mich in seine Arme fallen.

Kann sich etwas, das Sünde ist, so richtig anfühlen? In Nats Armen fühle ich mich beschützt. Angekommen. Begehrt. Und wenn das noch so dumm ist, aber mehr geht nicht und so habe ich mich seit Ewigkeiten nicht mehr gefühlt.

Er zieht mir mein T-Shirt über den Kopf, öffnet die Häkchen meines BHs, während ich nicht genug davon bekommen kann, jeden seiner Muskeln am Bauch mit meinen Händen nachzufahren. Seine Haut zu spüren, die warm und weich ist. Mit seinen Fingern fährt er die Linie meiner Jeans auf meinem Bauch entlang. Ich strecke mich ihm entgegen. Hebe meinen Po. Er schält mich aus der Hose. Und zieht mir auch gleich noch mein Höschen über die Füße.

»Mit jemandem wie dir habe ich nicht gerechnet, Lisa«, raunt er plötzlich in mein Ohr.

Mein Herz vollführt einen Freudensprung. Er spricht mir aus der Seele!

»Ich auch nicht, Nat. Und für heute möchte ich der Illusion erliegen, dass das hier richtig ist.«

Er zieht meinen Kopf an seine Brust. Küsst mein Haar. »Ist es, Babe. Mach dir keine Sorgen, ich werde dir irgendwann alles in Ruhe erklären.«

Jedes einzelne Wort dieser beiden Sätze hat auf mich die Wirkung eines Tranquilizers. Meine Schultern sinken sanft nach unten, der Rest an Anspannung, der da war, löst sich im gelblichen Licht der Teelichter auf. Ich vertraue ihm, dass ich mir keinen Kopf wegen seiner Ehe machen muss. Was auch immer der Grund dafür sein mag. Oder weil ich daran glauben will.

Nat dreht mich so, dass ich auf dem Rücken liege. Er ist über mir, knabbert an meinem Busen ... Dieses Ziehen und Verlangen, ihn in mir spüren zu wollen, ja, beinahe spüren zu *müssen*, wird immer stärker. Kaum zu ertragen.

Meine Finger verkrallen sich in seinem Haar, mein Körper bäumt sich ihm entgegen und mein Stöhnen wird immer lauter. Nat küsst, leckt und streichelt mich gleichzeitig an Stellen, die mein Feuer für ihn nur immer weiter entfachen.

Ich muss ihn spüren. In mir.

»Ich brauch dich ... jetzt«, gurre ich.

Nat kommt zu mir hoch. »Sicher?«

Ich kann nur nicken und ihn küssen. Mit ihm schmusen, mich kaum mehr von seinen Lippen trennen. Mein Gott! Wie lange ist es her, dass ich Sex hatte? Und noch dazu mit jemandem, der sich so gut anfühlt? In dessen Geruch ich baden könnte? Dessen Körper mich neugierig macht und so antörnt, dass ich alles vergesse?

Gleich explodiere ich, wenn er mich da unten weiter so streichelt!

»Bitte ...«

... Und er erfüllt mir meinen sehnlichsten Wunsch. Steigert meine Lust, meine Leidenschaft damit jedoch ins Unermessliche. Was ist das?

Es ist, als würde mein Geist weit werden. Mit der Umgebung verschmelzen. Gleichzeitig mit ihm. Ohne Worte. Nur Hitze, funkelnde Sterne, sein Rhythmus ... unserer ... seine Gefühle, so brachial ... meine, nicht weniger verstörend.

Ich will diesen Mann. Ich brauche Nat. Er ist der, auf den ich – ohne es zu ahnen – immer schon gewartet habe. Und jetzt ist er hier. Einfach so. Als ob ihn mir der Himmel geschickt hätte.

So lange war ich alleine. So lange habe ich niemanden getroffen, der mich auch nur annähernd interessiert hätte, und jetzt? Auf einmal das hier? Noch dazu, wo wir überhaupt nicht vernünftig miteinander reden können?

»Hör auf zu denken, Honey!«

Er katapultiert mich geistig an einen weißen Strand. Wir lieben uns nackt unter der brütenden Sonne. Die Wärme auf meiner Haut heizt mich noch mehr an.

Er. Ich. Das Rauschen der Wellen.

Meine Beine umschlingen seine Hüften und mit einem Mal entlädt sich meine Lust ins Universum.

Er erfüllt mich.

Es erfüllt mich.

Meine Schreie vermengen sich mit seinem tiefen Stöhnen. Ich folge dem Impuls, ihn nie mehr wieder loszulassen. Presse mich an ihn, um ihn nie wieder gehen zu lassen. Nichts darf zwischen uns sein ... wir sind eins.

8

Montag, zwölf Tage später ...

Diese Handy- und Internetabstinenz ist das Beste, das Christina von mir verlangen konnte. Nachdem ich allen Bescheid gegeben habe, dass es mir gut geht, habe ich sie gleich wieder eingeführt.

Wir schweben und leben in unserem Kokon. Abgeschieden von der Welt. Eingehüllt in Liebe.

Und verdammt viel Sex.

Der Einzige, den wir täglich sehen, ist Kaal. Mal auf einen Kaffee drüben bei ihm, mal zu einem kleinen Essen hier bei Nat. Oder wir besuchen gemeinsam ein Restaurant. Sehen uns einen dieser fantastischen Sonnenuntergänge an.

Gut war auch, dass wir am Freitag nach dem Hurrikan rüber in den Ort gefahren sind und bei den Aufräumarbeiten mitgeholfen haben. Die Leute waren so nett. Einheimische und Touristen ... jeder hat mit angepackt. Dieses Gefühl von Gemeinschaft habe ich so noch nicht erlebt. Nats Idee, das zu tun, war goldrichtig. Mittlerweile ist alles wieder halbwegs im Lot. Der Flughafen ist wieder offen und es gibt sogar wieder Strom.

Die Einheimischen haben mir immer wieder gesagt, sie danken Gott dafür, dass der Hurrikan sie im Großen und Ganzen verschont hat und nicht so stark wie Irma im Jahr 2017 war. Irma hat den Inseln hier wirklich großen Schaden zugefügt. Unzählige Dächer waren abgedeckt, die Boote im Hafen sind übereinander gelegen, es sind so viele Bäume und Palmen herumgelegen, dass die Arbeiten sich sehr hingezogen haben. Diesmal gab es auch ein paar entwurzelte Bäume, meist ältere oder Palmen, aber kein Vergleich. Auch die Palme, die auf Nats Terrasse zum Liegen gekommen ist, wurde mittlerweile von zwei Arbeitern abtransportiert.

Überhaupt ist es so, als wäre der Spuk mit dem Sturm meiner Fantasie entsprungen. Nur die etwas höheren Wellen sowie die dunkle Farbe des Wassers erinnern noch daran. Doch es sollte bald wieder sein leuchtendes Türkis haben.

Ich lehne mich zurück und sehe über den Laptop hinweg zu Nat. Ihm beim Klavierspielen zu beobachten, ist faszinierend. Er ist in seiner eigenen Welt. Auch wenn er weiß, dass ich nur ein paar Meter von ihm entfernt an meinem Drehbuch arbeite, ist es so, als stülpe sich eine Glasglocke über ihn. Nat vergisst die Welt rundherum. Ich bewundere ihn dafür, wie er sich so verlieren kann. Wenn ich schreibe, dann liebe ich es zwar, aber jede kleine Eidechse, die über die Terrasse läuft, hat meine vollste Aufmerksamkeit.

Ob wir heute mal über seine Frau sprechen sollten? Batya ruft fast täglich an. Nat ist höflich und nett zu ihr, aber auch sehr distanziert. Immer scheint es um Dinge zu gehen, die sie stören oder die sie nicht gebacken bekommt. Oft höre ich, wie sie ihn durchs Telefon anschreit und schimpft. Vor zwei Tagen dürfte sie eine Delle in ihr Auto gefahren haben und er musste ihr von hier aus einen Ersatzwagen organisieren. Zwar hat er ihr erklärt, dass sie dafür Angestellte hätte, aber am Ende hat er ihr einen beschafft. Es durfte anscheinend nur die gleiche Marke wie ihrer sein. Madame fährt einen Porsche Panamera Hybrid. Ich hasse dieses tussihafte Getue von ihr. Aber hey, wer bin ich, um den ersten Stein zu werfen? Während die Frau sich mit zerschundenem Blech beschäftigt, kann ich vor lauter Sex mit ihrem Angetrauten kaum noch sitzen. Interessanterweise hat sie sich zwei Tage nicht mehr gemeldet. Oder aber sie hat es doch und ich war grad drüben in Christinas Haus. Das wird es sein. Aber nach den Angestellten frag ich ihn.

Später dann.

Mit »Schreibst du noch, Babe?« reißt Nat mich aus meinen Gedanken.

»Kommt darauf an«, schmunzle ich in seine Richtung.

Er spielt am Klavier weiter.

Shit. Ich bin dermaßen sexbesessen, seit ich das erste Mal mit ihm geschlafen habe, dass das nicht mehr feierlich ist. Aber außer uns beiden weiß glücklicherweise niemand etwas davon. Na ja, Kaal weiß es. Aber der zählt nicht. Ich betrachte ihn als Verbündeten. Die Einzige aus der Außenwelt, die etwas zu ahnen scheint, ist Christina. Denn am Donnerstag wollte sie wissen, was genau an dem Hurrikan dazu geführt hat, dass ich so fröhlich bin und ständig kichere. Ich hab geantwortet, dass das nur darauf zurückzuführen ist, dass ich die erste Nacht, als es am schlimmsten war, heil überstanden habe. Dann wollte sie wissen, ob es eventuell an Dominique liegen könnte. Aber der ist nach wie vor noch nicht aufgetaucht, was gut ist. Wir brauchen im Moment keine Zeugen. Weder beim Sex am Strand noch draußen auf der Terrasse.

Mir fällt die Vollmondnacht letzte Woche ein.

Mein Gott! Wir haben am Strand ein Champagner-Picknick gemacht. Und uns geliebt. Ich werde nie mehr unschuldig zum Mond hinaufsehen können.

»Hättest du Lust auf ein abgefahrenes Experiment, Babe?«

Jetzt hat er meine volle Aufmerksamkeit. Ich speichere mein Dokument, schalte den Computer ab und gehe zu ihm ans Klavier.

»Immer, solange du mich nicht fesselst oder aussperrst.«

Nats Augen lachen schallend, er muss seinen Mund krampfhaft verziehen, damit er mich nicht laut auslacht.

»Keine Sorge, obwohl der Gedanke verlockend wäre.« Nat zieht mich auf seinen Schoß, ich umschlinge seinen Hals.

»Also, schieß los. Was hast du vor?«

»Dich an ein Gerät anzuschließen, das deinen Puls aufnimmt, ein Mikro zu platzieren, das uns aufnimmt, am Klavier zu spielen und mit dir hier auf diesem Hocker Sex zu haben.« Ich muss mal laut schlucken. Habe ich das richtig verstanden? Er will uns aufnehmen? *Dabei?*

»Kneifst du?«

»Äh, nein.« Ich spüre ihn hart unter mir und schon wieder könnte mir im Grunde nicht alles schnell genug gehen. »Aber beeil dich mit deinen Verkabelungen, sonst zerfließe ich, bevor du fertig bist.«

»Das ist mein Mädchen«, gurrt er und verschließt meinen Mund mit seinem.

»Und ich stelle eine Bedingung.«

»Schon wieder?«

Er lacht. Wir haben dieses Bedingungsspiel entwickelt. Warum, weiß ich nicht. Aber kaum will einer von uns etwas Besonderes vom anderen, verhandeln wir.

»Ja. Und mir ist es damit ernst.«

»Solange du mich nicht gleich anschließend verlässt, ist alles okay für mich. Na ja, außer …«

»Außer was?«

»Außer du willst einen Dreier mit einem anderen Mann. Bei einer zweiten Frau wäre ich allerdings dabei.«

Ich schlag ihm auf die Brust.

»Hör auf! Ich hab doch gesagt, es ist etwas Ernstes.«

Wie es aussieht, habe ich jetzt seine ungeteilte Aufmerksamkeit. »Sags endlich!«

»Ich will, dass wir nachher über deine Frau reden. Ich will wissen, was zwischen euch los ist. Und ich will wissen, warum du alleine hier bist.« Unwillkürlich greife ich mir an den Kopf. »Es gibt so vieles, das ich endlich wissen will.«

»Oh, oh! I'm in trouble.«

Auch daran habe ich mich gewöhnt. Da er sonst beinahe nur Englisch spricht, sagt er manches auch in Englisch. Aber ich mag es.

»Nein, bist du nicht. Außer du lügst mich an, dann ja.«

»Okay. Ich machs kurz, denn meine Bedingung lautet: Erst das Vergnügen, dann der Ernst. Also: Ich bin deshalb alleine hier, weil ich einen Weg finden will, auszusteigen.«

»Aus deiner Ehe?«

»Auch aus der.«

»Und das ist so schwierig?«

»Nun ja, im Grunde nicht. Aber bei uns sind berufliche und private Dinge leider verquickt.«

»Klingt kompliziert.«

»Ist es auch. Aber das soll alles nicht deine Sorge sein. Zugegeben, ich war eigentlich nur ein halber Single, als wir uns kennenlernten.«

»Und was bist du jetzt?«

Seine Augen nehmen diesen verführerischen dunklen Glanz an.

»Ein anderer Mensch.« Ups. Die Antwort habe ich nicht erwartet. »Einer, der das erste Mal seit Langem nicht an sich denkt. Einer, der verdammt in seinen Flamingo verliebt ist.«

»Du bist ja ein Vogel-Liebhaber«, necke ich ihn.

»Apropos vögeln.«

»Hey, das war kein Apropos.«

Er nimmt meine Hand und legt sie in seinen Schoß.

»Ich denke, es war doch eines, oder kneifst du doch?«

Sanft fährt er meinen Mund entlang. Legt kurz seine Finger auf meinen Mund. Küsst mich auf die Stirn.

»Haben wir einen Deal?«, frage ich leise, während ich bereits meine Hände unter sein T-Shirt stecke.

»Ja. Haben wir. Mit dir ist es wirklich nicht einfach zu verhandeln.«

Ist es doch, denn in einem Punkt sind wir uns immer einig. Die Sache ist die: Vor zwei Tagen hat er mich dazu überredet, nur in Miniröcken und Tops oder Kleidern herumzulaufen. Ohne Unterwäsche. Ich!

Aber ich tue es, und es ist wie ein neues Leben. Selbst meine Dialoge, die ich schreibe, sind authentischer, prickelnder ... einfach besser. Bloß führt diese Sache leider auch dazu, dass ich schon wieder kaum atmen kann und ihn mit Haut und Haar auffressen könnte. Ich spüre ihn so intensiv unter mir, dass ich befürchte, Spuren auf seiner Jeans zu hinterlassen, auf der ich mich langsam hin und her bewege.

»Du bist also bereit?«

Ich küsse ihn. Kurz.

»Ja! Aber wenn du nicht bald mit deinem Experiment startest, kannst du es vergessen.«

»Mach ich«, raunt er in mein Ohr und beißt mich sanft. Ich stöhne auf.

Nat hebt mich hoch und setzt mich wieder am Hocker ab.

Er platziert ein Mikrofon vor mir am Flügel. In dem Moment läutet es an der Haustür und wir sehen uns verdutzt an. Wie von Wolke sieben gefallen.

»Erwartest du Kaal?«, frage ich ihn.

Er schüttelt den Kopf. »Bleib, wo du bist. Ich bin gleich zurück.«

»Jaja, ich lauf schon nicht weg«, lächle ich ihn an, auch wenn alles in mir wehtut. Dieser Mann kann mich anheizen, wie es noch nie jemand zuwege gebracht hat. Umso mehr schmerzt jetzt diese Unterbrechung.

Ich setze mich aber lieber wieder rüber an den Tisch, wo mein Laptop steht. Sieht besser aus, falls Kaal reinkommt, denn ich höre zwei männliche Stimmen im Flur.

Hm. Das klingt aber gar nicht nach Kaal.

Wer ist das denn?

Nat erscheint, gefolgt von einem Mann in seinen Siebzigern. Ein Blick reicht und er ist mir auf Anhieb unsympathisch. Der hat etwas von einem Banker. Oder wer sonst trägt in der Karibik einen Anzug? Wenn auch einen sehr hellen?

»Du bist nicht alleine?«, stellt er fest und lässt mich einfach stehen, obwohl ich ihm die Hand zur Begrüßung reiche.

Bitte. Dann eben nicht.

»Nein. Wie du siehst, habe ich Besuch von meiner Nachbarin. Lisa, das ist Jonathan Goldstin. Mein Schwiegervater. John, Lieselotte Walters.«

»Freut ... mich ...« nicht!

Mein Puls beschleunigt. Was hat sein Schwiegervater hier zu suchen? Ich verstehe gerade gar nichts mehr.

»Lassen Sie uns bitte alleine?«, sagt er schroff.

»Äh, ja ... klar. Ich war ohnehin schon am Sprung«, lüge ich. Mit ein paar Handgriffen packe ich meinen Laptop in die Tasche. Das Kabel fällt zu Boden, ich heb es mit zitternden Händen auf. Herrschaftszeiten! Ich bin völlig aus der Spur. Hoffentlich hat der Typ jetzt nicht meinen nackten Hintern oder Intimeres gesehen. Aber glücklicherweise sieht er gerade aufs Meer hinaus.

Nat reicht mir mit einem Blick, der zwischen traurig und schockiert liegt, einen Kuli, der ebenfalls auf den Boden gekullert ist.

»Ich komm dann rüber«, sagt er. »Auf den versprochenen Sundowner.«

In meinen Ohren rauscht es und ich nicke.

»Also dann: Äh, schönen Tag noch.«

Nat öffnet mir die Terrassentür und ich schlüpfe unter seinem Arm nach draußen.

Ich fühle mich wie ein Stück Dreck. Jetzt bin ich also nur mehr die Nachbarin, die zufällig vorbeigeschaut hat? Von wegen, unsere Beziehung ist kein Problem. Es ist eine Affäre. Mehr nicht. Wieso sonst hat Nat so schockiert ausgesehen? Und was will dieser Mann hier? Ahnt Nats Frau, dass er sich hier mit irgendeiner Frau vergnügt, und jetzt hat sie ihren Daddy vorbeigeschickt, um nach dem Rechten zu sehen?

Himmel! Ich weiß nach wie vor nicht viel über Nat. Nur, dass er angeblich bereits von zuhause ausgezogen ist. Wieso hab ich dumme Kuh ihm das einfach abgenommen? Ist es nicht immer genau das, was Männer sagen, wenn sie eine Affäre beginnen? Und am Ende erklären sie einem, dass sie ihrer Ehe noch einmal eine Chance geben müssen?

Tränen kullern meine Wangen entlang und der dämliche Schlüssel will auch nicht ins Schloss. Gleich schlag ich damit eine Scheibe ein.

»Jetzt mach schon«, fahre ich die Tür an und trete dagegen.

Hilft leider nicht. Ich fummle weiter am Schloss herum.

Endlich!

Ich schlüpfe ins Haus und meine Computertasche rutscht zu Boden. Ich mit.

Was mache ich denn jetzt?

Soll ich Christina anrufen? Ihr alles erzählen und mich ausheulen?

Nein. Sie wäre stinksauer auf mich, und das zu Recht.

Duschen. Mein schlechtes Gewissen reinwaschen. Überhaupt wäre es am besten, Nat in den Gully zu spülen und für immer zu vergessen. Aber das kann ich nicht. Nicht nach all diesen Tagen mit ihm.

Wer will schon die Flügel freiwillig gestutzt bekommen, wenn er endlich gelernt hat zu fliegen?

Also ich nicht.

Vielleicht gibt es ja eine andere Erklärung, warum Batyas Vater plötzlich hier ist.

Kraftlos schleppe ich mich in den ersten Stock. Wieso habe ich nie Glück mit Männern? Alle meine Freundinnen aus der Schul- und Studienzeit sind verheiratet. Die meisten haben Kinder, deren Fotos ich mir bei jedem Treffen ansehen muss, auch wenn ich eines nicht vom anderen unterscheiden kann und ich einen Zweijährigen, dessen volle Windel ihm bis zu den Knien hängt, alles andere als putzig finde. Aber da will ich irgendwann auch einmal hin. Ich will auch so einen kleinen Hosenmatz, sofern das noch möglich ist. Ich bin einundvierzig. Andere bekommen noch mit fünfzig Kinder. Also kein Grund zur Panik.

Mich fröstelt.

Noch nie wollte ich Kinder haben. Noch nie.

Ich war die, die immer gesagt hat, dass ich zwar einen Mann, aber keine eigenen Kinder will. Und jetzt tanzen lauter kleine Nats in meinem Kopf herum? Oh Gott. Ich stecke da verdammt tief drinnen.

Meine Kleidung liegt am Boden verstreut herum und ich steige nackt in die Dusche.

»Au!«

Mit einem Sprung nach hinten rette ich mich. Das Wasser ist sowas von heiß! Will ich mich hier auch noch verbrühen? Es ist so schon alles schlimm genug.

Kaal! Ich könnte mit Kaal reden. Der hat ohnehin alles mitbekommen.

Der Gedanke, mit ihm sprechen zu können, erleichtert mich ein wenig. Schnell dusche ich mich, wasche mir auch noch das Haar. Föhnen muss ich es bei der Hitze ohnehin nicht. Lufttrocknen und ein frisches Strandkleid über dem Bikini müssen reichen und dann ab zu Kaal. Ich weiß nicht, wie es ist, einen Vater zu haben, der für einen da ist. Aber so wie ich es mir vorstelle, kommt Kaal für mich dem nahe.

Sehr nahe sogar.

***

Kaal hat mir einen Gin Tonic gemixt. Schon an der Tür hat er erkannt, dass ich durch den Wind bin. Und wie bei einem Geysir ist alles nur so aus mir herausgesprudelt. Alles. Meine Selbstvorwürfe wegen Nats Frau. Wegen meiner Gefühle für Nat. Meine Dummheit, weil ich noch immer rein gar nichts über ihn weiß, was essenziell ist. Meine Scham, wie ich es dazu habe kommen lassen können, und dass ich mich, seit dieser John aufgetaucht ist, wie ein Stück Dreck fühle.

Er hat mich gebeten, mit ihm auf die Terrasse hinauszugehen, und hört mir geduldig zu.

»Was soll ich jetzt tun, Kaal?«

Mir ist bewusst, dass meine Stimme etwas Flehentliches hat.

Er rutscht in seinem großen Sofasessel ein wenig nach vorne. In meine Richtung.

»Herzchen, das kann ich dir nicht beantworten. Du weißt, in Sachen Liebe habe ich alles verbockt, was man verbocken kann.«

Stimmt. Ich erinnere mich. Er hätte seine große Liebe niemals verlassen sollen, hat er gesagt.

Doch wenigstens weiß er, wer seine große Liebe war. Ich dagegen weiß noch nicht einmal, ob ich Nat liebe oder ob uns nur eine immense sexuelle Anziehungskraft verbindet.

Ich belüge mich gerade selbst. Natürlich liebe ich ihn. Aber ich habe es ihm noch nicht gesagt. Er mir allerdings auch nicht. Alleine das sollte mir zu denken geben.

»Dann sind wir ja schon zwei.«

Er lächelt. Ich mag es, wenn Kaal lächelt. Seine Falten hüpfen dann so lustig um seine hellen Augen. Aber lustig ist das nicht.

»Das Einzige, womit ich dir eventuell helfen kann, ist, dass ich dir etwas über Nats Welt erzähle, denn ich denke, dass ich sie ein wenig kenne.«

Jetzt hat er mich. Ich rutsche vom Stuhl und hocke mich vor ihn auf den Teppich.

»Ja, bitte mach das. Mir hat er ja so gut wie gar nichts über sich erzählt.«

»Gut. Aber du musst mir versprechen, dass dieses Gespräch zwischen uns«, er macht eine Pause und sieht mir direkt in die Augen, »nie stattgefunden hat, Lieselotte. Nie!«

Ich weiß ja mittlerweile, dass Kaal eine Diva sein kann, aber so theatralisch muss er jetzt auch nicht werden. Unwillkürlich muss ich lächeln, auch wenn mir gar nicht danach zumute ist.

»Keine Sorge, ich schweige wie ein Grab. Ich hab dich ja auch noch nie schlafend gesehen.«

»Du nimmst das noch nicht ernst, Lisa, aber glaub mir, wenn ich fertig bin, wirst du es.«

Soll ich jetzt Angst kriegen oder ist das eine seltsame Art, um mich abzulenken?

»Kannst du es noch spannender machen?«

Kaal hat sich zu mir heruntergebeugt und sein ganzes Gehabe hat etwas Verschwörerisches angenommen. Egal, wie aufschlussreich das, was nun kommen mag, sein wird, ich mag diese Stimmung zwischen uns. Wir zwei verbünden uns hier gerade gegen die ganze Welt da draußen.

»Okay. Ich mache es so kurz wie möglich. Sagt dir *Maverick Woods* etwas?«

Ich schüttle den Kopf. »Nie gehört.«

»Auch gut. Also, einmal im Jahr treffen sich die mächtigsten Männer der Welt in einem kleinen Ort in Nevada. In Summe sind es über zweitausend Männer, die Hälfte ungefähr Mitglieder und die andere Hälfte sind deren Gäste.«

Enttäuschung macht sich in mir breit. Na und? Dann treffen sich eben irgendwelche Leute in einem Kaff. »Was hat das mit Nat und mir zu tun?«

»Sei nicht so ungeduldig, Herzchen. Nun, das ist nicht nur einfach ein Treffen von Politikern, Geschäftsleuten, Bankern und Künstlern, sondern ein zwei Wochen dauernder *Retreat*.«

Kaal sieht mich erwartungsvoll an.

Ich zucke mit den Achseln. »Ja, okay. Dann machen die eben gemeinsam Urlaub. Ich verstehe es aber immer noch nicht. Wo und wie kommt Nat da ins Spiel?« Plötzlich durchzuckt mich ein Gedankenblitz. »Oder fährt er da auch jedes Jahr hin?«

Kaal schüttelt den Kopf. »Nein, nein. Nicht er. Aber sein Schwiegervater. Und deshalb ist es wichtig zu verstehen, wer diese Menschen sind und welche Macht sie haben.«

Keine Ahnung warum, aber plötzlich überzieht Gänsehaut meine Arme. Alleine wenn ich an diesen Mann denke, kommt mir das Kotzen. Ich habe selten jemanden kennengelernt, der so etwas Aalglattes und Unnahbares ausstrahlt wie dieser John.

»Also. Ich kenne Nats Schwiegervater nicht, aber ich kenne Männer wie ihn. Viele meiner Kunden, egal ob männlich oder weiblich, waren solchen Typen ausgeliefert, und glaube mir, ich habe Jahre, was sage ich, Jahrzehnte gebraucht, um zu verstehen, wie Hollywood tickt und wer an den Strippen zieht. Aber zurück zu Nat.«

Unwillkürlich richte ich meinen Oberkörper auf. Jetzt scheint es spannend zu werden.

»Ich werde dir nichts erzählen, von dem ich glaube, dass Nat es dir selbst sagen sollte, aber ich sage so viel: Zu einem bestimmten Zeitpunkt in seinem Leben hat er John kennengelernt. Und was dieser Mann ihm vermutlich angeboten hat, klang sehr verlockend für Nat. Leider hat er den zweiten Teil des Angebots nicht ernst genommen. Zumindest vermute ich das.« Gebannt verfolge ich jedes seiner Worte, das er mit Bedacht zu wählen scheint. »Obwohl ihm dieser Goldstin ganz sicher, wie es auch alle anderen tun, von denen ich gehört habe, sehr detailliert vor Augen geführt hat, was er von ihm im Gegenzug für Reichtum und Erfolg erwartet.«

Nat hat gesagt, Batya solle die Angestellten fragen. Kaal hat recht. Sie ist die Frau mit der Kohle. Vielleicht gehört ihr auch das Haus hier und er ist der erfolglose Musiker.

Denkfehler.

Er hat ja gerade davon gesprochen, dass es auch um Erfolg geht. Welchen?

»Nat ist ... also reich und *berühmt*? Womit denn?«

Ich habe Nat gegoogelt. Zwischendurch einmal. Aber da kam nichts. Gar nichts.

»Ja, ist er. Aber das ist auch nicht der Punkt. Die Sache ist die, wenn du mit einem aus dieser Clique einen Vertrag machst, dann lieferst du dich ihm aus. Und nicht nur ihm. Sie zwingen dich dazu, Dinge zu tun, die du niemals tun willst, und sie manipulieren dich. Benutzen dich.« Angewidert dreht sich Kaal kurz weg und sieht aufs Meer hinaus. »Diese Männer gehen über Leichen. Und sie tun alles, um dich in der Hand zu haben. Jonathan Goldstin hat dafür sogar seine Tochter benutzt. Aber das ist nur meine Meinung. Ich nehme an, nach der ersten Verliebtheit ist Nathaniel klar geworden, was gespielt wird, und jetzt will er sich scheiden lassen. Alles aufgeben. Doch wie gesagt, wenn du einmal deine Seele an den Teufel verkauft hast, dann kannst du nicht einfach sagen ›Danke, jetzt hab ich es mir anders überlegt‹.«

Ich kann nicht anders, als laut zu lachen.

Klingt es hysterisch?

Ja. Tut es. Denn mein Hirn fährt gerade Achterbahn. Was will er mir denn sagen? Dass Nat seinem Schwiegervater auf Gedeih und Verderb ausgeliefert ist und sich daher ganz sicher nicht scheiden lassen kann? Nein. Sowas glaube ich einfach nicht. Selbst Lady Diana konnte sich von Prinz Charles scheiden lassen. Das klingt alles nach Verschwörungstheorien. Ich mag die eigentlich ganz gerne. *Flat Earth* ist mein Liebling. Gefolgt von *Paul McCartney ist durch ein Double ersetzt worden* und *Beyon-*

cé von einem Dämon besessen. Allesamt unterhaltsam, aber eben nur das.

»Ich ... ich will dich ja nicht verletzen, Kaal, aber weißt du, wie das klingt? Wie eine dieser Verschwörungstheorien.«

Ups. Jetzt habe ich etwas Falsches gesagt. Schwungvoll, wie ich es bei ihm noch nie gesehen habe, steht er auf und deutet mir, es ebenfalls zu tun.

»Lisa, sei nicht naiv. Weißt du, welche Methoden sie anwenden, um von ihrer grausamen Wahrheit abzulenken? Sie verwirren, bezahlen Seiten im Internet, die das Für, und auch jene, die das Wider hinausposaunen. *Distraction* nennen sie es. Und vieles schreien sie einfach hinaus. Aber was passiert? Da es so unglaublich ist, glaubt es auch niemand. Man kann die Wahrheit am besten vertuschen, indem man sie einem einfach vorsetzt.« Mich gruselt es ein wenig. Glaubt er das alles wirklich? »Was bedeutet denn *Conspiracy Theory*? Hm? Überleg mal. Es heißt im Grunde nichts anderes, als dass sich ein paar Menschen zusammentun, um etwas Unerlaubtes zu machen, und dass ein paar andere Menschen eine Theorie darüber entwickeln, was sie dabei tun. Welche Methoden und Motive sie haben. Was und wie sie es tun. Gelangen die Bösen zur Ansicht, dass Letztere ihnen an die Wäsche wollen, ziehen sie es einfach ins Lächerliche. Distraction. Und ich spreche jetzt nicht über so einen Unsinn wie die Erde sei flach oder die Amerikaner waren nie auf dem Mond.«

Was mich erleichtert. Aber nur der letzte Satz von Kaal. Also alles glaubt auch er nicht. Aber so wie er hab ich mir das alles auch noch nie überlegt gehabt.

»Kaal, ich weiß jetzt gar nicht, was ich dazu sagen soll.«

»Gar nichts. Komm mit.«

Er geht ins angrenzende Zimmer, eine Art zweites Wohnzimmer. Auf jeden Fall ist es das, was ich einen Salon nennen würde. Mit verdammt viel Prunk. Sogar eine Statue aus Marmor steht neben der großen goldgelben Sitzgarnitur. Einen offenen Kamin gibt es auch. Ich kann mir gar nicht vorstellen, in einem so riesigen Haus alleine zu leben. Wie schafft Kaal das? Noch dazu, wo alles hier ziemlich ordentlich und geputzt aussieht.

Er öffnet die große Schublade eines Biedermeier-Sekretärs und zieht große Blätter heraus. Ich sehe ihm über die Schulter.

»Oh! Sind das Entwürfe von dir?«

»Leider ja. Komm, wir setzen uns rüber auf das Sofa. Ich werde dir die Geschichte dazu erzählen.«

»Okay.«

Er nimmt die Zeichnungen und legt sie im Stapel auf den großen Glascouchtisch.

»Bitte. Sieh sie dir einfach an. Und es geht mir nicht darum, dass du meine Kostüme, die hier zu sehen sind, bewunderst, sondern darum, dass du ganz genau auf die verwendeten Farben und auf die Symbolik achtest.«

Bevor ich zum ersten Blatt greife, frage ich noch: »Für wen hast du sie denn gemacht?«

»Eine Sängerin. Belassen wir es dabei. Eines Tages kam ein Mann zu mir ins Atelier und hat mir den Auftrag für Kostüme gegeben. Sie sollten opulent sein. So wie ich es liebe. Und natürlich habe ich sofort Ja gesagt, bevor ich die Details erfahren habe. Aber mein Glück war, dass er die Entwürfe eines anderen Modeschöpfers am Ende besser fand. Mehr am Punkt. Und damit hat er nicht die Qualität der Designs gemeint, sondern etwas gänzlich anderes. Ich weiß gar nicht, warum ich sie aufbehalten habe. Damals wollte ich sie stante pede verbrennen. Hier, sieh sie dir einfach erst einmal an.«

Ich blättere die Skizzen durch. Es sind eindeutig Bühnenkostüme für eine Frau. Mit ziemlich vielen roten Federn. Ein Entwurf zeigt so etwas wie einen Brustpanzer mit einer Pyramide und einem Auge drauf. Andere eher ägyptische Motive und Kleider, die an eine Pharaonin erinnern. »Wow, das hier ist ja arg.« Der Entwurf zeigt ein enges schwarzes Kleid, dazu riesige schwarze Flügeln und eine Kopfbedeckung mit großen schwarzen Hörnern. Ich frag mich, für wen das alles gewesen sein sollte.

Die nächste Zeichnung ist noch gruseliger. Auf dem Bustier ist ein Ziegenkopf dargestellt. Zwar in bunten Farben, aber schön ist das überhaupt nicht. Dazu trägt die Frau auf der Zeichnung einen langen, vorne geschlitzten Rock und über ihrem Kopf schwebt so etwas wie ein Heiligenschein.

»Sind das so etwas wie Illuminati-Symbole?« Wer hat Dan Brown nicht gelesen oder wenigstens die Filme angesehen?

Kaal nickt. »Ja. So könnte man sie nennen. Ich habe damals eine Liste mit ihren Symbolen bekommen. Was ich dir damit zeigen will, ist aber, dass im Showgeschäft nichts zufällig passiert und schon gar nicht freiwillig. Diese Frau musste diese Symbole auf die Bühne bringen. So stand es in ihrem Vertrag. Und wen sie anbeten sollte, kannst du dir denken.«

Mich schaudert. Vorbei ist das kurz aufgeflackerte, belustigte Gefühl, dass er sich schlicht und ergreifend irgendetwas zusammengereimt hat. Das hier zieht einen runter. Egal, woran man glaubt. Es fühlt sich falsch an.

Höllisch falsch.

Plötzlich gehen mir einige verwaschene Bilder durch den Kopf. Ich habe doch erst unlängst irgendwo durchaus ähnliche Kostüme bei einer weltberühmten Sängerin gesehen. Leider weiß ich nicht mehr, wer es war. Ich muss das später googeln. Wieso hab ich nur mein Handy drüben liegenlassen?

»Was hat das alles mit Nat zu tun, Kaal? Sag mir bitte nicht, er ist auch so ein Teufelsanbeter.«

Er schüttelt zum Glück den Kopf.

»Nein, nicht wirklich. Oder ... doch?«

Kaal denkt intensiv nach.

»Himmel! Was jetzt, Kaal?« Mir ist mulmig zumute.

»Ich weiß es ehrlich gestanden nicht. Aber ich weiß so viel: Sein Schwiegervater ist einer von ihnen und Nat hat einen Vertrag mit ihm. Also denkbar ist es.«

Mein Hirn raucht und explodiert demnächst!

Was kann Nat beruflich sein, dass er einen Vertrag mit dem Teufel unterzeichnen musste? Wobei das eigentlich der pure Schwachsinn ist, denn den gibt es nicht. Aber irgendeinen Grund muss es ja geben, warum sein Schwiegervater ihn in der Hand hat. Und wenn ich Kaal richtig verstanden habe, dann ist das so.

»Und was soll ich deiner Ansicht nach tun?«

»Am liebsten würde ich dir jetzt raten, pack deine Sachen und flieg mit der nächsten Maschine zurück nach Österreich. Aber ich war auch einmal jung, und ich weiß, dass du es nicht tun wirst.«

Meine kleine Wohnung in Wien und mein nagelneues Boxspringbett erscheinen. So schlecht ist die Idee gar nicht, zumal ich keine Ahnung habe, wie mein nächstes Gespräch mit Nat ausgehen wird.

Kaal hebt mein Kinn hoch. »Kindchen, ich wollte dich nicht in Angst und Schrecken versetzen. Doch du musst wissen, dass dieser Jonathan Goldstin brandgefährlich ist. Nat weiß, wie er mit ihm umzugehen hat, aber du nicht. Alles, was ich will, ist, dass du auf dich achtgibst.«

Mein Hirn tanzt noch immer Cha-Cha-Cha. Ich glaub, ich brauche einen Liter Eiscreme. Was soll ich denn im Ernstfall gegen einen wie diesen Goldstin ausrichten? Und was will er hier? Nat einpacken und mitnehmen? Damit er zuhause den braven Ehemann gibt?

Am liebsten würde ich zu ihm rüberlaufen und ihn fragen, was da wirklich gespielt wird. Aber das traue ich mich jetzt schon gar nicht.

»Danke, Kaal. Sag, hast du Eiscreme?«

Er lächelt. »Hab ich. Komm.«

Das ist ein Plan.

Ich folge ihm in die Küche.

Er sucht herum.

»Weißt du was? Wir essen später ein Eis. Ich muss mich abkühlen. Hast du Lust, mit mir hinunter an deinen Strand zu gehen?«

In der Bewegung hält er inne. »Aber du weißt doch, meine
Gelenke und Bänder machen da nicht mit.«

»Genau deshalb machen wir das ja.«

Ich wollte ihn schon lange dazu überreden, mit mir runter
an den Strand zu gehen. Wäre ja gelacht, wenn ich ihn nicht irgendwie dabei unterstützen kann, dass er wieder in sein geliebtes
Meer gehen kann. Und mir hilft es auch. Ich mag nicht mehr
über Nats Schwiegervater nachdenken. Am besten wird sein, ich
warte, bis Nat sich meldet. Wenn er mich drüben nicht vorfin-
det, wird er sicher bei Kaal vorbeischauen. Er weiß ja, dass ich
sonst nicht wirklich jemanden hier kenne. Also wo soll ich schon
groß sein?

Wenn er auftaucht.

Nein. Aus jetzt.

Er hat mir ein Gespräch versprochen und er wird sich daran
halten. Und dann stelle ich ihm alle Fragen, die ich habe, und
alle, die mir jetzt gerade nicht einfallen, weil mein Hirn kurz vor
der Implosion steht.

***

Mittlerweile habe ich doch mindestens einen Viertelliter
Schokoeis vertilgt.

»Du solltest einen alten Mann wie mich keinesfalls in einer
Badehose sehen.«

Kaal ziert sich seit einer Stunde, aber endlich geht er an meiner Hand die Steinstufen zu seinem Hausstrand hinunter.

Sein Grundstück ist einfach traumhaft schön. Rechts und links vom Weg stehen kleine runde Pavillons. Oben thront die riesige Terrasse mit einem Rundumblick auf die schmale Lagune. Überall stehen Palmen und wachsen Blumen, auch wenn einige nach dem Sturm sehr zerrupft aussehen.

»Jetzt hör aber auf! Du siehst mich doch auch im Bikini und du hast bei Gott alle großen Hollywoodstars schon in Unterwäsche gesehen. Was soll ich da sagen?«

Er tätschelt meine Wange. »Keine war so schön wie du, Herzchen.«

»Ach«, lache ich, »du bist echt ein schlechter Lügner!«

Wir sind unten angekommen. Praktischerweise hat er eine kleine gemauerte Mole und eine Plattform mit Stufen ins Meer. Die könnte er doch nehmen, dann muss er nicht daneben im Sand ins Wasser gehen.

»Sieh mal, wir nehmen einfach die Stufen!«

»Nein, das geht nicht. Die sind mir beim letzten Mal zum Verhängnis geworden. Ich hätte mir beinahe das Genick gebrochen. Sie sind viel zu glatt.«

Oh. Daher weht der Wind. Und Handlauf gibt es auch keinen. Den bräuchte er!

»Verstehe. Dann probieren wir es doch im Sand.«

Er hält sich an meinem Arm fest. Kaum treten wir ins Weiche, taumelt Kaal.

»Siehst du, ich hab dir prophezeit, das wird kein schöner Anblick.«

»Kaal! Wir wollen schwimmen, wen kümmert es da, wie wir aussehen?«

Er reißt ungläubig die Augen auf. »Mich! Und zwar immer. Dich etwa nicht?«

Ich schüttle den Kopf. »Nein, nicht wirklich.«

»Stimmt«, brummelt er vor sich hin. »Du hast auch den Jogginganzug getragen. Dabei ist das eine Niederlage. Ein Jogginganzug ist etwas für Menschen, die kein Gefühl für Mode haben.«

»Du, du!«, tadle ich ihn. »Wer hat ihn mir denn gegeben? Hm?«

»Stimmt. Ich.«

»Siehst du. Und ich lebe immer noch, auch wenn mich Nat dank deines Jogginganzugs andauernd Flamingo nennt.«

Kaal kichert. »Dann war dieses Monstrum zu irgendetwas gut.«

»Und es hat mich gewärmt. Dafür war es auch gut. So, aber jetzt nicht ablenken, ich fasse dich jetzt um die Hüfte und wir gehen da ganz langsam hinein.«

Die beiden Badetücher, die ich von ihm mitgenommen habe, werfe ich auf den Steinboden der Mole, damit ich sie nachher schnell bei der Hand habe.

»Nein, das wird nichts. Du siehst ja, wie schlecht ich gehen kann.«

»Vergiss es, Kaal. Du gehst ganz wunderbar. Schau weniger zu Boden und eher aufs Meer hinaus. Da wollen wir hin.«

Siehe da. Seine nächsten Schritte kommen mir einen Tick weniger unsicher vor.

»Bist du bereit?«

Wir stehen bereits mit den Knöcheln im Meer. Einfach herrlich. Es ist zwar nicht mehr ganz so warm wie an den ersten Tagen hier, aber eindeutig wärmer als bei Christina auf der anderen Seite. Dort hat der Hurrikan das Meer weit mehr durchmischt.

»Bin ich.«

»Dann ab ins kühle Nass!«

Als Animateurin bin ich Weltklasse. Finde ich zumindest. Ich spritze ihn ein wenig an, Kaal kichert, doch ich lasse ihn nicht los. Er stützt sich mit seinem ganzen Gewicht auf mich, aber da er sehr zart gebaut ist, ist das gar kein Problem. »Huch!«, kreische ich. »Immer wenn mein Bauch das Wasser erreicht, finde ich es dann doch wieder saukalt.«

»Ich auch«, grinst Kaal neben mir, macht aber heroisch den nächsten und auch gleich den übernächsten Schritt.

»Jetzt lass ich dich los!«

»Gut«, sagt er und schwimmt bereits.

Ich stehe da und sehe ihm zu.

Herzerwärmend ist das, wie Kaal strahlt. Er sieht sowas von glücklich aus.

Wenn Nat ihn bloß jetzt sehen könnte!

»Du bist ein Engel, Lieselotte! Es ist sooo herrlich!«

Kaal genießt es in vollen Zügen. Ich schwimme los. In seine Richtung. Nat will mir nicht aus dem Kopf. Wo bleibt er nur? Irgendwann wird sein Schwiegervater doch hoffentlich auch wieder verschwinden. Eingeladen war er ja bestimmt nicht. Alles, was ich jetzt weiß, macht mir Angst. Ich bete, dass er nicht hinter dem *Egyptian* steckt, denn dieses Symbol, seine Bühnenshows, das allsehende Auge, die Pyramiden, Farben des Feuers, die er verwendet ... all das bedeutet, dass dieser Mann eine Marionette der Musikindustrie ist. Zum Glück gibt es keinen einzigen Hinweis darauf, dass es Nat ist, und außerdem hat Kaal gemeint, dass Nat auf jeden Fall sehr viel Musik produziert. Unter welchem Namen, wollte er mir nicht verraten.

Über uns dröhnt der Motor eines Hubschraubers. Ich halte mir die Hand vor die Augen, um ihn zu sehen. Ah ja, er kommt direkt auf uns zu.

Und fliegt über uns hinweg.

Sicher einer von den ganz Reichen, der hier eine Villa besitzt.

»Äh? Kaal!«

Ich glaub nicht, was ich sehe. Setzt das Ding etwa auf dem Dach seiner Villa auf? Aber Kaal hat doch kein Flachdach.

Oh. Er landet rechts vom Haus auf der Wiese.

»Ach, das sind meine Angestellten«, lacht er.

»Deine Angestellten? Und die kommen mit dem Hubschrauber?«

»Ja. Ich habe ihnen dummerweise kurz vor dem Hurrikan freigegeben und sie nach Los Angeles geschickt. Dort haben die meisten von ihnen Familie.«

Jetzt verstehe ich, warum hier alles so gut in Schuss ist. Ich hab mich schon gewundert, wie er das alles alleine hinbekommt.

»Verstehe. Oder auch nicht.«

»Kindchen, ich wollte einfach einmal ein paar Tage alleine sein. Ich betrachte sie alle als meine Familie, aber auch Familie kann auf Dauer anstrengend sein. Aber ich freue mich, dass Diego und Rosa-Maria wieder hier sind. Wenn sie mich im Meer schwimmen sehen, werden sie Augen machen. Wir müssen so lange im Wasser bleiben, bis sie herunterkommen.«

Das kann ja heiter werden. Heute ist wohl der Tag der Überraschungsbesuche. Apropos: Und was mache ich, wenn Nat auftaucht? Mich vor ihm verstecken? Ihn anbrüllen, warum er mir nicht die Wahrheit gesagt hat? Oder dass er überhaupt nichts Essentielles erzählt hat? Oder soll ich unsere Affäre gleich beenden? Ihm sagen, er solle sich zum Teufel scheren?

Das war jetzt ein morbider Vergleich.

Puh. Und schreiben kann und will ich auch nicht. Super. Danke, Nat.

9

Später am Abend ...

Mein Computer starrt mich an und ich zurück. Meine gesamte Wut auf Nat habe ich in diese Szene gepackt. Der Mann, in dem Fall Christian, benimmt sich gerade wie das Letzte. Seine Ex-Frau ist aufgetaucht und hat seine neue Freundin in die Flucht geschlagen.

Erstaunlich. Und ich habe gedacht, wenn ich wütend bin, kann ich nicht schreiben. Irrtum. Sogar mehr, als ich sonst in der kurzen Zeit zuwege bringe.

Draußen ist es stockfinster. Diese frühe und kurze Dämmerung ist das Einzige, das ich an der Karibik nicht mag. Dafür ist es warm und ich kann auf der Terrasse schreiben. Mit Blick auf Nats Haus, wo kein Licht brennt. Wo auch immer er mit diesem John hin ist, zuhause ist er auf jeden Fall nicht. Und kein Anruf von ihm. Aber er hat ja nicht einmal meine Handynummer. Wie soll er da auch anrufen? Außerdem habe ich mein Handy wieder abgedreht. Mir ist nicht nach einem Kontrollanruf von Christina. Oder meiner Mutter. Nein. Dafür bin ich nicht in Stimmung.

Wie blöd kann man sein? Wir gehen miteinander ins Bett und vergessen, unsere Nummern auszutauschen? Wer braucht schon eine Telefonnummer, wenn man vierundzwanzig Stunden aufeinander klebt? Ich nicht. Nein. Betthäschen Lisa verzichtet auf so triviale Dinge, wenn die Lust sie übermannt. Dieses Zeit-Totschlagen ist enervierend.

Aus.

Mein Handy blinkt, während es hochfährt.

Ich rufe doch Bo an. Nein, besser Sit. Um die Uhrzeit befindet er sich gerade in seinem Post-Mittagessen-Tief, da bringt er ohnehin nie etwas zustande.

Kannst du dann bitte abheben, Sit?

»Hey, du!«

Na endlich.

»Hallo, Sit! Ich wollte nur mal sehen, wie es euch geht.«

»Oje, du weißt es schon.«

In der Sekunde richte ich mich im Korbsessel auf. »Was soll ich schon wissen?« Ich pack heute keine Dramen mehr.

»Äh, nichts. Ich dachte nur. Also, weil du anrufst, obwohl du ja Handyverbot von der Hexe hast.«

»Spucks aus, Sit. Was weiß ich nicht?«

Im Hintergrund höre ich, wie Bo »Du bist so ein Idiot« schimpft.

»Wie gesagt, nichts Wichtiges. Und: Wie gehts dir?«

»Jetzt hör aber auf, Sit. Sag mir sofort, was ich nicht wissen soll. Ich bins. Schon vergessen?«

»Okay, okay. Diese Redakteurin, der Christina deinen Film verkaufen will, war heute hier. Und ... na ja ...«

Mein Herz beginnt zu flimmern.

Was soll denn das jetzt bedeuten?

»Und weiter?«

»Äh, also ... Sie hat uns ganz stolz in der Sitzung berichtet, dass sie die Rechte an einer Buchverfilmung gekauft haben. Und damit ihr Budget für die nächsten drei Jahre aufgebraucht haben.«

Kraftlos falle ich nach hinten. Das ... Nein, das kann jetzt nicht sein. Alles umsonst? Ich kann mein Drehbuch kübeln, bevor es fertig ist? Und Christina findet es nicht einmal der Mühe wert, mir das sofort zu sagen?

»Lisa, bist du noch da?«

»Aber es gibt doch noch andere Sender. Christina wird sicher noch mit anderen sprechen.«

»Ja, das stimmt, aber das Dumme ist, auch die haben alle bereits abgelehnt.«

»Ich ertränk mich im Pool«, schnaufe ich.

»Nimms nicht tragisch. Ist uns allen schon passiert. Willkommen im Club der Beinahe-Drehbuchautoren.« Das ist nicht lustig! »Aber sag, warum rufst du eigentlich an?«

Ich, äh ... habs vergessen. Vielleicht wollte ich mit ihm über Nat sprechen. Oder über *Maverick Woods*. Was die beiden über den *Egyptian* wissen. Möglicherweise auch nur fragen, wie das Wetter in Wien ist.

»Wegen gar nichts. Aber danke, dass du es mir gesagt hast. Ich sprech gleich mit Christina.«

»Moment! Warte! Du sagst ihr kein Wort, dass du es von uns weißt, verstanden!« »Von dir! Nicht von uns«, grummelt Bo so laut, dass ich ihn hören kann. »Im Gegensatz zu dir kann ich meinen Mund nämlich halten.«

»Hört auf! Ich verrate schon nichts.«

Sit atmet laut aus. »Danke. Und übrigens: Ich kann dich vom Flughafen abholen, wenn du willst.«

Mein Herz setzt aus. Heißt das, ich muss sofort nach Hause fliegen? Welches Datum haben wir? Es muss Freitag, der Dreizehnte sein.

Ist es nicht. Es ist Montag. Der Siebzehnte.

Mit letzter Kraft stammle ich »Danke, ich meld mich. Grüß Bo« und leg auf.

So ein Schmarrn!

Und ich hab gedacht, schlimmer kann es nicht werden. Jetzt bin ich alles los. Nat und meinen Drehbuchauftrag. Sit hat recht: Was mache ich noch hier?

Ich klappe meinen Computer zu, als wäre er mein ärgster Feind, und schalte mein Handy ab. Nein, ich habe überhaupt keine Lust, das jetzt auch noch *offiziell* von Christina zu hören. Sie hat gesagt, ich soll mein Handy abdrehen. Soll sie doch sehen, wie sie mich erreicht.

Irgendwo habe ich eine Flasche Prosecco gesehen.

Stöhnend und wie eine alte Frau stehe ich auf und trag meinen tausend Tonnen wiegenden Körper ins Haus hinein.

Ach ja. Da ist sie. Dummerweise warm, denn sie liegt in Christinas Weinregal. Aber ich hab Eiswürfel im Kühlschrank.

Perfekt. Ich halte mich erst gar nicht mit einem kleinen Sektglas auf, sondern nehme mir ein großes Wasserglas, fülle es bis oben hin mit Eiswürfeln und gehe damit nach draußen. Am Weg schalte ich die Stereoanlage und die Außenlautsprecher ein. Ist ja niemand hier außer mir. Wen soll ich stören? Maximal Kaal könnte es hören.

Nachdem ich im Flugzeug ›Mamma Mia 2‹ angesehen habe, suche ich nach ABBA. Hier ist es auch schon.

Mit der Flasche in der Hand und mitsingend gehe ich hinaus.

»One of us is crying!«, schreie ich in die Dunkelheit hinaus und nehme einen großen Schluck. In einer guten Story wäre das jetzt der Zeitpunkt, an dem Nat auftaucht und ›One of us is lying‹ singt, mir tief in die Augen sieht und ich mich heulend in seine Arme werfe. Aber nein. Bei meinem Glück fängt maximal ein armer streunender Hund zu jaulen an, weil er es nicht aushält, wie falsch ich singe. Aber hier ist nicht einmal ein Hund. Niemand ist hier. Nur meine Flasche und ich.

Ich proste in Richtung Nats Villa. »Auf dich, John Goldstin, du Monster!« Er ist auf jeden Fall das Monster. Nicht Nat.

Oder doch Nat?

Doch.

Er auch.

»Und auf dich auch, Nat, du Lügner! Aber damit ist jetzt Schluss!«

Mir schmeckt das Zeug immer besser. Wie umsichtig von mir, dass ich den ›Repeat‹-Button auf der Anlage gedrückt habe. Sowas mag ich. Immer das gleiche Lied. Endlosschleife.

Mit der Flasche in der einen und dem Glas in der anderen Hand tanze und singe ich weiter. Tränen rinnen meine Wangen entlang, die ich zwischendurch mit dem Handrücken abwische.

Ich trinke.

Tanze.

Trinke wieder.

Langsam wirkt der Alkohol, denn ich tanze befreiter.

Ups. Angeschüttet.

Egal.

»One of us is crying!« Und das bin ich!

»Lisa?«

Ich fahre herum.

»Dominique?«

Oh. In seinem Haus brennt ja Licht. Und er kommt quer über die Terrasse auf mich zu.

»Was ist denn mit dir los?«

Dominique umarmt mich kurz und freundschaftlich. Ich trete einen Schritt zurück und betrachte ihn.

»Nichts. Wieso?« Ich halte ihm die Flasche entgegen. »Herzlich willkommen auf Provo!«

Was bitte hat mir jemals an ihm gefallen? Meine Pseudoverliebtheit muss reine Beschäftigungstherapie für meinen Kopf gewesen sein. Er ist viel zu klein. Und zu dick. Außerdem hat er keine Muskeln. Nicht so wie Nat, bei dem man sogar die Muskelstränge an den Hüften, die sich verdammt sexy in seinen Shorts verlieren, sehen kann.

»Danke. Willst du dich nicht setzen? Du tanzt mir da etwas zu gefährlich am Poolrand herum.«

Oh. Er macht sich Sorgen um mich. Wie süß.

»Meinst du das?«

Ich tänzle direkt am Rand vom Pool entlang.

»Hör auf. Du wirst noch hinein...«

›Platsch!‹

Shit!

Prustend tauche ich wieder auf und sehe Dominiques Hand, die er mir entgegenstreckt. »Ich hab dich gewarnt!«

»Jaja. Ist ja nicht so schlimm.«

Im Gegenteil. Das Wasser hat Badewannentemperatur. Da bleibe ich.

Ich schwimme hinüber ins Seichte. So gut das mit einer Flasche und einem Glas in der Hand geht. Oje! Meine Eiswürfeln schwimmen im Wasser herum.

Aber in der Flasche ist noch ein Rest. Den trinke ich ex. Wäre ja zu schade, wenn der sich noch mehr mit dem Poolwasser ...

Ich spucke es aus. Ist das grauslich!

»Äh, wo ist denn Fayce?«

»Mit der bin ich schon seit ein paar Monaten nicht mehr zusammen«, erklärt er mir. Er steht direkt neben mir am Rand des Pools.

»Ah. Verstehe. Komm doch rein. Es ist herrlich!« Ich schlage mit der Hand ein paar Wellen. »Aber schalte bitte die Poolbeleuchtung vorher ein.« Wie auf Befehl marschiert er zum Haus und drückt auf den Schalter. »Ist ja gleich viel freundlicher. Danke.«

»Aber du kommst da jetzt raus. Du bist völlig betrunken!«, schimpft er mit mir.

Ich äffe ihn nach: »Du, du! Komm da raus! Du bist ja völlig betrunken, liebe Lisa. Böses Mädchen!«

Dominique zerrt an mir.

»Lass das!«

»Nein, lass ich nicht. Raus jetzt. Aber sofort!«

»Bitte, wenn du willst!«

Wie eine Nixe mit Gleichgewichtsproblemen entsteige ich dem Pool. So sexy, wie ich kann. Oder unsexy.

Pfeif auf sexy.

Ups. »Komm, ich bring dich rein.« Dominique hat mich sicher im Griff, was vielleicht gar nicht so schlecht ist.

»Ich bring dich nach oben und schalte dann herunten alles ab. Du solltest deinen Rausch ausschlafen.«

Ich strahle ihn an. »Bleibst du bei mir?«

Entgeistert sieht er mich an. »Maximal als Wachhund auf der Couch im Wohnzimmer.«

»Wachhund ist gut«, kichere ich.

So komme ich doch noch zu einem Hund.

Er bugsiert mich nach oben und schiebt mich ins Badezimmer. »Duschen!«

»Jaja, du bist aber gar nicht nett«, maule ich zurück.

»Nein, bin ich nicht, aber froh, dass ich justament heute angekommen bin.«

»Bin ich auch.«

Oder doch nicht?

Hm. Ich dusche mal ...

***

Himmel! Wieso hab ich so Kopfweh und wieso ist es so hell? Einer soll die Sonne abdrehen.

Ich zieh mir die Decke über den Kopf.

Oje! Wieso bin ich nackt?

Ins Brummen und Surren mischen sich Bilder von gestern Abend. Oh Gott! Was wird Dominique von mir denken? Ob er unten auf der Couch schläft?

So schnell ich kann, und das ist im Schneckentempo, krabble ich aus dem Bett, schlüpfe in einen Bikini und ein Strandkleid und tappe barfuß nach unten.

Alles leer.

Kein Dominique.

Aber auch kein Nat.

Ich muss schlucken.

Nat hat mir doch versprochen gehabt, noch zu mir zu kommen! Will er jetzt gar nichts mehr mit mir zu tun haben?

So nicht, mein Freund.

Ich renne hinaus und rüber zu ihm. Blöde Hecke. Die kratzt! Keuchend erreiche ich seine Terrassentür.

Nichts. Niemand da.

Ich trommle mit den Fäusten auf die Scheiben. »Naaat!«

Vielleicht ist die Tür ja offen?

Nein. Versperrt. »Naaat! Mach auf! Ich bins.«

Schweigen.

Plötzlich ist Stille in meinem Kopf und mich fröstelt es.

Er ist weg.

Nat ist einfach fort.

Ich fühle es. Dieses Haus ist leer. Verlassen. Genauso verlassen, wie ich es bin.

Die Kraft in meinen Beinen verlässt mich und ich plumpse auf den Boden. Das hier ist ein Albtraum.

Ob John ihn entführt hat? Dem ist ja alles zuzutrauen. Das hat Kaal doch angedeutet. Oder hat er Nat umgebracht? Was, wenn seine Leiche im Haus liegt und ihn wochenlang niemand findet?

Mein Hals ist rau.

Nein, sowas darf ich gar nicht denken. Für sein Verschwinden gibt es sicher eine ganz logische Erklärung und hätte er meine Handynummer, hätte er mich angerufen und ich wüsste Bescheid.

Ich muss zu Kaal. Kaal hat sicher Nats Nummer.

Fluchend über die spitzen Steine, die sich in meine Fußsohlen bohren, laufe ich ums Haus herum und hinaus auf die Straße.

Schon läute ich an Kaals Tür.

Rosa-Maria, die ich gestern kennengelernt habe, öffnet sie.

»Hola, Lisa! Komm dock 'erein.«

Sie umarmt mich, als wären wir schon seit Ewigkeiten befreundet. Ich liebe diese Südländer!

»Danke, Rosa-Maria. Ich muss dringend mit Kaal sprechen. Er ist doch zuhause, oder?«

»Si, si.«

Bestens. Ich stürme an ihr vorbei in Richtung Wohnzimmer. Zum Glück! Er kommt mir bereits entgegen.

»Herzchen, guten Morgen! Was ist?«

Er sieht mich eindringlich an.

»Nat ist verschwunden, Kaal. Hast du seine Telefonnummer?«

In der Sekunde verfinstert sich sein Gesicht.

»Ja, ich rufe ihn sofort an.«

Rosa-Maria schnappt sich Kaals Handy von der Kommode und bringt es ihm.

»Danke.«

Am liebsten würde ich im Kreis laufen, aber stattdessen lasse ich mich in sein Sofa fallen.

Bitte, bitte heb ab, Nat.

»Und?«

»Es läutet«, antwortet Kaal knapp.

Das ist zu wenig. Nat muss abheben. Bitte heb ab!

»Mailbox.«

»Sprich drauf!«

Kaal nickt. »Hallo, Nat. Kaal hier. Bitte ruf mich dringend zurück!«

Er legt auf.

Ich fall gleich ins Koma. Mein Puls ist auf zweihundert.

»Diego!«, brüllt Kaal. So laut habe ich ihn noch nie gehört. Diego schießt ums Eck.

»Si?«

»Wir gehen hinüber zu Nat. Wir haben doch den Schlüssel, oder?«

Diego nickt. »Si, ’aben wirrr.«

»Komm, Lisa. Mir ist zwar nicht ganz wohl dabei, aber auch ich finde es beunruhigend, dass er sich nicht bei dir gemeldet hat.«

Ich glaub, Kaal hat vermutlich keine Vorstellung, wie schlimm das für mich ist. Meine Gedanken taumeln zwischen blutüberströmter Leiche und Nat mit seiner Frau im Bett. Beides löst Panikattacken aus. Ich kann kaum mehr atmen. Aber ich will es ihm auch nicht sagen, denn dann sorgt auch er sich noch mehr, als er es ohnehin schon tut.

Während Kaal und Diego irgendetwas plaudern, das mich nur wie durch Watte erreicht, laufe ich barfuß voraus. Ich muss laufen. Ich muss Nat retten!

Wozu ist so einer von diesem Geheimbund fähig?

Zu allem.

Schon gestern beim Googeln ist mir schlecht geworden. Alleine diese Zeremonie! *Fire of Compassion* nennen sie ihr unheimliches Spektakel. Welcher normale Mensch kommt denn auf die Idee, *Mitgefühl* rituell vor einer zwölf Meter hohen Pyramide in Gewändern, die an den Ku-Klux-Klan erinnern, zu verbrennen? Und wozu treffen sich einflussreiche Männer gleich zwei Wochen lang? Als ob die sonst nichts zu tun hätten. An die YouTube-Videos, in denen einige behaupten, dass sie dabei auch Menschenopfer bringen, will ich erst gar nicht denken, sonst breche ich ohnmächtig zusammen.

Nein. Das stimmt sicher nicht. Alles, was im Internet zu finden ist, muss ich jetzt auch nicht glauben. Es reicht, dass Kaal davon überzeugt ist, dass Nats Schwiegervater zu denen gehört.

Endlich erreicht auch Kaal die mächtigen Steinplatten, die den Vorhof von Nats Villa pflastern. Rechts und links stehen je drei moderne Säulen und dazwischen je zwei Skulpturen, die wie die Köpfe auf den Osterinseln aussehen. Aber diese hier sind nicht aus Stein, sondern aus Holz. Dass der Sturm sie nicht umgeworfen hat, spricht für eine verdammt gute Verankerung.

Diego läutet.

Ich springe ungeduldig von einem Bein aufs andere.

»Bitte sperr auf, Kaal. Ich hab früher geklopft und geschrien, und er hat nicht aufgemacht.«

Kaal nickt und deutet seinem gedrungenen, spanisch-stämmigen Angestellten mit der kleinen Frisur, sprich Beinahe-Glatze, dass er aufsperren soll.

Oh. Aber Diego hat gar keinen Schlüssel bei sich. Stattdessen tippt er einen Code in das kleine Kästchen gleich rechts neben der Tür ein, den er von einem Zettel abliest. Aha. Verstehe. *Das* hat Kaal unter Schlüssel verstanden.

Ein ›Klack‹ ertönt und ich öffne die große weiße Tür. Aber ich lasse die beiden Männer zuerst eintreten. Ich folge ihnen in die Vorhalle und schließe die Tür.

»Ich bleib mal hier stehen und halte Wache«, erkläre ich ihnen, als wären wir in einem Film.

»Ist gut«, sagt Kaal. Auch er sieht ziemlich angespannt aus, aber er geht hinter Diego nach oben.

Soll ich was singen? Nur damit ich mich besser fühle?

»Tatatataaa ... tatata ...« Mir muss es sauschlecht gehen, ich summe Beethovens 5. Sinfonie!

Plötzlich geht die Eingangstür hinter mir auf. Ich erstarre.

»Nat?«

Völlig verdutzt sieht er mich an. »Lisa? Was tust du denn hier?«

Okay. Er lebt. Er sieht nach Hangover aus. Sein Leinenhemd hängt fetzig offen über die Jeans. Außerdem hat er sich nicht rasiert und er stinkt nach ... irgendeinem Alkohol. Ich brauch mich in keinster Weise mit irgendetwas zurückhalten.

»Das fragst du *mich*? Wir haben uns Sorgen gemacht, Kaal sucht oben nach dir, aber wie es aussieht, hattest du ja jede Menge Spaß heute Nacht.«

So schnell kann sich Angst in Wut wandeln. Und ich bin sowas von wütend auf ihn! Was denkt er sich eigentlich? Sagt, er komme noch am Abend zu mir, und stattdessen geht er aus und kommt am nächsten Vormittag nach Hause? Mit einer Alkfahne und einem Gesicht, als hätte er die ganze Nacht ...

»Spaß? Glaub mir, das war kein Spaß. Ich wollte dich ja anrufen, aber ich hab deine Nummer nicht.«

Ach. Und das soll jetzt die müde Ausrede sein?

»Wo warst du?«

»An einer Hotelbar.«

Die ganze Nacht? Das kann er irgendjemand anderem erzählen.

»Ich glaub dir kein Wort.«

»Babe, mein Kopf hämmert, ich kann jetzt nicht reden.«

»Das kannst du sowieso nie. Ob mit oder ohne Kopfweh.«

»Hör auf! Ich brauche nur etwas Ruhe, dann erkläre ich dir alles.«

»So wie gestern?«, fahre ich ihn an.

»Naaat? Bist du das?«

Kaal erscheint in der Eingangshalle. Ich funkle Nat böse an.

»Hallo, Kaal. Sorry, wenn ich euch Umstände bereitet habe. Aber es ist alles okay.« Die beiden umarmen sich kurz und Nat begrüßt auch Diego mit einem Handschlag.

»Da bin ich aber froh!«

Im Gegensatz zu Kaal bin ich es gar nicht mehr. »Umstände?«, fauche ich Nat an. »Du hast ja noch keine Ahnung, was dir noch alles Umstände bereiten wird! *Ich* bin nämlich raus aus dieser Nummer.«

Am Stand drehe ich um und laufe zur Tür hinaus. Die Straße entlang und rüber zu Christinas Haus.

Mist. Ich muss in der Aufregung meinen Schlüssel vergessen haben.

Aber auch, die Terrassentür abzusperren.

Also renne ich ums Haus herum. Meine Sohlen dürften sich an den heißen Boden und die spitzen Steine gewöhnt haben, sie schmerzen nicht mehr, denn sie fühlen sich einfach taub an.

»Lisa! Da bist du ja endlich! Weißt du, welche Sorgen ich mir gemacht habe?«

Dominique?

Déjà-vu?

Die Sätze kommen mir verdammt vertraut vor, aber was bildet er sich ein? Hätte ich mich vielleicht bei ihm abmelden sollen, bloß weil ich zu Kaal gehe?

»Warum? Ich war nur bei Kaal drüben.«

Von Nat muss er nichts wissen. Das hab ich ihm gestern Abend auch verschwiegen. Ich hab ihm bloß vom Drehbuchdesaster erzählt.

»Kaal? Wer ist denn das?« Dominique mustert mich von oben bis unten. Sehr unangenehm. »Und wieso barfuß?«

»Kaal ist dein neuer Nachbar auf der gegenüberliegenden Straßenseite. Wobei? So neu ist er auch nicht, er wohnt seit über einem Jahr hier. Aber das solltest *du* eigentlich besser wissen als ich.«

»Wenn ich mir dich so ansehe, hast du recht: Ich hätte ihn unter die Lupe nehmen sollen. Vermutlich ist er Anfang vierzig, Single und ziemlich heiß, oder?«

Rauch bläst aus meinen Ohren.

Vermute ich zumindest.

Was bildet er sich eigentlich ein, wer er ist? Außer, dass wir uns alle Heiligenzeiten in Wien oder hier treffen, verbindet uns rein gar nichts.

Okay. Gestern war er echt nett. Und ja, Gott weiß warum, ich bin mal auf ihn gestanden. Aber das war wie eine Fernsehserie schauen. Man glaubt, Teil der Welt der Figuren zu sein, aber in Wirklichkeit ist alles nur Fiktion. Oder Zeitvertreib.

»Ich muss darauf nichts antworten.«

Um die Bedeutungsschwere meines Satzes zu untermauern, springe ich kopfüber in den Pool. Samt Kleid und schwarzen Fußsohlen.

Mit ein paar Zügen durchquere ich ihn tauchend bis ans andere Ende.

Langsam beruhige ich mich wieder. Ich kann also auftauchen. Oh!

Am Beckenrand steht nicht nur Dominique, sondern auch Diego und Kaal.

Dummerweise kann ich mir einen hysterischen Lacher nicht verkneifen, was mir einen tadelnden Blick von Dominique einträgt.

»Wie ich sehe, habt ihr euch schon bekannt gemacht?«

Alle drei Männer nicken und Dominique sieht wie ein begossener Pudel aus.

Ich würde ihm ja zu gerne ums Maul schmieren, dass das nun mein superattraktiver vierzigjähriger Single von gegenüber ist, aber ich will Kaal nicht verletzen, also schlucke ich meine süffisante Bemerkung lieber runter.

»Bitte fühlt euch wie zuhause. Ich muss mich noch ein wenig abkühlen. Dominique, bist du so nett und machst Kaal und Diego einen Kaffee, oder was immer ihr wollt?«

Wenn er sich schon hier wie der Hausherr aufspielt, dann kann er doch ruhig etwas dafür tun. Außerdem muss ich über Nat nachdenken. Ich gehe bestimmt nicht noch mal zu ihm hinüber. Soll er doch herkommen.

Er muss einfach herkommen! Immerhin ist er mir eine Erklärung schuldig. Eine Entschuldigung, indem er auf Knien rutschend um Verzeihung fleht, ist auch fällig. Erst dann ... und ganz sicher nicht vorher, beginne ich mir zu überlegen, ob und wie es zwischen uns weitergehen kann.

Zwischendurch strecke ich den Kopf aus dem Wasser, um zu sehen, ob Nat schon winselnd an meinem Beckenrand steht.

Wieder nicht.

Mit jedem Armzug werde ich zorniger. Hat der eine Ahnung, wie lange es dauern wird, bis ich ihn wieder aus meinem Herz verbannt habe? Gestrichen und vergessen? Sicher dauert das hundert Mal länger, als es gebraucht hat, mich in ihn zu verlieben.

Nat, ich bring dich um, wenn du nicht bald hier aufkreuzt.

Apropos: »Was ist denn los, Dominique?«

»Ich soll dich von Kaal und Diego lieb grüßen lassen, aber sie wollten keinen Kaffee, daher habe ich sie vorne hinausgelassen.«

Auf den Beckenrand gestützt, versuche ich, so cool wie möglich zu klingen. »Verstehe. Danke. Ich werde nachher noch einmal rüber zu Kaal gehen.«

»Der alte Herr scheint es dir angetan zu haben.«

Klingt er eifersüchtig?

»Tja, er ist aber auch ein unheimlich faszinierender Mensch«, erwidere ich und sehe direkt in Dominiques dunkle und jetzt funkelnde Augen.

»Wenn du meinst. Mich fasziniert im Moment mehr der Grund, warum du samt Kleid schwimmen gehst. Obwohl ... dieser Wetlook sieht sexy aus.«

Eindeutig. Seit er angekommen ist, scheint seine Lieblingsbeschäftigung mit mir zu flirten zu sein.

»Lass das. Ich war zum Arbeiten hier, nicht, um mich zu verlieben.«

Warum sag ich denn so etwas?

»Na dann, deine Arbeit hat sich ja, wie wir beide wissen, seit gestern erledigt, somit schlage ich vor: Ich lade dich in die Stadt zum Essen ein.«

Ob ich Nat damit eins auswischen kann?

»Gerne. Wann denn?«

»Ich hole dich um sechs Uhr ab und reserviere gleich einen Tisch für uns.«

Wir plänkeln noch herum. Nichtssagend. Völlig entbehrlich. Vergeudete Luft. Aber so muss ich nicht jede Sekunde an Nat denken, sondern tue es nur jede zweite.

Dominique verabschiedet sich und geht über die Terrasse direkt in sein Haus hinüber, was mir die Gelegenheit gibt, an den Beckenrand gelehnt, Nats Villa zu beobachten. Nach wie vor sind alle Glastüren geschlossen, soweit ich das von hier aus sehen kann. Er spielt auch nicht Klavier. Ob er endlich am Weg zu mir ist?

Ich lausche.

Aber alles ist ruhig, bis auf meinen Kopf. Der schreit. Heult. Ist verzweifelt. Verletzt und stinksauer. Und trotzdem: Alles, das ich mir wünsche, ist, dass sich die Büsche teilen und Nat endlich zu mir kommt und aus meinen Fragezeichen endlich Punkte werden. Dass aus meiner Gift speienden Galle ein zufriedenes Glucksen im Magen wird. Dass Stille in meinen Gedanken herrscht und dafür die Schmetterlinge in meinem Bauch wieder laut mit ihren Flügeln schlagen dürfen. Doch egal wie sehr ich die Hecke anstarre, es tut sich nichts. Kein Geräusch.

Kein Nat, nur Zikaden.

10

Am nächsten Tag ...

»Oh ja! Ich finde es auch toll, dass wir beide hier noch zwei Wochen Urlaub machen!«

Meine Güte, klinge ich gekünstelt, aber Christina hätte mich vorwarnen können, dass sie herkommt. Die Überraschung ist ihr auf jeden Fall gelungen, denn ich bin so überrascht, dass ich mich hinsetzen musste.

»Steh auf, wir gehen jetzt ein bisschen bummeln. Ich hab mich schon so auf das alles hier gefreut, ich bin ganz aufgedreht.«

»Na gut. Weil du es bist.«

Mir ist überhaupt nicht nach bummeln! Ich muss doch wieder meinen Wachposten draußen auf der Terrasse beziehen. Wie soll ich sonst wissen, ob Nat drüben Besuch hat, alleine ist oder was er tut? Nachdem ich nur über meine Leiche rübergehen und ihn fragen würde, was passiert ist, und er auch nicht zu mir kommt, bleibt mir ja nichts anderes als das: im Kreis denken, Eis essen, schwimmen. Hat schon gereicht, dass ich Dominiques Flirtversuche das gesamte Abendessen über ertragen musste. Mir geht seine Protzerei dermaßen auf die Nerven, ich kann es gar niemandem sagen! Schön, besitzt er eben halb Linz. Und? Mir doch egal.

Aber das Allerschlimmste ist: Er ist auch noch stolz drauf, dass er in irgendeiner Misswahl-Kommission sitzt. Das ist sowas von Achtzigerjahre. Wen kümmert denn heute noch diese antiquierte Form der Fleischbeschau? Wir sind doch längst weiter als das, aber nein, er muss mir auch noch bis ins Detail erzählen, wie toll die Aftershowparty nach der letzten Wahl war und dass er die ›Mädels‹ mit Champagner geduscht hat! Am liebsten wäre ich ihm an die Gurgel gesprungen, aber ich war zu matt dafür.

»Wunderbar! Wir trinken noch einen Kaffee, dann düsen wir los.«

Christina scheint vom langen Flug nicht im Geringsten erschöpft zu sein. Ganz im Gegenteil. In ihrem Schlapphut und dem rosa Minikleidchen, sowas würde sie in Wien niemals tragen, weil sie der Ansicht ist, sie hat zu dicke Oberschenkeln, sieht sie wie die Supertouristin aus.

»Okay. Ich mach dir einen Espresso, dann kannst du dich in der Zwischenzeit frisch machen.«

In die Hände klatschend jubelt sie geradezu: »Perfekt. Ach, war das eine gute Idee von mir, herzukommen!«

Ich weiß nicht.

Während ich an der Nespresso-Maschine hantiere und sie duscht, höre ich plötzlich Klaviermusik. Nat!

Ich laufe nach draußen. Tatsächlich. Er spielt wieder. *Yesterday* von den Beatles!

Mein Herz krampft. Will er mir damit sagen, dass es aus und vorbei ist? Dass er nicht die Eier hat, rüberzukommen und mir endlich zu erklären, was los ist?

Was sonst? Schließlich spielt er so laut über seine Boxen, dass das auch noch in der nächsten Bucht zu hören ist.

»Idiot!«, fauche ich in Richtung seiner Villa.

»Wer ist ein Idiot?«

Ich fahre herum. Christina steht in ein Badetuch gewickelt neben mir.

Soll ich ihr alles erzählen?

Nein. Nicht jetzt. Dafür fehlt mir die Kraft.

»Na der neue Nachbar. So laut muss er nun auch wieder nicht spielen!«

Sie sieht angestrengt zu Nat hinüber.

»Also mir gefällts. Ich hab selten jemanden so gut Klavierspielen gehört. Wie sieht er denn aus?«

Zu gut, um wahr zu sein. So gut, dass er mir den Schlaf raubt und noch immer alles kribbelt, wenn ich an ihn denke. Ob vor Zorn oder Lust.

»Äh ... durchschnittlich.«

»Schade. Stell dir einmal vor, der wäre auch noch fesch! Trotzdem bin ich gespannt darauf, ihn kennenzulernen.«

Meine Augen fallen beinahe aus den Augenhöhlen. »Wieso willst du ihn denn kennenlernen?«

»Wieso nicht? Immerhin ist er mein neuer Nachbar und da ist es doch nur höflich, wenn ich nachher rübergehe und mich vorstelle.«

Das muss ich verhindern! Ich laufe so lange mit ihr von einem Geschäft zum nächsten, bis sie ins Bett fällt.

»Komm, wir trinken den Kaffee und dann fahren wir ins Regent Village.«

Christina baut sich vor mir auf.

»Was stimmt nicht mit dem Nachbarn?«

Ich hasse ihr Radar für Probleme. Chef-Blick nennt sie das.

»Äh ... nichts. Ich meine ja nur ... also nachlaufen müssen wir ihm auch nicht.«

»Der wird ja von Sekunde zu Sekunde interessanter. Aber du hast Glück, ich muss ein paar Sachen einkaufen, ich hab bloß einen Bikini mit, weil ich keine Lust zum Packen hatte.«

Laut atme ich aus. Dieser Kelch ist ja gerade noch an mir vorübergezogen.

Oh. Das war zu laut, denn sie sagt: »Du hast zwei Möglichkeiten: Entweder du erzählst mir drüben in Grace Bay alles freiwillig bei einem Eiskaffee oder ich gehe dann allein rüber und knöpf mir diesen Herrn Nachbarn einmal ernsthaft vor.«

Wie ich das hasse! Ich habe ja gewusst, das Beste, das ich tun konnte, war, *nicht* mit ihr zu telefonieren. Christina bemerkt einfach alles. Wie auch immer sie das anstellt. Aber ich bin noch nicht bereit dazu. Vielleicht kann ich in drei Jahren entspannt über Nat reden, aber bestimmt nicht heute.

»Was du dir immer einbildest! Du kannst ja gerne hinübergehen, aber ohne mich.«

Das war echt gut! So gelassen und beiläufig. Nachdem das mit dem Drehbuch nichts wird, sollte ich bei ihr als Schauspielerin anheuern.

Darüber sollten wir sprechen!

»Wie du meinst. Komm, ich schlüpf wieder in mein Kleid, dann fahren wir.«

»Und der Kaffee?«

»Wir trinken drüben einen.«

Aha. Bitte. Sie ist der Boss.

***

Das ist Folter! Christina schleift mich von einem Geschäft ins nächste. Ich kann weder mehr irgendwelche Mitbringsel sehen, noch ihren Satz »Oh, das wäre doch nett. Soll ich das für unsere neuen Nachbarn kaufen?« hören. Auch wenn sie so tut, als meine sie sowohl Nat als auch Kaal, zielt sie dennoch klar darauf ab, mich subtil wegen Nat fertigzumachen. Ich weiß ja nicht, warum sie annimmt, dass ich ihr etwas verschweige. Blödsinn, ich weiß es schon: Sie ist eine Hexe! Sit und Bo haben sowas von recht.

»Ich will jetzt endlich ins Café und einen Eiskaffee trinken gehen«, motze ich. Es hat fünfunddreißig Grad im Schatten und das einzig Gute ist, dass es vor einigen der kleinen Shops hier in Grace Bay Arkadengänge gibt. Ach ja, und sie hat sich in einem Surfshop drei Bikinis und ein Strandkleid gekauft. In *Mina's Gift Shop* wollte sie schon zwei bemalte Salamander aus Metall für die beiden erstehen, jetzt hält sie mir eine wirklich schöne Conch-Muschel vor die Nase. »Schau mal, wenn wir die gemeinsam mit ein paar kleineren kaufen, dann in eine dieser schönen Vasen legen und Sand einfüllen, ist das doch eine superschöne Deko.«

Für uns oder schon wieder für die Männer?

»Ich sags jetzt zum hundertundersten Mal: Du musst weder Kaal noch Nat etwas schenken.«

Gott sei Dank! Sie legt die Muschel zurück.

»Natürlich muss ich das! Ich möchte mich doch nicht mit leeren Händen als neue Nachbarin vorstellen kommen. Da bin ich altmodisch und das weißt du.«

Tja. Ich wäre geneigt, ihr zu glauben, wenn da nicht dieses Funkeln in ihren Augen wäre. »Aber das alles ginge schneller, wenn du endlich rausrücken würdest, wie dieser Nat ist.« Sie dreht sich um und sagt zur Verkäuferin: »I take two of the conch shells and twelve of the smaller ones here.«

Ich machs jetzt wie die kleinen Kinder und setze mich vors Geschäft draußen auf den Boden. Und ich stehe nicht auf, bevor sie nicht schwört, dass wir als Nächstes ins Kaffeehaus gehen. Noch einen Shop ertrage ich nicht, auch wenn das alles hier noch so nett ist. Bunt. Fröhlich. Karibisch eben. Nicht zum Aushalten!

Mit einem großen Smile im Gesicht und einem Plastiksackerl mit den Muscheln und einem weiteren, in dem offensichtlich zwei Vasen sind, erscheint sie in der Tür.

»Ist dir nicht gut?«

»Nein, weil mich dein Shoppingwahnsinn wahnsinnig macht.«

Ich bewege mich keinen Zentimeter weg von hier.

»Und weißt du, was mich wahnsinnig macht?«

»Dass du noch kein Flatterkleid, das dir gefällt, gefunden hast?« Sie liebt diese hauchdünnen, weit geschnittenen Strandkleider, aber bis jetzt waren entweder der Schnitt, die Farbe oder das Muster falsch.

»Nein. Dass du nicht endlich sagst, was mit diesem Nat passiert ist. Meinst du, ich bin zufällig hier? Also ehrlich, Lisa, so gut solltest du mich doch mittlerweile kennen.«

Oh.

Mein Herz plumpst auf den Asphalt.

Mit Ehrlichkeit habe ich nicht gerechnet. Ich hab gedacht, sie zieht dieses Spielchen durch. Was sag ich denn jetzt?

»Gar nichts, das erwähnenswert ist.«

Sie stellt die Sackerln neben mir am Boden ab.

»Jetzt pass einmal auf: Nicht erwähnenswert sind aus meiner Sicht Scheidenpilz oder Blasenschwäche. Da du hoffentlich beides nicht hast, gehen wir jetzt rüber ins Café und du packst endlich aus. Glaubst du, ich habe nicht gecheckt, wie du zu seiner Villa rübersiehst? Oder deine unnatürlich hohe Stimmlage, wenn du mir erklärst, dass er dir *nur* während des Hurrikans geholfen hat? Ich bin ja nicht blöd, Fräulein.« Ups. Da steht sie in der Sonne und sieht aus, als würde sie mich demnächst verspeisen.

»Ich mag nicht über ihn reden«, erkläre ich ihr knapp. Und das ist die reine Wahrheit. Was soll ich denn sagen? Christina, ich hab mich Hals über Kopf in einen Mann verliebt, der noch dazu verheiratet ist? Ach ja, und dann ist sein Schwiegervater aufgetaucht und hat ihn daran, schätze ich, erinnert? Na ja, und dann hat er mir volltrunken erklärt, dass er alleine sein will. Tolle Geschichte. Wirklich.

Sie setzt sich neben mich auf die Stufe.

»Hör mal. Du kannst mir alles sagen, das weißt du. Und wenn er irgendetwas angestellt haben sollte, das nicht in Ordnung war, gehe ich hinüber und kicke ihm in die Kronjuwelen.«

Ich starre sie an. Hat sie das gerade echt gesagt?

»Okay. Wenn du das machst, sage ich alles.«

Sie grinst und schiebt sich ihre Sonnenbrille zurück auf die Nase.

»Ich schwöre es. Komm, jetzt haben wir uns einen Kaffee verdient.«

»Ich plädiere auf Mojito.«

»Auch okay. Du musst ja nicht fahren.«

Stöhnend stehe ich auf. »Du gibst nie auf, oder?«

»Nicht wenn es um dich geht«, schmunzelt sie und umarmt mich im Stehen.

Für einen Moment schließe ich die Augen und drücke mich fest an Christina. Es tut doch gut, dass sie da ist. »Außer, Sit und Bo wissen bereits alles, nur ich nicht!«, setzt sie nun gespielt tadelnd nach.

»Keine Sorge, die haben keine Ahnung.«

Christina zieht ihre Sonnenbrille hoch. »Wenn du dich da mal nicht täuschst.«

Großartig! Dann sind das die Nächsten, die mich wegen Nat löchern werden.

Ein Mojito wird nicht genug sein, denn mich zu entlieben, könnte dauern.

***

Jetzt weiß sie alles. Na ja, bis auf ein paar pikante Details, wie zum Beispiel wo und wie wir Sex hatten. Und was macht Christina?

Sie googelt.

Klar.

Sie wird Nat finden, wenn ich es nicht geschafft habe!

Ich bestelle mir bei der sympathischen Kellnerin noch ein Mineralwasser. Noch einen Mojito und sie müssen mir hier auf der Stelle eine Hängematte aufspannen, damit ich meinen Rausch ausschlafen kann.

Genau so habe ich die letzten fast zwei Wochen mit Nat verbracht: im Rausch. Und das, obwohl ich stocknüchtern war. Ich muss an etwas anderes denken.

Das Drehbuch!

Das ist völlig untergegangen. Christina hat es bislang noch nicht einmal der Mühe wert gefunden, mir eine Erklärung zu geben, warum sie den Drehbuchauftrag zurückgezogen hat. Ich meine, sie hätte sich zumindest entschuldigen können. Zuerst ist alles todsicher und dann, wenn es ernst wird, ist wie immer alles gänzlich anders. Aber offiziell weiß ich davon ja nichts.

Genau das hasse ich an unserem Geschäft. Ich könnte meine Wohnung mit sinnlosen Pitches für Spielshows und jetzt auch noch mit meinem halb fertigen Drehbuch tapezieren.

Okay.

Zu zehn Prozent fertigem Drehbuch. Vielleicht fünfzehn.

Aber das muss sie nicht wissen, denn sie hat mich auch nicht danach gefragt.

»Thank you!«, sage ich zur einheimischen Kellnerin, die mir das Mineral serviert und so in etwa in meinem Alter sein dürfte. Ich mag ihr Lächeln.

»You are welcome«, sagt sie und muss schon an den Nachbartisch. Briten, schätze ich. Das etwas ältere Pärchen ist genau so angezogen, die Haut der beiden ist feuerrot und so klingen sie auch, denn sie bestellen gerade Tee. Überraschung! Es ist fünf am Nachmittag: Teatime. Ganz sicher sind das Briten. Die müssen allesamt auf Kriegsfuß mit Sonnencremen stehen und völlig angstbefreit sein, was Hautkrebs angeht. Egal wo ich auf sie treffe, sie sind immer feuerrot und Tee trinken sie auch in der größten Hitze. Die jüngeren dafür literweise Alkohol. Aber gut, wer bin ich, den ersten Stein zu werfen? Speziell nach gestern müsste man mich ja auch für eine hirnbefreite Schwerstalkoholikerin halten. Wer außer mir verliebt sich in jemanden, der einen immer nur vertröstet, wenn es um Details aus seinem Leben

geht? Verlieben ginge ja noch. Aber nein, ich fange ja gleich was
an mit Nat. Dem Mann ohne Beruf und Handynummer, dafür
aber mit Ehefrau und Schwiegervater. Producer ist er keiner. Da
muss sich Kaal geirrt haben, denn ich habe nirgendwo einen Nat
Riffkin finden können.

Unwillkürlich rutsche ich im Korbsessel ein Stück tiefer.

Keine Glanzleistung von mir. Das muss ich zugeben.

Aber Nat ist einfach der interessanteste Mann, der mir seit
Jahren begegnet ist. Und seine langen, schmalen Finger! Oder
seine Augen, wenn die Sonne in ihnen funkelt. An den Rest seines Körpers darf ich erst gar nicht denken, denn mir tut so schon
alles weh. Vor Sehnsucht. Und Wut.

Wie kann man sich so verhalten?

Ich betrachte Christina. Anfangs war sie völlig entgeistert und
wollte auf der Stelle zurückfahren, um Nat zur Rede zu stellen.
Zwischendurch war sie fest davon überzeugt, dass nur er *The
Egyptian* sein kann, doch bin ich mit der Tatsache, dass er eine
Ehefrau hat, rausgerückt. Großer Fehler. Sie hätte sich ihre Predigt sparen können, die mit »Er ist aber verheiratet. Das ist dir
schon klar, oder?« begonnen und mit »Ehrlich, Lieselotte. Ich
habe mir ja schon alles Mögliche zusammengereimt gehabt, aber
dass du dich für sowas hergibst?« geendet hat.

Ich weiß selbst, dass ich eine Grenze überschritten habe.
Doch alles, was ich zu meiner Verteidigung sagen konnte, hat
sie mit einem Gegenargument weggewischt. Erst als ich Kaals
Verschwörungstheorien ins Spiel gebracht habe, ist Christina in
den Modus »Also so gehts ja auch nicht« gekippt. Mein Glück.
Oder Pech. Denn nun googelt sie schweigend.

Plötzlich schreit sie auf: »Ich hab was!« Aber sie hält mir das
Handy so knapp vor die Nase, dass ich nichts sehen kann. Ich
nehme es ihr aus der Hand. »Und was?«

Ich habe ›Nat Riffkin‹, ›Nathaniel Riffkin‹ und natürlich
alle möglichen Kombinationen mit *The Egyptian* rauf und run-

ter gegoogelt. Es gibt einige mit dem Namen ›Nat Rifkin‹. Allerdings nur mit einem F. Aber das war es auch schon, abgesehen von Beweisen, dass hinter ›The Egyptian‹ ein Musiker namens Sam Clouque steckt. Da der jedoch völlig anders aussieht, kann Nat nicht der maskierte *The Egyptian* sein. Obwohl auch dieser Sam ein sehr fescher Mann ist. Aber dunkelhaarig, nicht blond.

»Siehst du das nicht? Das sind Fotos von der letzten Grammy-Verleihung.«

Ich klicke mich durch die Fotos, auf denen jede Menge bekannter Gesichter zu sehen sind. Von Bruno Mars bis hin zu Beyoncé. Aber kein Nat.

»Wie kommst du denn drauf, dass er justament auf diesen Fotos sein soll?«

Schade. Auch wenn es völlig unwahrscheinlich war, ich bin dennoch enttäuscht. »Na ja, ich hab mir gedacht, dass er bei solchen Events vielleicht im Publikum dabei ist. Außerdem …« Ich deute ihr, still zu sein. Mein Herzschlag pocht im Hals. Da ist er. Allerdings nicht Nat, sondern sein Schwiegervater. Direkt neben den Stars.

»Das … das ist sein Schwiegervater«, stammle ich. Aus welchem Grund auch immer weiß ich, dass die hübsche Frau an seinem Arm seine Tochter ist. Nats Frau. Da. Direkt unter dem Bild steht es auch: *Music Executive Jonathan Goldstin and his daughter Batya Blumberg.*

Gänsehaut.

»Tja, ich habe es gewusst. Was über Google zu finden ist, finde ich. Trotz meines Alters«, meint Christina zufrieden, setzt sich ihre Sonnenbrille wieder auf und trinkt einen Schluck von ihrem Eiskaffee.

Ich schaue sie an. »Na super. Jetzt gehts mir noch dreckiger.«
»Wieso?«

»Weil sie hübsch ist und er mich total angelogen hat. Er heißt Blumberg und nicht Riffkin.«

»Stimmt. Aber sie ist nicht sonderlich sympathisch, wenn du mich fragst.« Christina betrachtet das Foto eingehend.

Hm. Vielleicht hat sie recht. Aber das ist völlig schnurzegal. Nat ist ein Lügner. Er hat mit mir ein Spielchen gespielt und ich Kuh habe es zugelassen.

Schwups. Sie entreißt mir das Handy und tippt etwas ein. Und strahlt.

»So. Und ich nehme an, das ist er. Nathaniel Blumberg.«

Wieder hält sie mir das Handy unter der Nase.

Natürlich.

Das ist er.

»Und? Ist er das?«, fragt Christina ungeduldig nach.

Ich kann bloß nicken, denn jetzt fühle ich mich noch beschissener als zuvor. Nat ist also Producer. Kaal hat recht gehabt. Aber er hätte es mir selbst sagen können. Warum diese ganze Geheimniskrämerei? Ich verstehs nicht.

Unter Schlürfgeräuschen sauge ich verzweifelt die letzten Reste meines Mojitos mit dem Strohhalm aus dem Glas.

Christina bittet die Kellnerin, die zufällig hinter mir steht, um die Rechnung und bezahlt.

»So, Fräulein. Abmarsch. Jetzt werden wir Herrn Blumberg einen Besuch abstatten.«

Niemals!

»Du kannst ja rübergehen. Ich sicher nicht.«

»Oh nein, du kommst mit, denn egal wer er ist, ich werde ihm klarmachen, dass er sich, wenn er dich so schäbig behandelt, auch mit mir anlegt.«

Ich halte mir die Augen zu und rutsche im Sessel ganz nach unten.

Aber sie zieht mich hoch. »Komm. Vogel-Strauß-Politik hilft dir da jetzt auch nicht weiter.«

Wie eine Marionette folge ich ihr zum Auto und höre in mir eine Stimme »Ich will nicht!« schreien. Aber ich kenne sie.

130

Wenn Christina eine Mission hat, dann hat sie eine Mission. Nichts und niemand kann sie stoppen.

Ich will aber nicht!

Ich will ihn nicht sehen.

Und schon gar nicht will ich die sein, die angekrochen kommt.

Das muss sie doch verstehen, oder?

11

Ich hätte auf meine innere Stimme hören sollen. Da sitzen wir. Alle drei, um seinen großen Esstisch herum. Christina hat ihm zur Tarnung ihres Vorhabens sogar eine Riesenpackung Mozartkugeln samt einer Flasche Champagner in die Hand gedrückt. Als Einstandsgeschenk in eine ›wundervolle Nachbarschaft‹, wie sie es genannt hat. Die Muscheldeko war für sie selbst.

Nat war so verdutzt, dass er die Tür weit geöffnet und uns beide ins Haus gebeten hat. Doch die Geschenke waren nur das Trojanische Pferd. Das weiß mittlerweile auch Nat, denn Christina hat nicht lange gefackelt und ihm gleich erklärt, dass sie so etwas wie meine Ersatzmutter sei und von ihm eine Erklärung erwarte. Vorher gehe sie nicht weg.

Und daher eiert Nat jetzt herum. Schlecht sieht er aus. Er hat sich zwar umgezogen, aber sein Gesicht ist fahl. Seine Augen glanzlos. Er wirkt auch sehr müde.

Mir ist das Ganze so peinlich, dass ich mich am liebsten in Luft auflösen würde. Was glaubt sie denn, wie das hier endet? Ich sehe doch, dass es ihn nicht die Bohne interessiert.

Mit einem Ruck steht er auf und stellt sich neben mich.

»Können wir unter vier Augen sprechen?«

Ich sehe Christina an, die natürlich den Kopf schüttelt.

»Ja, können wir.«

»Sie entschuldigen uns?« Ohne Christinas Antwort abzuwarten, nimmt er mich an der Hand und geht mit mir ins angrenzende Wohnzimmer. Schließt die Tür und setzt sich auf den Klavierhocker.

»Komm her.«

Jetzt soll ich mich auf seinen Schoß setzen?

»Okay.«

Ich bin schwach. Ein Waschlappen. Kaum sieht er mich so an, wie er mich gerade ansieht, schmelzen alle meine Einwände dahin und übrig bleibt, dass er mich wie ein Magnet anzieht.

»Ich muss dir ein paar Dinge erklären«, beginnt Nat.

»Ja, das denke ich auch.« Obwohl ich gerade wenig denke, denn er hat seine Arme um meine Mitte gelegt und hält mich fest. »Aber zuerst will ich wissen, was ich eigentlich für dich war: Eine Affäre? Zeitvertreib?«

Nat sieht mir tief in die Augen. »Das denkst du nicht wirklich, oder?«

Ich springe auf.

»Ich weiß nicht, was ich denke, Nat. Was soll ich denn überhaupt wissen? Du hast mir verschwiegen, wer du bist. Wie du heißt. Nicht einmal deine Telefonnummer hast du mir gegeben!«

Es könnte sein, dass meine Stimme schrill geworden ist. Aber Christina kann das ruhig mithören. Nat steht auf und fasst mich an den Händen. »Komm wieder her, Babe.«

Das Babe kann er sich sparen. Solange er mir nicht sagen kann, was er für mich fühlt, ist das Gespräch hier sowieso sinnlos. Aber ich sag jetzt ganz bestimmt auch nichts, sondern bocke wie ein Esel. Daher stehen wir jetzt beide etwas verloren mitten im Raum herum.

Plötzlich meint er: »Setz dich auf das Sofa.«

Da ich alle Energie brauche, um meine Wut unter Kontrolle zu halten und nicht auf ihn einzuschlagen, tue ich es. Ist es so schwer zu sagen ›Ich habe mich in dich verliebt‹? Das würde mir schon reichen. ›Ich liebe dich‹ erwarte ich ja nicht einmal.

Mir schießen Tränen in die Augen. Aber das sieht er nicht, weil er sich wieder ans Klavier setzt.

Ich packs nicht. Er öffnet die Abdeckung der Tasten, schiebt sie nach oben und hat sichtlich vor, jetzt zu spielen. Jetzt! Das ist der Gipfel! Nein, wenn er das unter *reden* versteht, dann kann er mich sowieso.

»Bitte, bleib«, sagt er, als ich im Begriff bin zu flüchten.

»Wozu?«

»Weil ich das für dich geschrieben habe. Vielleicht beantwortet es ein paar deiner Fragen.«

Verdammt. Jetzt hat er mich neugierig gemacht. Und ein klein wenig fühle ich mich geschmeichelt. Er hat tatsächlich ein Lied für mich geschrieben? Sowas hat noch nie jemand für mich gemacht. Immer habe ich davon geträumt, dass ich von einem meiner Freunde mal einen wirklich handgeschriebenen Brief bekomme. Oder aber nur eine Karte am Valentinstag. Aber nein. Es ist nie geschehen.

Schon mit den ersten Akkorden hat er mich. Was er spielt, klingt wehmütig und zugleich kraftvoll. Aber woher soll ich ohne Text wissen, was er für mich empfindet?

Oh.

Jetzt singt Nat.

Das erste Mal überhaupt.

Mein Körper beginnt zu zittern.

Ich kenne diese Stimme.

»Love, I want to run,

I can no longer lie,

I can no longer die,

no longer can I resist that butterfly

turning my inside out and so I sigh ...«

Meine Beine versagen ihren Dienst. Mein Hirn schaltet sich weg. Ich finde mich auf dem Steinboden sitzend wieder und starre ihn an. Über das Klavier hinweg sieht er in meine Augen. Möglicherweise durch mich hindurch.

Genau so klingt *The Egyptian*.

Aber wichtiger noch: Was will er mir damit sagen?

»Love, I want to hide,

I need some more strength,
'cause I have to win this fight.«

Die Akkorde schwellen an. Jetzt scheint wieder der Refrain zu kommen.

»Love, I can no longer,
no, I don't any longer,
want to carry this ton,
that makes me weak.
'Cause I only seek
with this trembling heart of mine,
your sun to always shine.«

Seine blauen Augen schimmern. Vielleicht spiegeln sich die Spots an der Decke in ihnen, vielleicht aber meint er diesen berührenden Song genau so, wie ich ihn gerade verstehe und warum mir Tränen die Wangen herunterkullern: als Abschiedslied.

Seine Stimme ist so viel lauter geworden. Flehend. Beweinend. Sein Klavierspiel erfüllt den gesamten Raum. Mehr noch. Das Universum. Unser Universum. Und bringt es ins Wanken. Ich fühle es: Am Ende wird es einstürzen und uns unter sich begraben.

»And I will try,
to no longer run,
to no longer cry
for you,
my love,
yours shall be done.«

Obwohl der Flügel seine Finger verdeckt, sehe ich sie förmlich vor mir, wie sie über die schwarzen und weißen Tasten gleiten. Leicht. Geradezu mühelos. Er würdigt sie ja nicht einmal eines Blickes, denn seine Augen ruhen auf mir. Und jetzt, wo der letzte Ton verhallt ... es war ein sehr tiefer ... hinterlässt dieser Song in mir eine seltsame Leere.

Keiner von uns beiden bewegt sich.

Kein Mucks stört unser Verharren.

Ich bin unfähig. Unfähig, ihm zu sagen, wie sehr mich dieser Song berührt hat. Wie noch immer seine Stimme in meinem Bauch nachklingt. Dass er damit ausgelöst hat, dass ich mehr als alles andere auf der Welt mit ihm zusammen sein will.

Wie lange werden wir uns noch stumm selbst bemitleiden? Wieso schreibt er ein so trauriges Liebeslied für mich? Geradezu so wie die beiden Königskinder, die nicht zueinander kommen konnten? Die wussten aber wenigstens, warum! Ich weiß das nicht.

Plötzlich ertönt ein lautes Klirren.

»So ein Sch...marrn aber auch!«, schimpft Christina im Raum neben uns.

Ihr muss ein Glas auf den Boden gefallen sein. Ich höre das Knirschen von Scherben am Stein, springe reflexartig auf, um nach nebenan zu laufen und ihr zu helfen.

»Bitte nicht!«, sagt Nat und ist mit einem Satz bei mir.

Umarmt mich, bevor ich etwas antworten kann, und küsst mich. – Bevor ich denken kann!

In mein Haar hinein flüstert er: »Babe. Weißt du jetzt, was ich für dich empfinde?«

Mein Herz brüllt Ja, doch mein Verstand schaltet auf stur. Ja. Vielleicht. Eigentlich nicht.

Am Ende schüttle ich den Kopf.

»Nein?« Er sieht mir verwundert in die Augen, fährt aber fort: »Lisa, ich habe mit allem gerechnet, aber bestimmt nicht damit, dass ich hier auf jemanden wie dich treffe. Dass ich mich ...« Er macht eine Pause. Unwillkürlich streiche ich ihm übers Gesicht. »Nun ja, *verliebe*. Und das habe ich. Aber du musst wissen, dass ich dich nicht belogen habe, zumindest nicht, was meine Ehe mit Batya betrifft. Die ist Geschichte und meine Zukunft bist nur du.«

Laut atme ich aus. Alles in mir ist weich. Versöhnlich.

Verliebt. Denn wenn ich ihn mir so ansehe, dann ist Nat alles, was ich mir jemals von einem Mann erträumt habe. Sinnlich. Sensibel. Sexy. Aber er ist auch stark. Männlich. Manchmal geradezu herrisch. Doch ich mag alles an ihm. Liebe alles an ihm. Und das Schönste ist: Er hat sich auch in mich verliebt.

Doch in der Sekunde fällt mir Christinas Predigt wieder ein. Klar wird er das sagen. Vielleicht weil er noch ein paar Tage Urlaub hat und ich sein neues Spielzeug bin? Seine Muse für ein paar neue Songs? Für *The Egyptian*?

»Bitte setz dich. Ich muss dir noch einiges erklären.«

»Okay. Ich bin ganz Ohr.«

Das hat jetzt sehr schroff geklungen, so wollte ich das gar nicht sagen, aber er legt wieder liebevoll seine Arme um meinen Bauch, also alles okay.

»Hör zu: Es ist alles ein wenig kompliziert. Durch Lisas Vater bin ich zu dem geworden, was ich bin. Er hat mir alle Türen geöffnet und alles, was ich beruflich erreicht habe, kann ich ihm verdanken. Oder sagen wir es einmal so: Muss ich ihm verdanken, denn worauf das Ganze hinausläuft, habe ich erst später begriffen, obwohl er es mir ganz am Anfang bereits in aller Deutlichkeit erklärt hat.«

Eine eiserne Faust umschlingt mein Herz. Hat Kaal recht gehabt? Er kann gar nicht gehen, selbst wenn er wollte? Das wollte er mir doch auch mit dem Song sagen, oder?

»Du ... du musst also bei ihr bleiben?«

Zu meinem Erstaunen schüttelt er den Kopf.

»Nein. Genau deshalb habe ich mich hierher zurückgezogen. Ich wollte einen Weg finden, mich zu befreien. Im vollen Bewusstsein, dass, wenn ich gehe, ich alles, was ich durch John und all die anderen erreicht habe, verlieren werde. Und wenn ich *alles* sage, dann meine ich alles. Doch es ist okay, wenn es für dich auch okay ist.«

Mein Hirn rattert, kommt aber zu keinem Ergebnis. Was soll er denn schon verlieren?

»Natürlich ist alles für mich okay, was dich glücklich macht, aber ich verstehe trotzdem nur Bahnhof, Nat. Fangen wir vielleicht einmal mit den einfachen Dingen an. Christina hat dich gegoogelt. Du heißt nicht Riffkin, wie du mir gesagt hast, sondern Blumberg. Und du bist ein erfolgreicher Producer. Ach, und nachdem ich dich gerade singen gehört habe, bist du auch *The Egyptian*. Auch wenn das überhaupt keinen Sinn ergibt.«

Kurz verspannen sich seine Gesichtszüge. Aha. Hab ich es mir doch gleich gedacht! Dass ich so viel über ihn weiß, damit hat er nicht gerechnet.

»Nat Riffkin verwende ich immer als Pseudonym. So gesehen ist es auch einer meiner Namen. Aber bevor ich weiterspreche: Du weißt schon, dass deine Freundin quasi an der Tür hängt?«, flüstert er.

Christina? Die hab ich ja komplett vergessen.

Ich laufe zur Tür und öffne sie ruckartig, und ja ... sie stolpert mir in die Arme.

»Äh ... da waren noch ein paar Splitter. Ganz blöd. Vom Glas, du weißt schon.«

Auch wenn ich gerade wirklich andere Sorgen habe, muss ich grinsen.

»Klar. Splitter. Hast du sie nun alle eingesammelt?«

»Ja, äh ... ich denke schon.«

»Wunderbar. Du, wenn es okay für dich ist, geh doch schon mal rüber. Ich denke, Nat und ich brauchen noch ein Weilchen.«

»Bist du sicher? Du weißt, ich kann ihm aus dem Stand in die Eier treten, falls das notwendig ist.«

Jetzt muss ich doch laut lachen. Meine Christina. Will ihm also in einem wallenden rosaroten Blümchenstrandkleid in die Kronjuwelen treten. Mit Ballerinas. Um mich zu beschützen.

Ach, ich liebe sie.

»Nein, das ist nicht notwendig. Aber wenn ich in ein paar Stunden nicht auftauche, komm nachsehen, ja?«

Sie zwinkert mir verschwörerisch zu. »Mach ich. Geht klar. Also dann ... war schön, Sie kennenzulernen«, endet sie laut in Richtung Nat. »Ganz meinerseits«, antwortet er galant.

Nat steht auf und bringt sie zur Terrassentür. Wenn er will, ist er ein echter Gentleman. Doch ich habe den Verdacht, er hätte noch viel mehr getan, nur um Christina loszuwerden und mit mir allein zu sein.

Wir stehen einander gegenüber.

»Zuerst Bett oder zuerst reden?«

Pfeif drauf. »Bett«, antworte ich und nestle bereits an seinem Leinenhemd herum.

»Gute Wahl«, antwortet er keuchend.

Keine Ahnung. Aber ich will ihn. Und das sofort, denn ich muss dieses mulmige Gefühl in mir betäuben, dass es das letzte Mal sein könnte.

Nein. Daran darf ich gar nicht denken.

Meine Augen klappen zu und Nat hebt mich hoch. Als wäre ich eine Feder. Normalerweise würde ich ›Lass das, so leicht bin ich ja auch wieder nicht‹ sagen, aber nein. Ich halte lieber den Mund. Wobei, falsch. Ich öffne ihn. Möchte ihn schmecken. Mich in ihm verlieren. Vor allem aber dieses Damokles-Schwert, das über uns zu schweben scheint, ausblenden. Vergessen. Im Hier und Jetzt ihn spüren. Diesen Mann, der nach wie vor ein Rätsel für mich ist und andererseits so vertraut, als hätten wir schon viele Leben gemeinsam verbracht.

Nat legt mich sanft auf sein Kingsize-Boxspringbett. Meine Gedanken verblassen. Dafür spüre ich die Funken dieses Feuerwerks zwischen uns. So schnell hat er mich noch nie ausgezogen gehabt.

»Ich brauch dich, Babe.«

»Ich dich mehr«, gurre ich.

Er schlüpft aus seinen Jeans und meine Hände streicheln bereits seine Brust.

Süchtig.

Das bin ich, wenn es um ihn geht.

Aber das betrifft nicht nur seinen Körper.

Es ist einfach er. Seine Präsenz. Die Art, wie er spricht. Seine tiefe, sonore Stimme. Vielleicht auch, wie er schweigt. Oder mich ansieht. So wie jetzt.

Und wieder sehe ich es. In seinen blauen Augen gehen Sonne und Mond für mich auf. Gleichzeitig. Weil er alles ist, was ich brauche.

»I love you, Flamingo«, murmelt er plötzlich in mein linkes Ohr.

Gänsehaut. Kribbeln. Mich durchströmt ein Gefühl von Wärme. Nähe. Liebe.

Niemand außer ihm nennt mich Flamingo. Niemand wird es je tun dürfen. Und niemand kann mich direkt aus dem Sturm auf eine rosarote Wolke katapultieren. All das schafft nur Nat.

»Und ich liebe dich.«

Endlich haben wir es gesagt. Beide. Und es fühlt sich richtig an.

Nur die Welt da draußen ist falsch. Doch mir fehlt die Kraft, mich darauf zu konzentrieren, zumal er an meinem Busen nuckelt.

Seine Hand zwischen meinen Beinen hat.

Ich will ihm gehören. Zu ihm gehören.

Oh Gott! Mach, dass alles mit uns gut ausgeht. Alles andere könnte ich nicht ertragen.

12

Ein paar Stunden später ...

Wir sitzen im Wohnzimmer und reden.

Für den Moment ist es ganz hilfreich, dass ich zwei Gin Tonic intus habe. Nicht zu vergessen meine Mojitos vom Nachmittag. Nüchtern hätte ich mich schon ins Meer gestürzt. So aber nehme ich die Vase vom Couchtisch und werfe sie auf den Boden.

»Tut mir leid, aber das musste jetzt sein.«

Ich schaffe es ja nicht einmal, eine ordentliche Szene hinzulegen, ohne mich gleich anschließend zu entschuldigen und reumütig am Boden kriechend die Scherben wieder aufzusammeln. Ich bin echt ein Loser.

»Lass das!«, fährt mich Nat an.

Ich sehe ihn an.

»Na gut. Bitte.«

»Ich hab dir doch gesagt, ich finde einen Weg. Alles, was ich dafür brauche, ist dein bedingungsloses Vertrauen und Zeit. Womöglich ziemlich viel Zeit.«

Klar. Ich muss das alles verstehen. Nat könnte sich zwar scheiden lassen, was er irgendwie auch vorhat, aber da sein Schwiegervater dagegen ist, bedeutet das gleichzeitig, dass er seine Karriere vergessen kann und ihm die Anwälte vermutlich am Ende ohne Cent dastehen lassen. Und auch wenn Nat zum Äußersten bereit ist, er kann nicht ohne Musik leben. Ohne mich dagegen schon. So klingt es für mich.

Ich stehe auf und stelle mich vor ihn.

»Okay. Du verlangst also, dass ich dir glaube, dass es irgendeinen Geheimbund gibt. Und auch, dass dein Schwiegervater einer von ihnen ist. Und es ist aus deiner Sicht auch völlig nachvollziehbar, dass, wenn du dich gegen seine Tochter stellst, deine Karriere als Musiker zu Ende ist.« Ich mache eine Pause und sehe ihm tief in die Augen. »Glaubst du das alles eigentlich auch selbst?«

Shit. Wenn seine Augen diesen traurigen Glanz bekommen, dann kann ich nicht anders, als ihm doch zu glauben. So verrückt das alles ist.

»Ja, so läuft die *Industry* nun einmal. Du unterschreibst einen Pakt mit dem Teufel. Und genau deshalb brauche ich noch Zeit: Ich muss einen Weg finden, meine Seele zu retten und weiterhin das tun zu können, was ich liebe. Und das ist nun einmal die Musik.«

Schweigen.

»Ich liebe dich, Lisa. Aber versteh doch, dass ich nicht von heute auf morgen mein gesamtes Leben auf den Kopf stellen kann. Selbst wenn ich das wollte, ist es zu gefährlich. Gestern habe ich John angedroht, ich höre auf. Seine Antwort war: Then you are a marked man. Weißt du, was das bedeutet?«

»Ja.« Dass er zur Zielscheibe geworden ist. Aber mein Verstand will das alles nicht verstehen. Das ist ja alles völlig absurd.

Fakt ist: Erst schläft er mit mir, dann macht er Schluss und bevor ich hysterisch weglaufen konnte, bittet er mich um Zeit. Ich pack das alles nicht. Bin ich unabsichtlich in einem Dan-Brown-Thriller gelandet?

Nat streicht mir übers Haar. »Glaubst du an uns?«

Ich zucke mit den Achseln, sage aber: »Ja. Was glaubst du denn, warum ich noch nicht weggelaufen bin?«

Er nimmt mich in die Arme. »Lisa, ich kann dir nicht alles sagen, denn hier geht es um alles. Und damit meine ich nicht nur meine Karriere oder Geld, sondern hier geht es um mein Leben. Möglicherweise auch um deines. Ich muss meine nächsten Schritte mit Bedacht angehen, wenn ich am Ende gewinnen will.«

Mein Verstand läuft Amok. Das meint er alles nicht so, wie er es sagt. Sicher ist das eine Metapher dafür, dass die Situation aus seiner Sicht ernst ist. Aber doch nicht lebensbedrohlich! Herrgott. Wie viele Hollywoodstars oder Musiker haben sich schon scheiden lassen?

»Kann es sein, dass du das alles etwas überdramatisierst?«

»Es wäre schön, wenn es so wäre. Aber John ist mächtig. Und alles wäre weniger schlimm, wenn ich nicht seine Tochter geheiratet hätte. Für ihn bin ich manipulierbar, solange das so bleibt.«

»Liebt sie dich denn noch?«

Warum habe ich ihn das bisher noch nicht gefragt? Mir scheint das nämlich der entscheidende Punkt zu sein. Mag sein, dass ich durch den Alkohol extrem langsam und einfach denke. Aber es erscheint mir als die Lösung schlechthin! Batya muss sich scheiden lassen wollen.

Er zieht mich zum Sofa und wir setzen uns wieder hin.

»Nein. Tut sie nicht.«

Ich werfe mich kurz nach hinten und schnelle wieder nach vor. »Gleich explodiert mein Kopf! Wenn sie dich nicht mehr will, dann ist ja alles ganz einfach. Also zumindest in meiner bescheidenen Welt.«

»Ich habe gesagt, sie liebt mich nicht mehr. Doch das Problem mit ihr ist das Gegenteil: Sie hasst mich. Batya hasst mich so sehr, dass sie sich nie und nimmer freiwillig scheiden lassen würde. Sie liebt es, mich spüren zu lassen, dass ich nach ihrer Pfeife tanzen muss. Batya ist eine Sadistin. Seit Jahren vögelt sie halb Hollywood und erzählt es mir auch noch. Und seit Jahren bitte ich sie um die Scheidung und sie sagt ›Niemals‹.«

Mir ist das zu viel. Diese Diskussion und der Alkohol. Meine Emotionen. Einfach alles.

»Ich muss schlafen gehen.«

Auch Nat steht auf. »Willst du nicht bleiben?«

»Nein. Erstens, weil Christina mich irgendwann suchen kommen wird und zweitens, weil ich das alles erst einmal verarbeiten muss.«

Nat nimmt meine Hand. »Ich begleite dich rüber.«

Schweigend gehen wir nach draußen und nehmen den Weg über die Terrasse, der über die Büsche hinüber zu Christina führt. Vor dem Haus bleibt er stehen. Drinnen brennt noch Licht, Christina wartet also auf mich. Wie ich es mir gedacht habe.

»Egal, was passiert, Lisa. Glaub an uns. Wir werden zusammen sein. Ich werde jetzt anschließend mit John telefonieren. Ich finde einen Weg für uns. Ich schwöre es.«

Für einen Moment lehne ich mich an seine Brust.

»Okay, ich glaube dir. Schlaf gut.«

»Du auch, Flamingo. Und träum von mir.«

Schweren Herzens drehe ich mich um und versuche, in Richtung Haus zu gehen, aber er hält noch immer meine Hand fest. Ich sehe ihn an. Er mich. Im Zeitlupentempo lassen wir einander los.

In dem Moment blitzen seine Augen auf. Als würde er im nächsten Moment zu weinen beginnen. Als wäre das jetzt ein Abschied für immer. Doch Nat dreht sich wortlos um, geht um den Pool herum und zurück zu den Büschen.

»Bist du das, Lisa?«

Schon steht Christina in der Tür.

»Ja, bin ich.«

Sie lächelt. »Schau einer an. Ich wollte mich gerade auf den Weg machen und dich aus seinen Fängen befreien, aber wie es aussieht, ist alles wieder gut.«

Gar nichts ist gut. Aber mir fehlt die Kraft für noch eine schwierige Diskussion.

»Ja. Alles ist gut. Aber ich hab zu viel erwischt und muss jetzt schlafen gehen.«

Sie legt ihren Arm auf meine Schulter und wir gehen ins Haus.

»Ich bin auch ziemlich erledigt vom langen Flug. Wir quatschen dann morgen. Bis zum Frühstück kann ich meine Neugier noch aufschieben.«

»Danke.«

Ich will nur mehr ins Bett.

***

Nie wieder trinke ich Alkohol! Mein Kopf brummt. Zum Glück nur leicht, also sollte ein Kaffee das Problem lösen.

Mit nassen Haaren und einem Handtuch um meinen Körper geschlungen, tappe ich nach unten. Immer der Nase nach, denn es duftet herrlich. Nicht nur nach Kaffee, sondern auch nach frischem Gebäck.

»Ich habs gewusst! Guten Morgen«, strahlt mich Christina, ganz in Türkis gehüllt, an.

»Auch guten Morgen. Was hast du gewusst?«

»Dass du dem Duft dieser Zimtröllchen nicht wirst widerstehen können.«

Ich setze mich zu ihr auf die Terrasse und Christina serviert mir auch schon eine Tasse Kaffee. Lang. Schwarz. Ohne Milch und Zucker.

Einfach perfekt.

»Bei meiner Mama war entweder Feiertag, wenn es so gerochen hat, oder sie hatte gute Nachrichten für Marco und mich.«

Ein Schluck Kaffee und ein Biss ... Herrlich! In diese Dinger könnte ich mich hineinlegen.

Ich öffne meine Augen nur ungern wieder, aber das erste Röllchen ist futsch. Diese Dinger sind aber auch klein. Schon greife ich zum nächsten auf dem Tablett.

»Wie schaust du denn plötzlich drein?«

Christina hat diesen spitzen Mund. Den kenne ich.

»Oh nein. Sag nicht, es gibt schon wieder schlechte Nachrichten, Christina!«

Im Aufstehen murmelt sie: »Na ja, wie man es nimmt. Ich weiß ja nicht, was ihr zwei gestern alles besprochen habt.«

Wie ein Blitz durchfährt mich ein Gedanke: »Er ist weg. Oder?«

Nein. Das darf nicht sein. Ich hab noch so viele Fragen und er hat mir doch versprochen gehabt ... »Sieht ganz danach aus, aber bevor du einen Schreikrampf bekommst, warte, er hat etwas für dich hier auf den Tisch gelegt gehabt.«

Sie huscht ins Haus und nach endlosen Sekunden, in denen mich nur das ›Was ist jetzt wieder?‹ quält, erscheint sie mit einem riesengroßen Rosenstrauß und einem kleinen Päckchen wieder. Beides drückt sie mir in die Hand.

Erstarrt sitze ich da und kann Christina hinter den Blumen nicht einmal mehr sehen.

»Wie blöd von mir. Komm, gib mir den Strauß wieder. Ich steck ihn zurück in die Vase.« Damit befreit sie mich von den langstieligen korallenfarbenen Rosen und ich hab freie Sicht auf das kleine Päckchen.

Leicht zitternd reiße ich das weiße Papier in kleine Stücke und montiere die rosa Schleife ab. Zum Vorschein kommt eine weiße Schachtel. So eine, wie ich sie nur vom Juwelier kenne.

Alles in mir sperrt sich, es zu öffnen.

»Und, was ist drinnen?«

Christina hängt über meiner Schulter.

»Du siehst ja, dass ich es noch nicht geöffnet habe.«

»Ja. Sehe ich. Mach es halt endlich auf.«

Warum sollte ich mir mein Abschiedsgeschenk ansehen? Ich fühle mich, als würde ich fallen. Endlos tief und ohne Netz.

Mit einem »Tut mir leid. Das halte ich nicht aus« nimmt sie mir die Schachtel aus der Hand und hebt den Deckel direkt vor meiner Nase ab.

»Hier. Eine Karte. Soll ich sie dir vorlesen?«

»Nein. Gib her.«

›Mein Flamingo! Bevor du jetzt an ein Abschiedsgeschenk denkst, und ich weiß, das wirst du, betrachte es als das erste von vielen. Ich kann dich nur erneut darum bitten, mir Zeit zu geben und mir zu vertrauen. Bitte ruf mich nicht an, auch wenn es mir das Herz bricht! Ich schwöre dir, ich werde alles lösen, und wenn es so weit ist, werde ich zu dir kommen und dich fragen, ob du mit mir in ein neues Leben starten willst.‹

Ich blicke zu Christina auf, die nach wie vor über mir hängend mitliest.

»Also ehrlich, das klingt echt kompliziert.«

Stimmt. Aber ich fühle mich einen Tick besser und lese weiter: ›Ignoriere, was du in naher Zukunft über mich zu lesen bekommst, und halte das, was uns verbindet, in deinem Herzen. Ich liebe dich! N.‹ Sein PS verstehe ich nicht ganz. ›Vielleicht wird es dich immer daran erinnern, dass ich das alles nur aus Liebe tue, Flamingo. Vertrau mir! Und hier ist noch meine Handynummer. Nicht zum Anrufen, sondern als Beweis, dass ich es ernst mit uns meine.‹

Tatsächlich. Hier steht eine amerikanische Handynummer.

Ich beginne noch einmal von oben zu lesen, während sich Christina mir gegenüber in den Korbsessel setzt.

»Magst du noch einen Kaffee?« Was ist denn das jetzt für eine Frage? Ich will Nat zurück. Auf der Stelle. Daher schüttle ich vehement den Kopf. »Okay. Dann wirst du dir jetzt vielleicht aber das anschauen wollen.«

Sie hält mir das mit rosa Seide ausgekleidete Packerl hin und zieht eine Kette heraus. Mein Herz macht einen Luftsprung.

»Oh mein Gott!«

»Genau das habe ich mir auch gerade gedacht«, sagt sie, denn an der Kette hängt ein Anhänger mit einem Flamingo.

»Er ist verrückt«, ist das Einzige, was ich dazu sagen kann.

»Sieht so aus, aber kannst du deine Haare mal hochhalten? Ich lege sie dir um.« Christina nestelt in meinem Nacken herum. »Du weißt schon, dass das keine Strass-Steinchen, sondern Diamanten sind?«

Da die silberfarbene Kette sehr lang ist, kann ich den Anhänger jetzt genau betrachten. Sie hat vermutlich recht. Der gesamte Flamingo besteht aus lauter kleinen Diamanten und funkelt in der Sonne.

Ich sehe auf. »Dann sind es eben Diamanten, Christina. Aber wie soll ich das aushalten? Nat ist weg und ich soll ihn nicht einmal anrufen können?«

Dieser Gedanke zerreißt mir das Herz, denn ich weiß, dass es verdammt lange dauern könnte, bis er zu mir zurückkommt. Wenn er das dann überhaupt noch vorhat. Im Moment ist er überzeugt davon, aber was ist in ein paar Monaten? Vielleicht waren wir noch nicht lange genug zusammen, um das überstehen zu können. Was ist also, wenn er es sich anders überlegt?

Christina umarmt mich. »Ich weiß es auch nicht, Lisa. Doch eines kann ich dir sagen, und das, noch bevor ich weiß, was gestern Abend genau passiert ist: Dieser Mann liebt dich. Das habe ich ihm gestern angesehen.«

»Und ich ihn«, seufze ich und seine Villa im Blickfeld zu haben macht alles nur viel schwerer.

»Guten Morgen, die Damen«, ertönt es hinter mir.
Dominique!
Das ist der Letzte, den ich gerade sehen will.

Christina schickt mir einen Blick, der sagt ›Ich brauch ihn jetzt auch nicht, aber was solls‹, und steht auf. Sie küsst ihn auf die Wangen und meint: »Dominique! Setz dich doch zu uns. Es gibt Kaffee und Zimtrollen.«

»Das ist lieb, Christina, aber nein danke. Ich wollte euch nur schnell etwas fragen.«

Dann sind wir ihn gleich wieder los? Zum Glück.

Nun begrüßt er auch mich.

»Was ist denn passiert? Du siehst aus, als hättest du ein Gespenst gesehen«, merkt er in meine Richtung an. Hab ich auch. Ihn!

»Nein, nein. Alles in Ordnung. Ich hab nur zu wenig geschlafen.«

Er mustert mich. Dominique ignoriert, dass ich die Karte in der Schachtel habe verschwinden lassen. Er ignoriert auch das weiße Geschenkpapier am Tisch und meine Halskette.

»Verstehe. Ich habe einen Vorschlag: Fahren wir zum Schnorcheln raus aufs Smith's Reef?«

Mir ist zum Heulen. Wie soll ich hier noch zwei Wochen ohne Nat aushalten? Ich vergrab mich am besten oben im Zimmer, mach die Balken zu und Christina soll mich erst rausholen, wenn wir nach Hause fliegen.

»Smith's Reef klingt perfekt«, antwortet Christina zu meinem Erstaunen. Sie muss doch merken, wie dreckig es mir geht.

»Ich will aber zuhause bleiben.«

Streng sieht sie mich an. »Nichts da. Wir packen auch Kaal ein. Du hast mir doch gesagt, er geht so gerne schwimmen. Das könnt ihr dort doch auch.«

»Aber hier in Chalk Sound ist es doch viel schöner.«

Wieso sollen wir auf die raue Seite der Insel, wenn das Wasser hier quietschtürkis ist und es nirgendwo so viele und schöne Mini-Inseln wie vor Kaals Haus gibt? Ich will nicht. Und schon gar nicht mit Dominique. Ich hasse seine verstohlenen Blicke. Dass er plötzlich Interesse an mir hat, sieht ja ein Blinder und das halte ich gerade ganz schlecht aus.

Kraftlos schüttle ich den Kopf, was beide nicht daran hindert, sich für in einer Stunde zu verabreden. Dominique trollt sich wieder.

»Christina. Ich hab überhaupt keine Lust auf irgendetwas.«

Sie richtet sich auf und sieht mich streng an.

»Hör mir mal zu. Egal, was ich noch alles über dich und Nat erfahren werde: Wir bleiben noch zwei Wochen hier, bringen das Haus auf Vordermann und schmieden einen Plan, wie du damit umgehen kannst, falls er tatsächlich nicht mehr auftaucht, während wir hier sind. Aber dazu gehört sicher nicht, dass du dich ab jetzt vor der Welt versteckst und den Rest deines Lebens auf ein Lebenszeichen von Nat wartest.«

Wäre meine Hand nicht bleischwer, ich würde irgendetwas nach ihr werfen! Wie kann sie so taktlos sein? Will sie mich zwingen, auf Touristin zu machen?

»Ich will und kann aber nicht.«

»Doch, du kannst. Sieh es doch so: Du hast dich in jemanden verliebt, der dir nach wirklich sehr kurzer Zeit verspricht, dass er sein Leben für dich ändern will. Das ist doch wundervoll. Warum willst du ihm nicht die Zeit dafür schenken und dein Leben bis dahin genießen?«

Auch wenn ich es nicht laut zugeben würde: Sie hat recht. Wir lieben einander. Und er hat mir versprochen zurückzukommen. Und Nat wird zurückkommen. Das spüre ich. Also warum fühle ich mich so elend?

»Okay. Aber halt mir Dominique vom Leib. Ich halte es nicht aus, wie er mit mir flirtet.«

Christina schmunzelt. »Genau deshalb habe ich doch vorgeschlagen, dass wir diesen Kaal mitnehmen. Abgesehen davon, dass ich ihn endlich kennenlernen will.«

»Okay. Machen wir.«

»Perfekt. Aber jetzt schieß endlich los. Bald steht Dominique wieder auf der Matte und vor ihm können wir schlecht über euch reden. Also: Was war gestern?«

Ich umklammere den Flamingo. Gut. Dann erzähle ich mal.

***

Kaal ist einfach nur rührend. Wir hängen auf einer Luftmatratze im schultertiefen Wasser und reden. Christina hat sich Dominique geschnappt und ist mit ihm – mit der Ausrede, dass sie Schildkröten sehen und fotografieren will – weiter draußen schnorcheln gegangen.

Mittlerweile habe ich auch Kaal alles erzählt und er versucht gerade, mir Mut zuzusprechen.

»Kindchen, weißt du, in meinem Alter hat Zeit ja eine andere Bedeutung. Aber aufs Leben gesehen: Was ist schon beispielsweise ein Jahr, wenn du dafür am Ende mit der Liebe deines Lebens zusammen sein kannst?«

Geht er davon aus, dass wir hier nicht von ein oder zwei Monaten sprechen, sondern dass Nat ein Jahr brauchen wird, bis er alles geregelt hat? Christina war der gleichen Ansicht.

»Du hast sicher recht, aber das ist so verdammt lange. Ich weiß nicht, wie ich das überstehen soll, Kaal. Ich weiß nicht einmal, wie ich die nächsten Tage überleben soll.«

Er tätschelt meinen Arm.

»Ganz einfach: Du kümmerst dich um einen armen und hin und wieder einsamen alten Mann und gehst mit ihm so oft schwimmen, wie es geht. Weißt du, ich vermisse dich auch schon jetzt, obwohl ich weiß, dass du noch zwei Wochen hier bist.«

Kaal ist so zuckersüß. Am liebsten würde ich ihn abbusseln. Aber dann käme unsere Luftmatratze aus dem Gleichgewicht. Also lasse ich es.

»Lass den armen und alten Mann weg, dann mache ich es«, lächle ich ihn an. »Ich bin so froh, dass wir uns kennengelernt haben, Kaal.«

»Und ich erst. Das können wir Nat verdanken.«

»Und dem Hurrikan«, füge ich hinzu.

»Und dem Hurrikan. Zum Glück war er nicht so schlimm wie vorhergesagt. So. Jetzt muss ich aber trainieren.«

Er stößt sich von der Luftmatratze ab und schwimmt los. Kaal schafft es, im Schneckentempo zu schwimmen. Aber es wärmt mein Herz, dass er mir so sehr vertraut, dass er es überhaupt tut. Ich paddle ihm mit der Luftmatratze nach. »Weißt du eigentlich, dass du mittlerweile schon sehr sicher im Sand gehst?«

»Ja ... ist mir aufgefallen. Ich bin überrascht, was meine alten Knochen und Muskeln noch zuwege bringen.«

Ich lache laut.

»Wenn du noch einmal *alt* sagst, dann muss ich mir für dich eine Strafe überlegen.«

Er sieht mich von der Seite an und seine Augen funkeln amüsiert.

»Ich bin aber alt.«

»Okay. Für jedes *alt* erzählst du mir eine Geschichte von früher.«

»Und das interessiert dich?«

»Was heißt interessieren? Ich könnte dir stundenlang zuhören. Das ist besser als jeder Doris-Day-Film. Und wenn du nichts dagegen hast, nehme ich dich dabei sogar auf.«

Er hält inne und steht im Wasser auf. Hier ist es noch seichter.

»Wieso willst du das aufnehmen?«

»Ich weiß es nicht. Vielleicht mache ich einen Vorschlag für eine Fernsehserie daraus. Oder ...«

»Oder du schreibst einen Roman.«

Ich verdrehe die Augen. »Kaal, ich kann keinen Roman schreiben.«

»Aber ein Drehbuch schon?«

»Nun ja. Bewiesen ist das auch noch nicht. Aus dem Projekt wird ja nichts.«

»Kindchen, mir scheint, du hast keine Ahnung, wie viele mich schon gefragt haben, ob sie meine Lebensgeschichte aufschreiben oder verfilmen können.«

Oh. Daran hab ich überhaupt nicht gedacht. Was Kaal jetzt von mir denken wird? Er ist berühmt. Wie komme ich auf so eine blöde und naive Idee?

»Tut mir leid. Ich vergesse immer wieder, dass du so bekannt bist. Das war eine dumme Idee. Vergiss es bitte wieder.«

»Au contraire, Mademoiselle Walters.«

Wie jetzt?

»Du willst, dass wir das machen?«

»Ja. Will ich. Wenn irgendjemand, dann du.«

Ich lasse die Luftmatratze los und umarme ihn stürmisch. »Du bist der Beste!«

»Sei froh, dass ich nicht vierzig Jahre jünger bin, denn in dem Fall könnte Nat am Ende zu spät kommen«, lacht er schelmisch.

»Tja, und dann wäre ich in der Zwickmühle«, flirte ich ein wenig weiter.

»Bestimmt! Aber jetzt zurück zu Nat. Versprich mir, dass du auf ihn wartest.«

»Das ist einfach, Kaal. Versprochen. Du weißt ja, dass ich in den letzten Jahren nicht einen einzigen Mann kennengelernt habe, der mich auch nur irgendwie interessiert hat. Ich weiß gar nicht, wie andere es anstellen, sich alle fünf Minuten zu verlieben. Bei mir war das nie so.«

Ich folge ihm, denn er watet in Richtung Strand.

»Zerbrich dir darüber nicht den Kopf. Liebe findet man nicht unter jedem Deckel. Manchmal ist in dem Topf nämlich einfach nur ein stinkender Brei. Aber weil man hungrig ist, bemerkt man es erst, wenn einem übel wird. Es ist also gut, wenn du wählerisch warst.«

»Glaubst du, dass wir zusammenpassen? Du kennst Nat ja besser, als ich ihn kenne.«

Meine Frage belustigt ihn sichtlich.

»Ich würde sagen, ich kenne ihn *anders*. Du hast offenbar seine ausgelassene, heitere Seite zum Schwingen gebracht. Ich kenne vor allem seine nachdenkliche. Zweifelnde. Nat ist jemand, der hinter die Kulissen sieht und sich nicht mit Oberflächlichkeiten zufriedengibt. Deshalb mag ich ihn.« Kaal sieht mir tief in die Augen. »Aber zurück zu deiner Frage: Ja. Ich denke, ihr passt gut zusammen. Sehr gut sogar. Aber der wesentliche Punkt wird sein, ob du aushalten kannst, was über ihn hereinbrechen wird, wenn er die Trennung durchzieht.«

In diese dunkle Gasse meines Gehirns wollte ich gar nicht gehen. Gerade noch ist es mir relativ gut gegangen. Geradezu erstaunlich gut, verglichen damit, wie ich mich beim Frühstück gefühlt habe. Aber nun ist alles wieder da: Unser nicht zu Ende geführtes Gespräch. All die Fragen, die ich heute an Nat habe und die mir gestern blöderweise nicht eingefallen sind. Und hätte ich gewusst, dass ich ihn für lange Zeit weder sehen noch sprechen kann, dann wäre ich geblieben. Wie soll es denn mit uns weitergehen, wenn wir zusammen sind? Bleibe ich in Wien und er in Los Angeles? Wie ist das, wenn er auf Tournee geht? Warum versteckt er sich hinter Masken und wie hat er es geschafft, dass ihm niemand auf die Schliche gekommen ist?

Verdammt. Warum bin ich nicht gestern Nacht bei Nat geblieben? Vielleicht hätte ich Antworten bekommen und vielleicht hätte ich ihn umstimmen können. Vorausgesetzt, er hätte mir von seinem Plan, einfach abzuhauen, erzählt. Mir ist schleierhaft, warum er zur Ansicht gelangt ist, von jetzt auf gleich abreisen zu müssen. Ich hoffe, es ist nicht wieder irgendetwas passiert. Aber es muss an seinem Schwiegervater liegen. Er hat doch gesagt, er würde ihn noch anrufen.

Kaal geht an meinem Arm gestützt an den Strand hinaus.

»Es tut mir leid. Ich wollte keine Zweifel in dir säen, sondern ganz im Gegenteil: Ich will, dass du an euch glaubst. Dass du ihn aufrichtig liebst, weiß ich, und ich denke, er empfindet das Gleiche für dich. Also verliere einfach nicht den Glauben.«

Ich lehne meinen Kopf an ihn und murmle: »Danke.«

Wir trocknen uns ab und setzen uns auf ein Handtuch. Ich finde es geradezu absurd, ihn hier wie einen stinknormalen Touristen am Handtuch sitzen zu sehen. Das passt so gar nicht zu ihm. Kaal liebt Pomp. Dass er das alles mir zuliebe mitmacht, rechne ich ihm hoch an.

»Weißt du was? Ich komme dich in Wien besuchen.« Kaals Augen leuchten. »Also: Wenn du einen alten Mann hin und wieder in deiner Nähe haben möchtest.«

Ich bohre meinen Zeigefinger in seine Brust. »Damit ist die erste Geschichte fällig! Und natürlich freue ich mich riesig, wenn du nach Wien kommst.«

Oh. In meine kleine Wohnung kann ich ihn aber nicht einladen. Ich muss Christina fragen. Ihre Villa ist ja groß genug.

»Und das werde ich. So oft, bis ich dir auf die Nerven gehe.«

»Du? Nie im Leben.«

Er kichert. »Sieh mal, da kommen unsere Schnorchler angeschwommen.«

Stimmt.

»Huhu«, ruft Christina uns fröhlich zu und entledigt sich noch im Wasser ihrer Flossen. »Wir haben alles gesehen: eine Schildkröte, einen Eagle-Ray und sogar einen Barracuda. Aber vor dem bin ich gleich geflüchtet. Ich hab nur seine Schwanzflosse am Foto.«

Ich versteh sie. Die kleinen Haie, die es hier gibt, machen mir nichts aus, aber Barracuda schauen immer so, als würden sie dich in der nächsten Sekunde fressen wollen. Vor denen fürchte ich mich auch.

»Aber ich hab alles auf der GoPro«, erklärt Dominique stolz und deutet auf seinen Kopf. »Auch den Barracuda.« Irgendeiner sollte ihm sagen, dass er lächerlich aussieht. Aber ich will es nicht sein.

Die beiden waren lediglich schnorcheln, doch Dominique schleppt alles mit: Angefangen von einer Schwimmboje über ein Netz, keine Ahnung, was er da hineintun hätte wollen, denn es ist natürlich leer, bis hin zu seinen beinahe knielangen Shorts, die aussehen, als hätte er sich in die Hose gemacht, so sehr klatschen sie sich an seine Beine. Nat hat in Badeshorts nicht ein einziges Mal so einen Anblick geboten. Im Gegenteil. Bei Nat sieht alles wie aus einem Hollywoodfilm aus. Lässig. Teuer. Edel.

»Good for you«, ätzt Kaal in Richtung Dominique. Oh, ich liebe ihn! »Aber mir ist es jetzt zu heiß hier. Also wenn das für euch in Ordnung ist, würde ich gerne zurückfahren.«

Dieser Mann kann Gedanken lesen.

»Ja, klar. Aber schade. Ich habe gedacht, wir gehen hier noch etwas essen«, meint Dominique und klingt aufrichtig enttäuscht.

»Ich bin auf Diät.«

Das war das Einzige, das mir spontan eingefallen ist, und damit niemand seine Meinung ändert, stehe ich auf, helfe auch Kaal hoch und packe die Handtücher in die Badetasche. Noch von der Luftmatratze die Luft auslassen und dann haben wir es.

Ich muss Christina dringend sagen, dass wir die nächsten Tage tunlichst ohne Dominique verbringen. Ich halte ihn einfach nicht aus. Kaal ist auch sehr verschlossen, kaum ist er in der Nähe.

Wenigstens habe ich jetzt einen Plan. Ich verbringe so viel Zeit wie möglich mit Kaal. Das tut uns beiden gut. Und ich kann ihm all die Fragen stellen, die ich Nat gerne gestellt hätte. Kaal wird nicht auf alle eine Antwort haben, aber sein Insiderwissen hilft mir, die Situation, in der sich Nat befindet, besser zu verstehen. Wie ich aber gleich ein paar Wochen ohne Nat überstehen soll, weiß ich nicht.

13

Vierzehn Monate später ...

»Ahhh!«, gellt mein Schrei durchs Büro. Ich hab gedacht, Sit und Bo sind längst nach Hause gegangen. Sie haben sich doch von mir verabschiedet. »Könnt ihr nicht anklopfen?«

Die beiden schicken sich bedeutungsvolle Blicke zu.

»Was?«

»Seit wann muss ich anklopfen, wenn ich in *mein* Büro gehe?«, fragt Sit mich kopfschüttelnd.

»Okay, okay. Aber erschreckt habt ihr mich trotzdem.«

»Fragt sich, wieso.« Plötzlich krallt Bo sich meine heilige Mappe vom Schreibtisch. Ich ziehe an ihr, aber er lässt sie nicht los. »Lass meine Mappe in Ruhe!«, fauche ich ihn an.

Mir ist das peinlich. Seit Wochen sind sie der Meinung, was ich hier treibe, sei ungesund, und ich habe beide angelogen und behauptet, ich hätte längst aufgehört, mir alle Internetmeldungen, die Nat betreffen, auszudrucken und fein säuberlich einzuheften.

Beinahe falle ich in den Mistkübel, während Bo die Mappe triumphierend hochhält. »Dann wollen wir mal sehen, was du alles *nicht* gesammelt hast, Miss Ich-bin-über-ihn-hinweg-Lügnerin.«

Ich gebe mich geschlagen, denn er setzt sich in seinen Bürostuhl, Beine auf den Tisch, und beginnt zu blättern. Aber nur, was die Mappe betrifft. Natürlich bin ich über Nat hinweg. Herrgott! Ich habe seit vierzehn Monaten nichts von ihm gehört. Falsch. Es sind dreizehn Monate und dreißig Tage. Morgen sind es dann volle vierzehn Monate.

Gerade als ich den aktuellen Ausdruck unter einem Stapel an Papier und Mappen auf meinem Schreibtisch verschwinden lassen will, nimmt mir Sit auch noch diesen Zettel weg.

»Dann schauen wir mal, was sich in der Welt von Nat Riffkin, oder soll ich sagen, Nathaniel Blumberg, oder nein, noch treffender, *The Egyptian*«, ich zeige ihm die Zunge, »getan hat. Du kannst mich angiften, wie du willst, Lisa, das hier ist nicht normal!«

Und ob das normal ist. Völlig normal. Ich muss doch wissen, was über Nat geschrieben wird. Leider ist es weniger, als ich erwartet habe.

Bo pfeift und meint: »Wow! Der ist ja mittlerweile tatsächlich geschieden. Ich dachte, seine Alte hat ihn an den Eiern. Irgendwo hab ich nämlich gelesen, dass sie eine Klage, von wegen häuslicher Gewalt oder so, eingebracht hat.«

Hat sie ihn auch. Die Scheidung hat Nat Meldungen zufolge einige Millionen gekostet und dieses Miststück hat ein Kontaktverbot vor Gericht erwirkt. Man kann mir in den Hals stechen, aber ich kann mir nicht vorstellen, dass Nat mit dem Handy auf sie losgegangen ist.

»Was? Wunder geschehen also doch?«, ätzt Sit. »Ich hab gar nicht mitbekommen, dass sie schon geschieden sind.«

»Schon?«, grinst Bo ihn an und verdreht die Augen.

Ich dreh noch durch. Warum lassen sie mich nicht einfach in Ruhe? Im Moment läuft alles geradezu perfekt. Mir doch egal, dass sich Nat bereits vor zwei Monaten hat scheiden lassen. Und ich will mich auch nicht daran erinnern, dass das eines von vielen Malen war, wo ich das Telefon tagelang nicht aus den Augen gelassen habe, weil ich sicher war, dass er mich anrufen wird. Bei jedem Läuten an der Tür bin ich in Ekstase verfallen, weil ich ihn erwartet habe. Oder zumindest ein Päckchen. Egal. Irgendetwas. Irgendein Lebenszeichen. Aber da kam nichts.

Seine Scheidung war nur eine kleine Randnotiz auf einer Gossip-Seite, aber wie alle anderen Meldungen habe ich sie gefunden. Doch das ist nicht mehr mein Kaffee. Soll er doch mit dieser neuen Tussi herummachen, wie er will. Ich bin über ihn hinweg. Außerdem bin ich schwer beschäftigt. Ich schreibe an meiner ersten Fernsehserie und Christina findet das, was ich ihr bisher über Kaals Leben zum Lesen gegeben habe, so toll, dass sie sogar überlegt, ihre Kontakte spielen zu lassen und irgendjemanden bei Netflix anzurufen.

Kaal kommt so alle sechs bis acht Wochen auf eine Woche nach Wien. Allerdings wohnt er immer im Hotel Imperial, aber er genießt es, wenn wir mit Christina essen gehen oder auch mal ins Theater oder die Oper. Dazwischen quatschen wir. Und ich nehme es auf. Ich bin süchtig nach seinen Anekdoten. Tja, und weil ich das Gefühl hatte, was Nats Leben betrifft, auf dem Laufenden zu sein, bin ich nicht schreiend und im Pyjama wie eine Irre am Graben in der Innenstadt entlanggelaufen, bis sie mich in die Psychiatrie eingewiesen haben. Aber das ist jetzt vorbei. Ich googel auch nicht mehr jeden Abend stundenlang. Nur hin und wieder einmal. Mein Leben ist auch so ausgefüllt. Die zwei brauchen sich echt nicht aufführen, als sei ich noch in Nat verliebt.

»Lasst es!«, schimpfe ich, doch Bo blättert und liest laut vor: »Also, da war er mit seiner Frau und seinem Schwiegervater auf einer Party. Nettes Foto. Und was haben wir hier? Wieso läuft gegen ihn ein Plagiatsverfahren?«

Er sieht mich an, als ob ich das wissen sollte.

»Keine Ahnung. Aber das ist doch nicht wichtig.«

»Also ich finde schon. Doch das ist noch gar nichts, Bo«, mischt sich Sit ein. »Hier steht: ›Now it gets dirty: Producer Nat Blumberg grabs dinner with Hollywood beauty Jacquelin Clive while a Judge granted his ex-wife Batya a restraining order after she accused the musician of domestic violence.«

Ich hasse dieses Pfeifen von Bo und schlag ihm auf den Arm. »Hör auf damit. Dieses Pfeifen ist enervierend. Und erstens ist es nicht wahr und zweitens ein alter Hut. Schaut aufs Datum. Das ist vier Monate her.«

»Sagt die, die ihn bereits vergessen hat«, zischt Sit in meine Richtung.

Ich werfe den Kopf in den Nacken.

»Das war nur Recherche. Sonst gar nichts.«

Bos Augen funkeln belustigt. Er hält mir seinen Ehering vor die Nase. »Dann erklär du doch mal bitte meiner Ehefrau, dass das nur ein Schmuckstück ist und sonst gar nichts.«

»Spinnst du? Der Vergleich ist ja völlig schwachsinnig.«

»So wie deine Lüge, dass er dich nicht mehr interessiert«, kontert Bo.

Na warte. Ich werde es euch beweisen, dass ich nicht mehr an Nat denke!

»Ach, und warum gehe ich dann heute Abend mit Dominique aus?«

Aha. Sie sehen einander an. Überrascht. Jetzt sind sie wenigstens still.

»Ist das Schoßhündchen in Wien?«

Ich tu Sit was. Ich schwöre! Und es wird nicht schön.

»Er ist nicht mein Schoßhündchen.«

»Wenigstens hat er abgenommen. Jetzt passt er besser zu dir«, kommentiert Bo trocken.

»Ahhh! Ihr zwei nervt! Und zwar gewaltig. Widmet euch lieber mit der gleichen Inbrunst euren eigenen Beziehungen und nicht immer meiner.«

Sit springt auf und deutet mit dem Zeigefinger auf mich. »Ha! Ich habs gewusst. Du hast was mit Schoßhündchen.«

Ich schnapp mir meine Tasche, entreiße Bo meine Mappe, Sit den Ausdruck, den ich gerade einheften wollte, und keife sie zum Abschied an: »Ihr seid ja übergeschnappt. Er ist kein Schoßhündchen.«

Sie sehen einander bedeutungsvoll an.

»Was?«

»Wir findens gut. Schlaf mit ihm.«

»Sit, du spinnst.«

Aber ich gebe zu, Dominique bemüht sich total um mich. Immer wieder schickt er mir Blumen oder lädt mich zum Essen ein, geht mit mir auf einen After-Work-Drink, wenn er zufällig auch in Wien ist, oder telefoniert mit mir. Morgen muss er in Linz sein, daher treffen wir uns heute. Was ist da schon dabei? Ich gehe mit einem Freund zu Abend essen und das war es. Schick Abendessen, aber das war es trotzdem.

»Wie du meinst. Aber ich möchte mir nicht vorstellen, wie du dich aufbrezelst, sollte Nat mal ums Eck biegen, wenn du dich für Dominique schon so herausgeputzt hast.«

Also das ist ja die pure Übertreibung! Ich trage ein gelbes, nicht einmal dekolletiertes, sondern hochgeschlossenes, aber bodenlanges, einfach cooles Sommerkleid mit absolut stylishen neuen Stöckelschuhen. Die Schuhe waren ein Schnäppchen, sehen aber Weltklasse aus. Die Sandalen sind weiß und haben einen breiten, völlig durchsichtigen Stöckel aus PVC. Ich liebe sie.

»Morgen ist doch mein Geburtstag, ihr Stänkerer!«

»Den du uns verboten hast, mit dir zu feiern«, motzt Sit und zieht sein berühmt-berüchtigtes Schnoferl.

»Hab ich nicht! Ich will bloß keine große Party. Wir treffen uns mit Christina am Abend bei Salvo. Das ist doch eine Feier.«

»Stimmt auch wieder«, gibt sich Sit geschlagen und Bo sagt: »Doris kommt übrigens auch gerne.«

»Passt. Ich freu mich. Und was ist mit dir, Sit? Bringst du jemanden mit?«

»Nein. Im Moment kenne ich niemanden, den ich dabeihaben will, wenn die Hexe auch da ist.«

Ich rolle mit den Augen. »Du und deine Frauengeschichten.«

»Ach. Sagt die mit den Männergeschichten?«

Wirft er Nat und Dominique jetzt in einen Topf?

Besser, ich ignoriere die blöde Meldung.

»Ich geh jetzt.«

»Viel Spaß«, flöten sie mir nach.

Nach nur ein paar Metern im Gang krache ich in Christina. »Oh, entschuldige!« Meine Tasche fällt auf den Boden, und klar! Natürlich landet die Mappe vor ihren Füßen. Nicht mein Make-up-Täschchen, auch nicht meine Geldbörse oder mein Notizblock. Es ist halb sieben am Abend! Ich hab mich extra im WC umgezogen, damit das mit Dominique niemand mitbekommt. Was bitte ist hier los?

Im Bücken meint Christina: »Schon gut, ich wollte sowieso gerade zu dir.«

»Aber du weißt doch, dass ich noch etwas vorhabe.«

Ohne eine blöde Bemerkung, und dafür bin ich ihr gerade sehr, sehr dankbar, drückt sie mir die Mappe in die Hand. »Weiß ich. Auch, dass du mit Dominique verabredet bist.« Oh. »Aber du weißt noch nicht, dass ich mitgehe.«

Ach.

Okay.

Gut.

Das ist eigentlich eh nett.

»Wieso?«

»Weil wir zuhause immer schon am Vorabend auf den Geburtstag angestoßen haben, was du mittlerweile wissen solltest, und weil Dominique mich angerufen hat.«

»Er hat dich eingeladen?«

Irgendwie ist das jetzt gut und schlecht zugleich. Gut, weil er offensichtlich doch nicht so sehr auf mich abfährt, wie ich es mir zusammengereimt habe, und schlecht, weil ... Ich meine, gibt es denn überhaupt keinen Mann, der mit mir zusammen sein will? Was ist denn an mir falsch?

Okay. Ich bin durchschnittlich. Aber guter Durchschnitt. Dafür bin ich normal, kann mit Geld umgehen, bin keine Tussi und ... Nat! Du bist an allem schuld. Wenn du dein Versprechen eingelöst hättest, dann würde ich überhaupt nicht über Dominique nachdenken. Wenn ich dir jemals über den Weg laufe, dann kannst du dich auf was gefasst machen.

»Lisa? Alles in Ordnung?«

»Äh, ja, klar.«

»Also, um ehrlich zu sein, habe ich mich selbst eingeladen.«

»Echt?«

Sie kichert.

Es wirkt aufgesetzt.

Was ist denn mit Christina los?

»Ja, ich wollte den Abend retten. Wir wissen ja, wie anstrengend Dominique sein kann.«

»Weil er nett ist?«

Entschuldigung, aber jetzt muss ich ihn echt verteidigen. Die tun ja alle so, als sei er der Vollidiot vom Dienst. Dabei ist er im Grunde ein echt liebenswerter Mensch. Das habe ich ja immer schon gewusst.

»Komm, lassen wir das. Ich will einfach mit dir auf deinen morgigen Geburtstag anstoßen, vor allem deshalb, weil wir den letzten ausgelassen haben.«

Stimmt. Da habe ich mit einem Liter Eiscreme und einer Flasche Prosecco die Nacht durchgeheult. Christinas Job war, mir entweder ein Taschentuch zu reichen oder mir die Flasche wegzunehmen, wenn ich drauf und dran war, sie gleich direkt zu leeren.

»Keine Sorge. Diesen Geburtstag feiern wir. Und ich schwöre, dass ich bestimmt nicht wegen Nat heulen werde.«

Sie zupft an ihrem Kostüm. »Dein Wort in Gottes Ohr. Komm, wir gehen runter. Ich hab schon ein Taxi bestellt.«

Es muss an der Hitze liegen. Oder an diesem Gebäude. Heute spinnen sie alle, aber das ist in dieser Firma ja eigentlich ein Normalzustand. Warum wundere ich mich überhaupt?

***

Dieser Abend entwickelt sich besser als gedacht. Christina hat eingesehen, dass ich nicht über meinen Geburtstag reden, sondern einfach einen lustigen Abend verbringen will, und Dominique benimmt sich auch völlig normal. Ich habe befürchtet gehabt, dass er mit einem großen Rosenstrauß auf mich wartet. Aber nichts dergleichen. Zum Glück. Der Nobel-Italiener, den er ausgesucht hat, ist auch sehr gemütlich. Es gibt nur ein paar Tische und die Atmosphäre ist locker. An allen Tischen wird gelacht und geredet, im Hintergrund spielt angenehme Barmusik.

»Ich muss die nächsten Tage fasten«, sagt Christina, legt Gabel und Messer auf ihren Teller und lehnt sich zurück. »Aber das Essen war herrlich. So tolle Scampi habe ich schon lange nicht mehr gegessen.«

»Stimmt. Danke, Dominique. Dieses Lokal ist für heute Abend genau das Richtige.«

»Das freut mich. Da Christina mir gesteckt hat, dass du ein Kurz-nach-Mitternacht-Kind bist, können wir ja dann in gut einer Stunde wirklich auf deinen Geburtstag anstoßen.«

»Hat sie das?«

Tadelnd sehe ich sie an. Aber ihre gute Laune ist heute mit nichts zu verderben. Christina strahlt, als hätte sie Sprühkerzen verschluckt.

Ein Blick auf meine Uhr verrät: Er hat recht. Ich bin um acht Minuten nach Mitternacht geboren worden und jetzt ist es kurz nach elf.

»Ja, zum Glück. Von dir hätte ich ja nicht einmal erfahren, dass du morgen Geburtstag hast.«

»Stimmt. Weil er für mich auch erst morgen stattfindet. Christina ist diejenige, die Geburtstage immer schon am Vorabend feiern will.«

»Das ist bei uns Tradition gewesen und darauf bestehe ich auch weiterhin. Da wir nun alle satt sind, außer jemand schafft noch Nachspeise?« Dominique und ich lehnen lachend ab. Erst ein Thunfisch-Tatar, dann Scampi, ein Salat und Nudeln ist mehr, als ich auf einmal verkraften kann. Dominique geht es ebenso. »Na wunderbar. Dann bestelle ich jetzt eine Runde Champagner, denn sonst haben wir schon morgen und aus meinem Ritual, am Vorabend anzustoßen, wird nichts mehr.«

Ich kichere. »Du immer mit deinen Traditionen. Aber danke, ein Glas Champagner wäre toll. Vorausgesetzt, keiner von euch erwähnt mein Alter.«

In einer Stunde bin ich dreiundvierzig. Allein wie das klingt. Für manche bedeutet das sicher, dass sie sich verschiedene Träume längst erfüllt haben. Wenn man Kinder hat, kommt einem dreiundvierzig sicher völlig unspektakulär vor. Aber für mich klingt es nach: Das halbe Leben ist vorbei und was hast du erreicht? Nichts von dem, wovon du geträumt hast. Ich habe kein Drehbuch veröffentlicht, bin auch nicht mit einer meiner dämlichen Spielshow-Ideen berühmt geworden und lebe vom Prinzip Hoffnung. Ich hoffe, dass aus Kaals Geschichte etwas wird. Ich hoffe, dass Christina mir irgendwann mehr Gehalt bezahlt. Und ich hoffe, dass ich mit Nat …

Nein. Das hoffe ich nicht mehr. Niemand ist so blöd, dass er nach dem längsten Jahr seines Lebens daran glaubt, dass aus unserer Urlaubsgeschichte noch etwas werden könnte. Vermutlich hat er mich als Absprungbrett aus seiner Ehe gebraucht und jetzt, wo er geschieden ist, genießt er das Leben. Die Bilder belegen es ja eindeutig. Auch wenn Nat sicher recht hatte und ihm so einige, inklusive seiner Ex und bestimmt auch inklusive seinem Ex-Schwiegervater, das Leben schwer machen, er ist über mich hinweg. Sonst hätte er sich längst gemeldet. Außerdem startet er in zwei Wochen in London eine neue Tournee: *Stripped naked*. Also so schlimm, wie er mir das einreden wollte, dürfte die Sache für ihn nicht ausgegangen sein.

Wieso denke ich an ihn?

»Lieschen? Stößt du jetzt mit uns an?«

Wie bitte?

Irritiert sehe ich auf das Glas, das mir Dominique hinhält.

»Sag noch einmal Lieschen zu mir und ich erschlage dich mit meiner Serviette!«

»Äh, ja. Natürlich.«

Er beginnt zu lachen. Gut, lache ich auch. Aber es war kein Spaß, sondern bitterer Ernst. Ich habe schon vereiteln können, dass Bo und Sit mich Walli nennen, aber das ist tausend Mal besser als Lieschen. Also nein. Kommt nicht infrage.

Ich nehme Dominique das volle Glas aus der Hand und sage einfach: »Prost!«

Wir stoßen an und die beiden gratulieren mir.

»Nur einen Moment bitte«, sagt Dominique, noch bevor ich bereits den ersten Schluck nehmen kann. Glück gehabt. Ich konnte das Glas gerade noch absetzen. Hoffentlich kommt keine Rede. Das, und PowerPoint-Präsentationen mit Kinderfotos, ist das Schlimmste an Geburtstagen.

»Sag nicht, dass du jetzt vergessen hast, mich an mein Alter zu erinnern?«

Er sieht mir von der Seite tief in die Augen. »Für mich wirst du immer neunundzwanzig bleiben.«

Das ist jetzt aber herzig. »Das ist lieb, danke.«

Er legt seine Hand kurz auf meinen Arm. »Aber das war es nicht. Ich wollte dir noch mein Geschenk geben.«

Ich reiße meine Augen auf. »Genau das wollte ich alles nicht!«
Und Christina weiß es. Er auch. Dennoch, Dominique steht auf.
Ein Kellner kommt lächelnd auf uns zu und überreicht ihm den
größten Strauß roter Rosen, die ich je gesehen habe. Unwillkürlich fass ich an meinen Flamingo-Anhänger.

Bitte nicht!

Will er mir jetzt aus dem Nichts heraus einen Heiratsantrag
machen?

Verzweifelt sehe ich zu Christina, die aber genüsslich nach
hinten gelehnt, mit dem Glas in der Hand, diese Szene beobach-
tet und mir zunickt.

Was will sie mir denn damit sagen?

»Happy Birthday«, sagt Dominique und es hat geklungen,
als hätte er noch viel mehr sagen wollen, es sich aber verkniffen.

Im nächsten Moment drückt er mir eine kleine Schachtel in
die Hand.

Déjà-vu.

Da sitze ich wieder. Nur in ein Handtuch gehüllt am Strand
von Providenciales und Christina gibt mir Nats Rosen und sein
Geschenk. Mein Herz beginnt zu brennen. Ich greife zum ebenfalls weiß verpackten Päckchen und küsse Dominique auf beide
Wangen.

»Du weißt, dass ich das gar nicht will. Aber danke, du bist ein
echt guter Freund.«

Ich weiß, das war jetzt gemein von mir. Aber genau das ist er:
ein wirklich guter Freund. Einen Wimpernschlag lang entgleisen
ihm seine Gesichtszüge. Doch er sammelt sich schnell wieder.

»Mach es doch erst einmal auf. Wer weiß, was ich dir geschenkt habe?«, lächelt er gekünstelt.

Ich krieg Bauchweh. Und atme hoch.

Langsam packe ich sein Geschenk aus. Bitte, bitte lass es nichts
Persönliches sein! Von mir aus Kopfhörer für mein Handy, keine

Ahnung, diese netten Schaumbadtabs, die es in allen möglichen Duftrichtungen und Farben gibt.

»Eine Halskette?«

Sie ist wunderschön. Mit zwei Herzen, die ineinander verschlungen sind.

Ich sehe ihn an. Jetzt Christina.

»Um ehrlich zu sein, habe ich mir gedacht, es wäre an der Zeit für Veränderungen.«

Wieder greife ich an meinen Flamingo.

Hat er recht? Ist der Tag gekommen, an dem ich das Letzte, das mich jede Sekunde an Nat erinnert, aufgeben sollte? Wenn ich Christinas schweigende Zustimmung richtig deute, dann denkt sie es auch. Aber bedeutet das nicht gleichzeitig ein Ja zu Dominique? Einem Mann, den ich noch nie geküsst habe? Also nicht richtig. Was, wenn wir es tun und es ist furchtbar? Nicht zu vergleichen mit der Selbstverständlichkeit, mit der Nat und ich uns geliebt haben? Von Dominique geht immer ein wenig Distanz aus. Auch wenn er darum bemüht ist, mir nahe zu sein.

»Darf ich?«, sagt Dominique, nimmt mir die Kette aus der Hand und nestelt auch schon an meiner herum.

Plötzlich surrt es in meinem Kopf. Kurz wird mir schwarz vor Augen.

»Es tut mir leid, aber ich kann nicht!«, schreie ich auf und renne nach draußen.

Die Abendluft ist warm und doch tut sie gut. Langsam erhalten die verschwommenen Bilder um mich herum wieder Konturen. Vor mir ist eine Parklücke. Wo soll ich jetzt hin?

Ich hab nichts mit.

»Lisa!«, höre ich Christina hinter mir.

Sie stürmt auf mich zu. »Was war denn das jetzt?«

Woher soll ich das wissen? »Frag das doch Dominique.«

Ich weiß nur, dass sich mein Herz zusammengezogen hat. Dass ich nicht loslassen kann. Ich kann Nat nicht vergessen.

Nicht heute. Vermutlich auch nicht morgen. Morgen sind es vierzehn Monate. Ich schaffe es nicht, meine Halskette mit dem Flamingo abzunehmen. Es fühlt sich wie Betrug an. Weniger an Nat, auf den bin ich stinksauer, mehr an mir selbst. An der Liebe. An meinen Gefühlen. Auch wenn er einfach damit gespielt hat. Wie auf seinem Klavier. Was habe ich erwartet? Dass ein Mann wie Nat nach über einem Jahr plötzlich auftaucht und sagt ›Hey, Babe. Es hat gedauert, aber nun gehöre ich dir‹?

Christina streichelt mir über den Rücken, ich schlucke schwer.

»Ich ... ich weiß auch nicht, warum ich weggelaufen bin«, beginne ich, ohne zu wissen, wohin mich meine Erklärung führen wird.

Aber so weit komme ich nicht. »Ich schon. Es wird Zeit, dass du Nat innerlich aufgibst. Du verstehst dich mit Dominique doch prima.«

Stimmt. Solange er voll ist, verstehe ich mich auch prima mit meinem Kühlschrank. Und außerdem: »Es geht nicht um Nat.«

»Verstehe. Und deshalb kannst du seine Halskette nicht abnehmen? Nicht einmal, um Dominiques Geschenk anzuprobieren?«

Schuhe muss man anprobieren. Ein neues Kleid. Einen Ring. Aber doch nicht eine Kette. Was ist denn das für ein blödes Argument?

»Ich schätze, sie wird passen.«

Sie zieht ihre Augenbrauen hoch. Oje.

»Jetzt pass du einmal auf: Du gehst jetzt wieder da rein, entschuldigst dich und hängst dir diese verdammte Kette um den Hals! Und diesen blöden Flamingo will ich nie wieder an dir sehen!«

Ich trete in den Asphalt vom Gehsteig. Sie klingt ja wie meine Mutter!

»Na gut!«

Ich habs geahnt: Geburtstage sind nichts mehr für mich. In Zukunft lasse ich sie überhaupt aus.

Christina dreht sich bereits um, da halte ich sie am Arm zurück. »Nur dass das klar ist: Ich werde nicht Dominiques Freundin.«

Nun legt sie beide Arme auf meine Schultern. »Solange du nicht mehr Nats Freundin bist, ist mir alles recht.«

Autsch.

Warum habe ich mich genau heute so auffällig angezogen? Ein gelbes Kleid. So eine dumme Idee. Die anderen Gäste sehen mich zwar verstohlen an, als ich wieder an ihnen vorbeimarschiere, aber sie sehen mich an. Gleich werden sie tuscheln. Sowas hasse ich.

Noch bevor ich an unserem Tisch angelangt bin, öffne ich im Nacken den Verschluss von meiner Halskette und nehme sie ab. Aber ich lege sie auch nicht in Christinas ausgestreckte Hand.

Niemals.

Ich behalte sie in meiner Faust und setze mich. Nestle an meiner Handtasche herum und lasse sie darin verschwinden.

So leise wie möglich sage ich: »Dominique, mir tut es leid, dass ich rausgelaufen bin. Echt. Es hatte nichts mit dir zu tun.«

Dem Blick in seinen traurig dreinblickenden Augen nach zu schließen, weiß er es ohnehin. »Aber auch nur indirekt mit Nat. Ich mag dich wahnsinnig als Freund und wenn du einverstanden bist, belassen wir es dabei.«

Es musste raus. Sonst wäre ich explodiert.

Seit Monaten liegt dieses Thema wie verpestete Luft über uns. Manchmal hat es mir gefallen, manchmal mich angewidert. Aber jetzt bin ich mir ganz sicher: Ich brauche zwar einen Neuanfang, und mein Geburtstag ist der beste Zeitpunkt dafür, aber ich bleibe lieber Single – denn das kann ich mittlerweile ganz gut, wie mein Leben beweist –, bevor ich mich in etwas stürze, wo mein Herz nicht mit dabei ist.

Er räuspert sich und wird rot. »Keine Sorge, Lisa. Mir liegt auch sehr viel an unserer Freundschaft. Aber ja, du hast recht: Diese Kette hätte eine versteckte Botschaft an dich sein sollen.«

Versteckte Botschaft?

Mir fällt ein Stein vom Herzen, dass er mir hier nicht eine ›nicht versteckte Botschaft‹ vor all den Leuten hat zukommen lassen wollen.

»Weißt du was, Dominique: Heb sie bitte für jemanden auf, der sie mehr verdient als ich. Oder bringe sie zurück. Ich bin mehr als dankbar, dass wir heute, abgesehen von meinem kleinen Ausrutscher, so einen schönen Abend haben.« Nacheinander sehe ich beiden in die Augen. »Ihr lauft jetzt nicht davon, oder? In ein paar Minuten ist Mitternacht, und dann habe ich Geburtstag. Darauf würde ich jetzt gerne mit euch beiden anstoßen.«

Auch wenn ich am liebsten gehen würde, aber so nimmt der Abend hoffentlich noch ein halbwegs normales und erträgliches Ende.

»Natürlich stoßen wir auf deinen Geburtstag an.«

»Danke, Dominique. Du bist der Beste.«

Ich umarme ihn von der Seite und drücke ihm einen Schmatz auf die Wange.

»Leider nicht für alles, wie es aussieht.«

Das ignoriere ich jetzt besser. Umsichtig wie sie nun einmal ist, packt Christina bereits seine Kette zurück in die Schachtel und steckt sie samt dem Geschenkpapier in die Einkaufstasche, die Dominique scheinbar mithatte. Gute Idee. Und ich bestelle noch eine Runde Champagner.

Ein wenig muss ich noch ausharren und wenn es gut läuft, bin ich um eins zu Hause und der Geburtstagsspuk hat ein Ende.

Hoffentlich!

14

Ein paar Stunden später ...

Erleichtert, endlich zuhause zu sein, steige ich aus dem Taxi aus. Es ist kurz nach eins. Ich kann Dominique ja verstehen, dass er nicht mehr sonderlich gesprächig war. Er muss das auch erst einmal verdauen. Aber ich fühle mich erleichtert. Endlich weiß ich glasklar, dass er es nicht ist. Das ist auch eine Erkenntnis.

Bin ich froh, wenn ich aus diesen Schuhen rauskomme! So hübsch sie sind, die Riemchen reiben hinten an den Fersen.

Was solls.

Ich ziehe sie aus und nehme sie in die Hand. In der anderen halte ich bereits den Schlüssel für die Eingangstür. Ich mag dieses alte Haus. Es hat zwar fünf Stock, aber nur sechs Wohnungen. Meine liegt im ersten Stock.

Automatisch geht das Licht im Inneren an und ich lasse die Tür hinter mir zufallen. Vielleicht gönne ich mir noch ein Gläschen. Als Absacker. Um das alles noch einmal gedanklich Revue passieren zu lassen. Und auf mich zu trinken. Auf dass mein neues Lebensjahr schlicht und ergreifend unspektakulär wird. Und meine Serie mit Kaal ein Erfolg. Mehr will ich gar nicht.

Schon ein Wahnsinn. Ich bin dreiundvierzig und hab nichts. Keinen Mann, keine Kinder, keinen Garten, den ich mir immer so gewünscht habe. Nicht einmal eine Katze. Ich mag auch einen kleinen Hund. Keinen großen, aber so einen süßen Zwerghund? Wie Sits Fuffy?

Ich höre, wie hinter mir jemand die Tür aufstößt. Da war noch jemand aus.

Im Umdrehen erstarre ich.

Da steht er. Und kommt langsam auf mich zu.

In zerfransten Jeans, einem offenen Hemd und Cowboy-Boots.

Scheiße schaut er aus.

Zu dünn, eingefallene Wangen. Sein Haar ist auch länger.

Ich kann nicht atmen.

Meine Schuhe und mein Schlüssel fallen geräuschvoll auf den Boden. Ich halte mir beide Hände vor den Mund. Das kann nicht sein.

Ich träume das nur.

Auf der Stufe unter mir bleibt er stehen.

Nat.

»Ich dachte schon, du kommst heute gar nicht mehr nach Hause.«

Ausatmen. Nachdenken.

Kein ›Hallo‹? Kein ›Lange nicht mehr gesehen‹? Nur ein Vorwurf?

Leben fließt schockartig durch meinen Körper.

»Du? Hier?«

»Ja. Ich.«

Alles in mir bäumt sich auf. Will sich ihm entgegenwerfen. Aber stattdessen fauche ich ihn an: »Und ich dachte, du wolltest nach deiner Scheidung hier aufkreuzen.«

Er nimmt meine Hand. Sie bebt.

Er steht vor mir. Leibhaftig. In mir wütend ein Sturm. Ich hasse ihn. Ich liebe ihn. Ich werfe ihn wieder hinaus. Ich habs ja immer gewusst, dass er mich nicht vergessen hat.

»Und ich dachte, du trägst meine Halskette.«

Ich fahre mit der Hand über meinen nackten Hals.

Wenn du wüsstest!

»Und ich dachte, du würdest mir zumindest einmal schreiben.«

»Und ich dachte, andere Männer interessieren dich nicht.«

»Ach, und ich dachte, andere Frauen interessieren *dich* nicht!«

Er grinst.

»Gegoogelt?«

Was denn sonst? Ich verbeiße mir eine Antwort. Wie lange wollen wir hier noch im Stiegenhaus stehen und uns Vorwürfe an den Kopf werfen? Fehlt nur, dass einer meiner Nachbarn den Kopf zu Tür rausstreckt.

»Hmmm, aber eigentlich dachte ich, du würdest gerne deinen Geburtstag mit mir feiern wollen.«

Was?

Er weiß, dass ich heute Geburtstag habe? Woher denn?

Nat kommt eine Stufe höher.

Ich rieche ihn. Er benutzt noch immer das gleiche Parfum. Schlagartig kribbelt mein Körper. Es ist, als söge mich ein Wirbel in ihn hinein.

Alles ist weg.

Übrig bleibt Aufregung.

Freude.

Ich brauch ihn!

»Wenn du mich nicht sofort küsst, kannst du wieder gehen«, bringe ich heraus, auch wenn ich kaum atmen kann.

»Flamingo: Ich bin frei!«

Alles dreht sich.

Oh. Er wirbelt ja mich herum.

Wir küssen einander, als müssten wir jeden Kuss, den wir versäumt haben, nachholen. Oh Gott! Es ist wahr. Er ist hier. Ich kann in seine blauen Augen sehen, ihn berühren, mit ihm sprechen!

Irgendwo zwischen den Postfächern, einem Fahrrad und einem Kinderwagen lässt er mich zurück auf den Boden gleiten.

»Ich hab dich unendlich vermisst, Babe.«

»Ich dich mehr! Glaub mir.«

Verstohlen wische ich mir Tränen aus den Augenwinkeln.

Doch er nimmt meine Hand in seine und küsst sie. »Ich schwöre dir, wenn du noch willst, dann gibt es ab jetzt keine Tränen mehr.«

»Aber das waren Freudentränen.«

»Gut. Die kannst du auch weiterhin weinen. Willst du mich dann vielleicht in deine Wohnung bitten?«

Auweia. Ich hab nicht aufgeräumt. Warum auch. Mit Besuch hab ich ja nicht gerechnet gehabt.

»Äh, ja, aber da herrscht Chaos.«

»Und du denkst, ich habe heute Nacht vor, zusammenzuräumen?«

Mein Körper ist knapp vorm Explodieren. Es ist, als hätte ich ihn nie zum Teufel gewünscht. Als hätte ich mir nie geschworen, ihn vor meiner Tür vergammeln zu lassen, falls er da jemals auftauchen würde. Verdammt. Es ist sowas von komplett anders, als ich es mir ausgemalt habe. Immer wieder habe ich mir ausgedacht, wie er es wohl anstellen würde, bei mir aufzutauchen. Alles ist mir in den Sinn gekommen: vom Hubschrauber, mit dem er mich vom Studio entführt, bis hin zu einer Art Schnitzeljagd, an deren Ende er auf mich wartet. Aber dass er mir um ein Uhr in der Früh vor dem Haus auflauert, das ist mir nicht eingefallen.

Und jetzt trennt uns nur eine dicke alte Mauer von meinem Schlafzimmer.

Ich sehe mich um.

Ah. Mein Schlüsselbund liegt, wie meine Sandalen auch, auf einer der Stufen. Ich sammle alles zusammen und gehe voraus.

Während ich aufsperre, fällt mir etwas Wichtiges ein: »Nur bevor ich dich reinlasse: Schwörst du bei allem, was dir heilig ist, dass deine Entschuldigung so gut sein wird, dass ich danach noch mit dir zusammen sein will?«

Er grinst.

Ich habe schon fast vergessen gehabt, wie dieser Mann aussieht, wenn er sich amüsiert. Mein Gott! Wenn Christina jetzt da wäre, sie würde mir den Kopf abreißen.

»Ich schwöre, denn glaub mir, es wird besser, als du es dir jemals ausmalen könntest.«

»Ich bin Autorin«, wende ich ein und schalte das Licht im Vorzimmer ein.

»Und ich verliebt. Mehr als je zuvor.«

Damit hat er mich. Meine Handtasche, meine Schuhe, alles fällt auf den Boden und mit einem Bein werfe ich die Tür zu.

Wie wild geworden reißen wir einander die Kleidung vom Leib. Alles fällt irgendwohin. Wir sind nackt.

Ich deute ihm, wo es zum Schlafzimmer geht, und er hebt mich auf.

Wie besessen küsse ich alles an ihm, das ich erreichen kann: seinen Hals, seine Nase, seine Schultern, jetzt sein Ohr.

»Es hat mich fast um den Verstand gebracht«, keucht er und wirft sich mit mir gemeinsam auf mein Bett.

»Mich erst.« Jetzt ist nicht der Zeitpunkt, über die Tussi zu reden, die angeblich seine Neue ist.

Plötzlich wird er in seinen Bewegungen langsam. Zärtlich.

»Nat?«, hauche ich in sein Ohr.

»Ja?«

»Ich will dich spüren. Vergiss das Vorspiel.«

Und das meine ich, wie ich es sage. Er braucht mich nur noch da unten zu berühren, dann komme ich. Aus dem Stand.

Funken fliegen durchs dunkle Zimmer. Ich höre mich stöhnen und schreien, aber ihn auch.

Es ist wie ein Vulkanausbruch. Intensiv, heiß und alles vernebelnd.

Keine Gedanken. Nur Gefühle.

Liebe.

Dankbarkeit.

Mit einem Mal auch Trauer.

Über die verlorene Zeit. Zeit, die wir gemeinsam hätten verbringen können.

Um Erinnerungen, die wir heute hätten. Andere als nur eine versaute Geburtstagsfeier voriges Jahr und durchweinte Nächte.

Um jedes Wort, das ich ihm nicht sagen konnte. Jede Zeile, die ich ihm nicht schicken konnte. Jedes Bild, das ich alleine in mir getragen habe.

»Lisa! Hab ich etwas falsch gemacht?«

Er sieht auf mich herab. Ich schüttle den Kopf, schluchze aber so intensiv, dass ich kaum Luft bekomme.

Alles ist in mir. Alles ist präsent. Und ich fühle mich ohnmächtig. Es ist einfach zu viel.

Er packt mich und zieht mich in seine Arme.

»Ich weiß, ich hätte das alles gar nie von dir erwarten dürfen.«

»Du ... du hättest vor allem nicht einfach abhauen sollen.«

Ich war auf das nicht vorbereitet. Nicht darauf, dass es mich so umwirft, ihn wiederzuhaben. Mein Kopf fällt auf seine Brust.

Ich bin erschöpft. Sehe meinen Fragen an ihn gedanklich nach, ohne sie zu stellen. Genieße den Druck seiner Arme, die auf mir liegen. Vergrabe mein Gesicht in seinem Geruch.

Ab heute gibt es ein Morgen.

Morgen früh frage ich.

Morgen früh will ich Antworten.

Noch einmal sehe ich zu ihm hoch. »Bist du morgen früh noch hier?«

»Ja. Ich schwöre es.«

Gut.

Dann ist alles gut.

Er verschließt meinen Mund mit einem Kuss. Langsam senken sich meine Schultern und ich werde unendlich müde.

Das ist das schönste Geschenk meines Lebens.
Er ist wieder in meinem Leben.
Ich liebe ihn.

15

Ich bin in Nats Armen aufgewacht.

Wir sitzen in meinem Wohn-Esszimmer, in dem auch die Küche integriert ist, bei einem Kaffee. Nat belustigt ungemein, wie winzig meine Wohnung ist und doch alles hat. In so einer Miniwohnung ist er schon lange nicht mehr gewesen, aber er mag sie. Bei mir ist alles hell und modern: der Parkettboden, weiße Wände, weiße Möbeln, weiße Küche, weißer Tisch und vier Sesseln und ein weißes Ledersofa mit einem Glastisch. Abgesehen von meinen Regalen und einer Anrichte war es das dann auch schon mit Möbeln. Immer wieder streichle ich über seine Hand, weil ich es nicht glauben kann.

Mein Blick fällt auf die Uhr an der Wand. Oh. Schon halb acht.

»Nat, ich muss ins Studio.«

»Aber du hast doch heute Geburtstag!«

»Echt jetzt, in welcher Welt lebst du?«, kichere ich. »In meiner bekommt man deshalb nämlich nicht frei.«

»Okay. Kannst du Christina fragen, ob sie dir heute und morgen freigibt?«

Mein Magen knäult sich zusammen. An sie habe ich noch gar nicht gedacht. Wenn ich ihr sage, dass Nat aufgetaucht ist, sperrt sie mich ein, statt mir freizugeben.

»Äh, eher nicht«, antworte ich zögerlich.

Nat sieht mir tief in die Augen.

»Sie mag mich nicht, oder?«

»Nun ja, Christina kennt dich doch auch gar nicht. Ihr habt euch ja nur kurz gesehen.«

Nat grinst.

»Dann habe ich jetzt eine Mission. Wir fahren hin, ich erkläre ihr alles, und anschließend haben wir zwei Tage für uns.« Wofür braucht er gleich zwei Tage? Er küsst mich mitten auf den Mund, sodass er mich beinahe vom Sessel wirft. »Ich habe nämlich noch etwas vor: Das soll der schönste Geburtstag deines Lebens ...« Ich halte ihm den Mund zu.

»Bitte! Sag das nicht. Mittlerweile bin ich allergisch, wenn es um meinen Geburtstag geht, und glaub mir, es ist schon der beste meines Lebens. Aber ich ruf Christina an und teste ab, wie sie drauf ist. Doch ich sag dir gleich: Wenn sie schlechter Laune ist, muss ich heute arbeiten.«

Wieder küsst er meine Hand. »Nein! Glaub mir, das geht nicht. Wir brauchen zwei Tage. Zwei!«

Hm. Jetzt bin ich in der Zwickmühle. Ich will nicht weg. Erstens habe ich das längste Jahr meines Lebens auf diesen Moment gewartet und zweitens hat er noch nicht einmal begonnen, mir alles zu erklären. Soll ich Christina anlügen und ihr sagen, dass ich krank bin?

Nein. Denn drittens habe ich heute Geburtstag! Und diese Karte spiele ich jetzt aus. Her mit meinem Handy.

»Guten Morgen, Christina.« Ich versuche, meine Stimme so neutral wie möglich zu halten. Schließlich kenne ich sie. Sie ist ein Luchs und ihr entgeht nichts!

»Auch guten Morgen. Ist was passiert?«

Damit kriegt sie mich nicht.

»Äh, nein. Gar nichts. Aber wäre es möglich, dass ich zwei Tage Urlaub nehmen kann?«

Stille am anderen Ende.

Nein, jetzt höre ich, wie sie den Wasserhahn aufdreht.

Und wieder ab.

»Christina? Was machst du denn?«

»Hab nur meine Tasse in die Abwasch gestellt. Aber klar: Du kannst natürlich freihaben. Ich finde sogar, das ist eine super Idee! Aber ...« Wieso jetzt noch ein Aber?

»Aber was?«

»Aber ... ich komme zu dir, hole dich ab und wir machen uns einen netten Tag in der Innenstadt und am Abend treffen wir sowieso die anderen bei Salvo.«

Oh.

Wie sag ich ihr, dass ich sie nicht sehen will? Verzweifelt sehe ich Nat an. Doch sein Herumfuchteln, dass ich das Gespräch so schnell wie möglich beenden soll, hilft mir auch nicht. Ich deute ihm, still zu sein. Wobei, still ist er ja.

»Lisa?«

»Sorry, war kurz abgelenkt.«

»Also: Ich komm so in einer Stunde.«

»Nein!«, brülle ich plötzlich ins Telefon. Bin ich übergeschnappt?

»Nein? Willst du mich beleidigen oder hast du einen Mann bei dir? Ich hoffe für dich, du hast dir nicht den Taxler angelacht.«

Wofür hält sie mich?

»Weder noch.«

»Gut, ich bin in einer Stunde da.«

Plopp. Aufgelegt.

Ich starre mein Handy an.

Jetzt Nat.

»Das ist ja spitze gelaufen, Flamingo!«

Ja. Weltklasse. Und die Sache mit der Halskette muss ich ihm auch noch erklären.

»Und was jetzt?«

»Wir hauen ab.«

»Damit sie eine Vermisstenanzeige bei der Polizei aufgibt?« Kein guter Plan. »Ich weiß, was wir tun: Du hast eine Stunde

Zeit, mir alles zu erklären und dir auch noch eine Zusammenfassung für Christina zu überlegen. Dann, wenn sie kommt, schenken wir ihr reinen Wein ein.«

Ich mag sie nicht belügen. Irgendwann muss sie es ohnehin erfahren. Warum nicht gleich? Und heute kann ich meine Geburtstags-Bonuskarte ausspielen. Vielleicht stimmt sie das gnädig.

Besonders erfreut sieht er nicht aus.

»Alright. Ich hätte gerne etwas mehr Zeit dafür gehabt, aber okay. Bist du bereit?«

Ich weiß nicht?

»Setzen wir uns aufs Sofa?«

Nat legt den Kopf schief und steht auf. »Komm.«

Ich kuschle mich an ihn. So halte ich es vielleicht aus, endlich alles zu erfahren.

»Wo soll ich beginnen?«

Was für eine Frage.

»Bei deinem Abgang auf Provo natürlich.«

»Okay. Nachdem du gegangen warst, hat Batya mich angerufen.« Und schon wird mir mulmig. Hätte ich es mir doch denken können, dass sie dahintergesteckt ist. »Sie hat mit ihrem Vater gesprochen gehabt und mir erklärt, dass sie bereit sei, über die Scheidung zu sprechen. Aber nur, wenn ich mittags mit ihrem Vater nach Hause fliege. John war noch in einem Hotel auf der Insel. Na ja, und diese Chance musste ich ergreifen. Es war *die* Chance, verstehst du?«

Wut steigt in mir auf. Was tischt er mir denn da auf?

»Entschuldige, aber ihr seid erst acht Monate später geschieden worden. So dringend, dass du mich einfach sitzen lässt, kann es auch nicht gewesen sein.«

Er nickt. »Da hast du recht. Aber so ist Batya nun einmal. Sie spielt mit Menschen und wenn du nicht tust, was sie verlangt, wird sie bösartig. Daher habe ich als Nächstes ihren Vater angerufen und ihm gesagt, ich käme mit.«

»Und dann?«

»Dann hat er mir im Flugzeug erklärt, er würde mich in der Scheidungssache unterstützen, wenn ich nicht aussteige. Sein Vertrag mit mir ist ihm eindeutig wichtiger als seine Tochter, denn die hat er angelogen und ihr vorher gesagt, sie solle vortäuschen, mit mir über die Scheidung sprechen zu wollen, denn dann würde ich bestimmt zurückkommen. Und Batya hat mich lieber in der Nähe, um mich tyrannisieren zu können.«

Also das hätte ich ihm voraussagen können bei allem, was ich über diese Frau mittlerweile weiß.

Männer!

»So ein Biest.« Beide. John und sein Satansbraten von Tochter.

»Stimmt. Leider. Nun ja, als ich in unserem Haus in LA ankam, war jedoch keine Rede mehr von Scheidungsgesprächen. Im Gegenteil. Sie hatte dem Personal freigegeben und mich in Spitzenunterwäsche und Strapsen erwartet.«

Verdammte Bilder in meinem Kopf. Will ich wirklich alles bis ins kleinste Detail wissen? Ich weiß nicht. Aber er fährt fort: »Ich erspare dir die Einzelheiten.« Danke! »Ausgegangen ist das jedenfalls so, dass ich ihr gesagt habe, ich werde mich so oder so von ihr scheiden lassen, auch auf die Gefahr hin, dass ich alles verliere und wieder Straßenmusiker werde, woraufhin sie völlig ausgeflippt ist und mit allem, was ihr in die Hände fiel, nach mir geworfen hat.«

»Auch mit ihrem Handy?«

Er sieht mich an und hebt eine Augenbraue. »Ja. Du hast also gelesen, dass sie mich wegen häuslicher Gewalt angezeigt hat?«

»Ja.« Das und alles andere.

»Auf jeden Fall bin ich abgehaut. Sie hat mir angedroht, mich mit ihrem Vater gemeinsam zu vernichten, aber das wusste ich

184

ja schon. Der Grund, warum ich keinen Kontakt mit dir wollte, war der, weil ich weiß, wie sie agieren. Batya hätte dich durch Privatdetektive verfolgen und dein Handy abhören lassen. Sie hätte dich fertiggemacht, wenn sie auch nur von deiner Existenz geahnt hätte.«

Unwillkürlich setze ich mich von ihm weg. »Verstehe. Dafür muss ich dir wohl dankbar sein, aber heißt das, dass sie das jetzt nicht tun wird?«

Er schüttelt zu meiner Beruhigung den Kopf. »Nein, denn in der Zwischenzeit habe ich mit ihrem Vater einen neuen Deal geschlossen.«

Aha. So geht das also in reichen Kreisen. Man macht einen Deal mit Daddy.

»Aber war es nicht dein alter Deal, weshalb du nach Provo bist? Zumindest hat mir das Kaal damals so erklärt und du hast es doch auch angedeutet.«

Nat seufzt.

»Ja. Ich wollte raus aus dem Business. Raus aus meinem Pakt mit dem Teufel. Aber ich habe eingesehen, dass es nur zwei Wege gibt: Entweder ich bin ein freier und toter Mann, oder ich tue, was sie verlangen, und kann mein Leben mit dir verbringen. Ich habe mit John Letzteres vereinbart.«

Moment.

»Dein Ex-Schwiegervater weiß von mir?«

»Mittlerweile ja.«

Mich fröstelt. »Das ist nicht gut, oder?« Alleine wenn ich an diesen Mann denke, wird mir schlecht. Ich kenne absolut niemanden, der so eine angsteinflößende Ausstrahlung hat wie er und dabei so durchschnittlich aussieht. Wie der nette Typ von nebenan.

»Doch. Ist es. Aber zurück zur Chronologie. Ich hab dann die Nacht in einem Hotel verbracht. Am nächsten Morgen ruft John mich an und sagt mir, Batya hätte mich angezeigt. Ich bin aus allen Wolken gefallen. Dass sie sich selbst verletzen würde, nur um mich fertigzumachen, das hatte ich ihr nicht zugetraut. Hat sie aber.«

»Aber das ist doch erst vor Kurzem an die Öffentlichkeit gedrungen.«

»Stimmt, weil wieder einmal ein Reporter in unserem Leben nach Beweisen dafür, dass ich *The Egyptian* bin, herumgesucht hat. Und dabei ist er auf die Anzeige gestoßen. Nach dem Motto ›besser das als gar nichts‹ hat er dann diese Story veröffentlicht. Für Batya ist die Sache mittlerweile gegessen. Außerdem weiß sie ja, dass sie gelogen hat, um mich zu erpressen. Nur eine Sekunde.«

Nat steht auf. Was mir nicht einleuchten will, ist, warum jemand wie er überhaupt so erpressbar ist? Er hat ein geradezu überirdisches Talent, das weiß ich, denn ich habe alle seine Videos gesehen. Und Nat ist doch auch kein Perverser mit einer dunklen Seite, vor der er Angst haben muss, dass sie an die Öffentlichkeit gezerrt wird. Ich kapiers nicht.

Nat holt uns die noch halbvollen Kaffeetassen und nimmt einen Schluck. Okay. Ich muss das jetzt fragen.

»Was genau macht dich so erpressbar?«

Einen Moment zögert er.

»Sagen wir es einmal so: Alles, was ich wollte, als ich nach LA gegangen bin, war, Musik zu machen. Aufzutreten. Vor Publikum zu spielen. Und alles, was ich nicht wollte, war, berühmt zu sein. Auf der Straße erkannt zu werden. Und genau das hat ein gewisser Jonathan Goldstin herausgefunden, weil ich seine Tochter gedatet habe, und mir dann aus heiterem Himmel einen Vertrag angeboten. Er und seine Organisation, wenn man sie so nennen will, sorgen dafür, dass ich unerkannt mein Ding durchziehen kann, und damit meine ich, gezielte Falschmeldungen über meine Identität herausbringen. Aber das ist noch nicht alles. Im Grunde läuft es so: Ab einem gewissen Level an Erfolgsaussichten setzen sie auf dich. Wie auf eine Aktie. Sie machen dich zum Superstar, doch dafür kontrollieren sie alles. Und ich meine *alles*.«

»Klingt doch gar nicht so ungewöhnlich.«

Das hätte ich nicht sagen sollen. Seine Augen sind dunkler geworden und er hat plötzlich einen Ausdruck, als wäre er verrückt!

»Du hast ja keine Ahnung, wie die *Industry* läuft, Babe.«

»Stimmt. Aber du. Also erklärs mir.«

Er springt auf und geht um meinen Esstisch herum.

Noch eine Runde.

Was soll denn das?

»Kannst du dich bitte wieder setzen und mir einfach sagen, was dich so quält?«

Nat hält inne und kommt wieder zu mir.

»Okay. Du musst es ohnehin erfahren, sonst kannst du dich nicht völlig frei für oder gegen mich entscheiden.«

Er macht mir Angst! Seine Augen machen mir Angst. Dass er so abgemagert ist, macht mir seit heute Nacht Angst. Shit. Was ist das alles?

»Ich mache es kurz: Wenn du auf meinem Level bist, dann gehörst du ihnen. Leuten wie John. Sie entscheiden, was mit deiner Musik passiert, wie viel Geld du verdienst, wie oft du tourst. Sie entscheiden auch, wie viel Bargeld du von der Bank abheben kannst, und das ist unabhängig davon, wie reich du bist. Sie wollen, dass du ihnen dienst. Ihr Sklave bist.« Das klingt ja entsetzlich. »Und: Sie haben dich damit in der Hand. Wenn du aussteigst, verlierst du alles und sie zerstören deinen Ruf. Machen dich fertig oder Schlimmeres.«

»Aber womit hat er dich genau in der Hand?«

»Sextapes, Drogenvideos, mit allem. Um dorthin zu kommen, wo ich bin, stellen sie dir jede Falle, die sie dir nur stellen können, und glaub mir, jeder, nicht nur ich, tappt auch in jede ihrer Fallen.«

»Puh!«

Mir ist schlecht.

»Ich erspare dir weitere Details. Das erzähle ich dir gerne ein anderes Mal. Aber solange wir verhandelt haben, über die Scheidung und wie es mit mir als Musiker weitergeht, haben sie bereits begonnen, meinen Ruf zu zerstören. Jetzt haben sie sich eingebremst. Batya wird in den kommenden Tagen *zufällig* mit einem Reporter bei einem Event darüber sprechen, dass sie so verletzt war, dass sie mich angezeigt hat, obwohl ich nichts getan habe. Sie wird erzählen, dass sie ihr blaues Auge davon hat, weil sie unter Tränen in den Türstock gekracht ist.«

»Das weißt du jetzt schon?«

Mir fallen all die Conspiracy-Seiten ein, die ich gegoogelt habe. Stimmen die alle denn?

»Das ist geplant. Der Stand ist also der: Ich bleibe, spiele weiterhin Konzerte, meine Musik gehört ihnen, aber ich kann mit dir leben. Wie auch vorher habe ich jeden Luxus, bloß keine übergroßen Summen in bar. Teure Immobilien können wir uns aber jederzeit leisten.« Er sieht mich fragend an. »Kannst du dir das vorstellen, Lisa? Ich meine, mit mir zu leben, obwohl ich eine dunkle Seite habe?«

Ich hab einen Kloß im Hals.

Ich muss ihn fragen.

Komm, Lisa: Spucks aus!

»Okay: Eine Frage habe ich noch.«

»Und die ist?«

»Nimmst du Drogen?«

Entgeistert schaut er mich an.

»Nein!«

»Und warum siehst du wie dein eigener Schatten aus?«

Es könnte auch Alkohol sein.

»Weil sie mich in den letzten Monaten wortwörtlich durch die Hölle geschickt haben. Das hinterlässt Spuren.«

»Tut mir leid, dass ich gefragt habe.«

»Ist schon okay.«

»Aber noch was: Du wolltest doch von all dem loskommen, oder? Und jetzt spielst du weiter dieses Spiel mit?«

»Ja. Und dafür gibt es nur einen einzigen Grund. Und der bist du.«

Mein Herz setzt aus.

Ich vergrabe mein Gesicht in meinen Händen.

Denk nach, Lisa. Lass dich nicht von Gefühlen leiten. Willst du schuld daran sein, dass die mit Nat machen können, was sie wollen? Willst du dieses Leben, von dem er spricht? Willst du Teil von diesem Wahnsinn werden?

Ich habe genügend darüber gelesen, dass ich meine Angst ernst nehmen muss.

Aber Nat ist alles, was ich will. Seit wir zusammengekommen sind, ist er mein erster Gedanke in der Früh. Der letzte, den ich habe, bevor ich einschlafe. Und selbst in meinen Träumen ist er immer wieder präsent. Und er hat das alles auf sich genommen, um jetzt bei mir zu sein.

Was mache ich denn nun?

Gestern. Gestern hätte ich die Chance auf ein anderes Leben gehabt. Ein völlig normales an der Seite von Dominique. Aber ich habe es mir nicht einmal vorstellen können, mit jemand anderem als Nat zu schlafen.

Hab ich eine Wahl?

Mein Herz schreit ›Nein!‹.

Aber mein Verstand brüllt noch lauter ›Ja!‹.

Nat zieht mich zu sich. »Ich kann mir vorstellen, was dir gerade alles durch den Kopf geht. Nimm dir Zeit. Ich verlange nicht, dass du, nur weil ich aus heiterem Himmel wieder auftauche, sofort eine Entscheidung treffen kannst. Aber eines sollst du wissen: Ich habe noch nie so sehr für etwas gekämpft wie für uns.«

Weißer Bildschirm. In meinem Kopf. Bloß seine letzten Worte ziehen wie ein Endlos-Laufband vorbei. Er hat gekämpft. Für uns. Ich hab das auch. Indem ich nichts gemacht habe. Jedem Impuls, ihn doch anzurufen, ihm eine SMS oder WhatsApp zu schicken, widerstanden habe. Jeden Brief, den ich ihm geschrieben habe, wieder zerrissen habe. Meine Finger zurückgezogen habe, wenn ich auf seinen Social-Media-Seiten etwas liken wollte, nur um ihn wissen zu lassen, dass es mich noch gibt.

Was hätte all das für einen Sinn gehabt, wenn ich jetzt kneife?

Ich schlinge meine Arme um seinen Nacken und sehe ihm tief in die Augen. »Ich will dich, Nat. Ich brauch dafür keine Zeit. Aber beschütze uns, ja?«

Seine Augen funkeln verdächtig nach unterdrückten Tränen.

»Ich liebe dich und ich verspreche dir, das werde ich.«

Am liebsten würde ich mich mit ihm wieder ins Bett legen und nicht mehr über das, was er gesagt hat, nachdenken. Aber Christina kommt demnächst.

»Ich liebe dich auch! Danke, dass du so ehrlich bist. Für den Moment habe ich genug gehört, bis auf eine Sache: Was war mit dieser Jacquelin Clive?«

Nat zuckt kurz zusammen. Jetzt lacht er.

»Du hast mich ja wirklich gut im Auge behalten, Flamingo. Keine Sorge, sie ist eine Freundin von Batya. Wir haben uns nur getroffen, weil sie mir die Nachricht überbracht hat, dass meine Ex-Frau mir ausrichten lässt, sie sei froh, mich endlich los zu sein, und zudem frisch verliebt. Ich denke, Batya hatte die Hoffnung, dass mich das schwer treffen könnte.«

Laut seufzend atme ich aus.

»Dann ist ja alles geklärt.« Nein. Von meiner Seite ist noch etwas offen. »Nur einen Moment. Ich muss was holen.«

Ich springe auf und laufe ins Vorzimmer. Da liegt meine Handtasche noch immer am Boden. Ich krame nach der Flamingo-Kette und nehme sie mit ins Wohnzimmer.

»Du hast sie also noch?«, lächelt Nat und sieht echt glücklich aus.

»Nicht nur, dass ich sie natürlich noch habe. Das erste Mal seit vierzehn Monaten habe ich sie gestern Abend kurz nach Mitternacht abgelegt. Das war der Zeitpunkt, an dem ich gedacht habe, dass es keinen Sinn mehr hätte, auf dich zu warten.«

»Oh Babe!«

Er küsst mich. Innig.

Aber ich schiebe ihn weg.

»Würdest du sie mir wieder anlegen? Du weiß ja, Christina kommt gleich und wenn sie die Kette sieht, weiß sie sofort, was los ist.«

»Und das willst du?«

»Ja, das will ich.«

»Dann mit Vergnügen.«

Ich setze mich auf seinen Schoß, halte mein Haar nach oben und er verschließt die Halskette.

»Jetzt wird alles gut«, strahle ich ihn an. Auch wenn es verrückt klingt, erst jetzt fühle ich mich wieder ganz.

»Für dich vielleicht«, lacht er. »Aber ich muss mit deinem persönlichen Kampfhund ein Gespräch führen.«

»Ja, das wirst du. Weil du mich liebst, und du wirst es alleine tun, denn ich hole frisches Gebäck, damit wir Frühstück machen können.«

»Das wird schlimmer, als mit John zu verhandeln.«

Man kann es auch übertreiben.

Ich sag gar nichts drauf.

»So. Und jetzt hilf mir schnell, ein wenig zusammenzuräumen, denn sonst trifft sie der Schlag.«

Nat kneift die Augen zusammen. »Wie weit willst du noch gehen?«

»Noch viel weiter, Liebling. Wenn ich mich ab nun in deiner seltsamen Welt zuhause fühlen soll, dann solltest du es auch in meiner tun. Und glaub mir, das ist vergleichsweise einfach, und du wirst dich ja wohl an deine Zeit als normaler Mensch erinnern können, oder?«

»Ich bin normal.«

»Sagt der, der mir nach vierzehn Monaten des Schweigens mitten in der Nacht vor meiner Haustür auflauert?«

»Du hast recht: Ich bin doch nicht normal.«

Jetzt muss ich lachen. »Und trotzdem sei so nett und wirf meine Klamotten aufs Bett. Ich räume schnell das Vorzimmer und den Rest hier zusammen.«

Seine trägt er ja wieder.

Ich halte inne. »Wieso hast du eigentlich keinen Koffer?«

»Die sind alle in meinem Hotel.«

Was?

»Du hast ein Hotelzimmer?«

»Ein ganzes Stockwerk. In München.«

Das wird ja immer schöner.

»Wieso München?«

»Das war es ja, warum ich wollte, dass du dir zwei Tage freinimmst. Ich spiele heute Abend in München und möchte dich dabeihaben.«

Ich lasse das Geschirrhangerl fallen. Ich hab doch immer wieder seinen Tourneeplan studiert. Jedes Mal, wenn er in Paris oder London aufgetreten ist, habe ich insgeheim gehofft, er würde anschließend nach Wien kommen. Aber das ist er nicht. Wann hab ich mir den Plan das letzte Mal angesehen? Vor vier Wochen? Fünf? Da stand nur etwas von der Premiere seiner neuen Tour in London.

»Seit wann steht der Termin denn?«

»Seit zwei Wochen. Überraschungskonzert.«

»Das kannst du wohl sagen, denn jetzt bin ich überrascht.«

»Dann kommst du mit?«

»Vorausgesetzt, Christina zerrt mich nicht ins Büro: Ja.«

Shit. Es läutet.

»Bitte mach jetzt schnell!«

Am Weg ins Vorzimmer hebe ich alles auf, was herumliegt, und drücke es Nat in die Arme. Bevor ich die Tür öffne, riskiere ich einen Blick in den Spiegel.

Alles okay. Wir haben geduscht und ... Falscher Gedankengang.

Ich reiße die Tür schwungvoll auf.

»Happy Birthday!«, trillert sie mir entgegen und drückt mir ein Geschenk in die Hand.

Ich umarme und küsse sie. »Danke, Christina. Komm herein, aber ich habe auch eine Überraschung für dich.«

Noch im Vorzimmer bleibt sie stehen.

»Du trägst sie doch wieder?« Sie deutet auf meinen Anhänger.

»Ja. Aber komm herein, gleich erfährst du ...« »Hallo, Christina. Schön, dich wiederzusehen.«

Er duzt sie?

Nat küsst sie auf beide Wangen. Christina lässt es stocksteif über sich ergehen.

»Bevor du Lisa die Leviten liest, hör mich bitte an. Aber komm doch erst einmal weiter.«

Die Stimmung ist zum Schneiden. Das ist gar nicht gut.

»Äh, ja. Bitte, Christina. Ich geh nur mal schnell und hole uns Frühstück.«

Musternd betrachtet sie erst Nat und jetzt mich.

»Nein, du bleibst.«

Sie stapft ins Wohnzimmer und setzt sich an meinen Esstisch. Nat nimmt gegenüber von ihr Platz. Schnell lege ich ihr Geschenk auf die Anrichte und setze mich ebenfalls.

»Christina, es tut mir leid, dass ...« Sie hebt die Hand und unterbricht Nat. »Nicht jetzt. Ihr seid jetzt beide einmal still.«

Sie klopft mit ihren Fingern auf die Tischplatte. Das tut sie immer, wenn sie nervös ist. Aber wir halten uns an ihren Wunsch und schweigen. Wie lange ich das aushalte, ist jedoch die andere Frage, besonders weil Nat jetzt auch ziemlich angepisst aussieht.

»Bring mir einen Schnaps«, durchbricht sie die Stille.

»Jetzt?«

»Ja, jetzt. Und glaub mir, ihr wollt das beide so.«

Ich springe auf und hole eine Flasche Grappa samt einem Glas aus der Kommode. Was anderes hab ich nicht. Beides stelle ich vor Christina auf den Tisch und schenke ihr gleich ein Stamperl voll ein.

Sie leert es ex.

Nat hat sich im Sessel zurückgelehnt und sitzt mit verschränkten Armen da. Ich fixiere ihn. Sag nichts! Lass sie einfach. Bitte, Nat!

Hoffentlich kann er meine Gedanken lesen.

Schaut nicht so aus. Er beugt sich in ihre Richtung. »Was soll dieses Theater?«

Niiicht!

Nun geht auch Christina in Kampfstellung.

»Pass einmal auf, Nat. Es ist mir egal, wie berühmt du bist oder wie viel Geld du hast. Das geht mir ehrlich gesagt am Arsch vorbei.«

»Christina!«, quietsche ich auf.

Ich ernte einen kurzen Blick. »Hör auf. Drastische Situationen verlangen eine drastische Sprache. Also zurück zu dir, Nat. Du brauchst mir überhaupt nichts zu erklären.« Muss er nicht?

Ich bin verwirrt. »Alleine dass du hier bist und ihr beide Sex hattet, erklärt alles und bedeutet, Lisa hat dir alles verziehen.«

»Woher willst du denn wissen, ob wir Sex hatten?«, werfe ich ein.

»Ich rieche es.«

Sie riecht Sex?

»Du bist unheimlich«, sage ich trotzig.

»Unheimlich oder nicht. Hier geht es um meine Erbin, Nathaniel.«

Ihre Erbin? Tickt sie jetzt völlig aus? Wieder ernte ich diese Geste, die mir bedeutet, meinen Mund zu halten. »Ja, meine Erbin. Was glaubst du denn, warum ich dich in der Firma durch die Hölle schicke? Ich muss dich abhärten. Aus dir eine Führungskraft machen. Aber egal. Das ist jetzt gar nicht das Thema.«

»Also für mich schon. Du bist ja verrückt, Christina. Du bist meine beste Freundin, nie im Leben will ich was von dir erben.«

Sie sieht mich etwas milder an. »Das weiß ich und genau deshalb habe ich mein Testament geändert. Das diskutieren wir jetzt nicht aus. Aber zurück zu euch beiden. Lisa, du bist die Tochter, die ich nie bekommen durfte. Also mische ich mich ein. Egal, was du darüber denkst. Und an dich, Nat, habe ich nur eine Frage: Wie stellst du dir das jetzt vor? Willst du Lisa mit in die USA nehmen?«

Daher weht der Wind. Sie gießt sich noch ein Stamperl voll. Zum Glück habe ich ihr eines von den ganz kleinen hingestellt. Ich stehe auf und umarme sie. »Christina. Ich verlass dich doch nicht. Niemals. Wie kommst du denn auf so eine Idee?«

»Nun, du hast recht, Christina. Lisa, was denkst du? Natürlich will ich, dass wir zusammenleben. Und da ich in Los Angeles lebe ...« »Das kannst du vergessen! Ich bin dreiundvierzig, Nat. Und zwar seit heute. Ich habe auch ein Leben, nicht nur du. Also müssen wir einen anderen Weg finden. Und der muss beinhalten, dass ich sowohl meinen Job behalten kann als auch, zumindest teilweise, hier in Wien mit dir leben zu können.«

Wie sind wir denn hier gelandet? Wir streiten uns darüber, wo wir leben, und sind was? Seit etwas mehr als acht Stunden wieder zusammen? Das ist crazy.

Ich sehe die beiden nacheinander an. Nat malmt mit seinem Kiefer und Christina starrt auf ihr leeres Schnapsglas.

»Ich pack das nicht mehr! Gebt ihr beide mir bitte die Chance, mit dem Tempo mitzukommen? Ich hab heute Geburtstag und Nat spielt heute Abend in München. Und bis genau dahin kann ich denken. Und mein einziger Geburtstagswunsch ist, dass du, Christina, mit nach München kommst. Geht das?«

Ich glaube, meine Stimme ist verdammt hoch.

Sie sieht ihn an. »Du liebst sie also.«

War das eine Frage?

»Ja, Christina. Mehr, als du dir vielleicht vorstellen kannst. Ich wollte es dir ja erklären, aber das kann ich auch später tun. Für diese Frau hätte ich alles aufgegeben. Alles, bis auf mein Leben, denn das wäre sinnlos gewesen. Als toter Mann kann ich nachvollziehbarerweise nicht mit Lisa zusammen sein.«

Sie nickt.

»Lisa liebt dich auch, Nat. Wir haben alles versucht, aber sie war nicht davon abzubringen, dass du zurückkommen wirst.«

Also ganz so sicher war ich mir da nicht, wie sie das jetzt darstellt. Aber soll sein.

»Was muss ich tun, damit du heute mit uns nach München kommst?«

Kluge Frage, Nat.

Mein Kopf schießt in die andere Richtung.

»Du versprichst mir jetzt bei allem, was dir heilig ist, dass du sie nie wieder sitzen lassen wirst und dass du sie mir auch nicht wegnimmst.«

Bin ich eine Ware, um die die beiden hier gerade schachern?

»Moment, Christina. Ich bin auch noch da. Und du hast meine Meinung dazu gerade gehört.«

»Lass nur, Lisa. Christinas Sorgen kann ich nachvollziehen.« Er nimmt ihre Hände in seine. »Christina, ich verspreche es dir. Aber vor allem Lisa.«

Sie zieht ihre Hände weg und wischt sich mit dem Handrücken über die Augen. »Na gut. Dann habt ihr meinen Segen.«

Nat grinst mich an.

Mir ist das Lachen vergangen. Ich muss sowohl mit ihr als auch mit Nat noch ein ernstes Wörtchen reden. Aber getrennt.

»Danke, Christina. Also: Kommst du mit nach München?«

Sie sieht mich kurz an und antwortet ihm: »Ich muss aber nicht in der Menge stehen? Sowas halte ich nicht mehr aus.«

Nat lacht laut auf. »Nein, ihr bekommt den besten Platz, den die Olympiahalle zu bieten hat. Direkt vor der Bühne.

»Mich freut es ja, dass ihr beide euch so einig seid, aber ich hab noch etwas zu erledigen.«

Ich weiß zwar nicht, was, außer mir ein Kleid, das konzerttauglich ist, rauszulegen, aber ich halte es nicht mehr aus.

»Warte!« Christina hält mich zurück. »Öffne doch bitte zuerst noch mein Geschenk.«

Und jetzt drängt sich Nat zwischen uns und nimmt mich in die Arme. »Was bedrückt dich?«

»Ich ... ich weiß nicht.«

Vielleicht, dass mein Geburtstag schon wieder so unromantisch verläuft? Dass wir hier meine Zukunft diskutieren, geradezu emotionslos. Na ja, nicht emotionslos, aber falsch. Sowas muss doch entstehen dürfen. Ich will nicht am grünen Tisch entscheiden, wie mein Leben mit Nat aussehen könnte. Ich will es fühlen. Spüren, was der nächste und richtige Schritt für uns ist.

»Akzeptiert. Dann schlage ich vor, du packst ein, was du für eine Nacht in München brauchst. Anschließend fahren wir zu

Christina und von dort direkt zum Flughafen. Wir brauchen dringend einen Ortswechsel und außerdem ist es dein Geburtstag.«

Meine Knie werden weich. Laut seufzend stimme ich zu. »Sehe ich auch so. Und Christina, dein Geschenk nehmen wir mit, wenn das für dich okay ist.«

»Aber sicher«, sagt sie fröhlich. Mir kommt vor, jetzt hat sie ein schlechtes Gewissen. »Dann lasst uns mal spontan nach München fliegen. Oh, aber bekommen wir alle überhaupt noch so kurzfristig einen Flug?«

Berechtigte Frage. Ich sehe Nat an.

»Wenn ihr mit dem Jet, mit dem ich hier bin, zufrieden seid, dann ja.«

»Du hast einen Privatjet?«

»Meine Plattenfirma hat einen.«

Aha. Na dann. Fliegen wir nach München, bevor mein Kopf explodiert. Ich gehe schon mal in mein Schlafzimmer, um mir ein Kleid auszusuchen. Nat folgt mir.

Wenn ich das alles Sit und Bo erzähle! Die beiden werden tot umfallen. Auf jeden Fall werden sie nie wieder über meine Mappe stänkern oder sagen, dass ich mich mit Nat völlig auf dem Holzweg befinde.

Oh.

»Würdest du mir eventuell noch einen klitzekleinen Wunsch erfüllen, Nat?«

Er nimmt mich in den Arm. »Heute jeden, aber ab morgen müssen wir dann realistisch werden, Babe.«

Wie meint er das? Egal. Er grinst. Also dann.

»Würde es dir sehr viel ausmachen, wenn wir noch meine beiden besten Freunde und Kollegen mit nach München nehmen? Die können sicher mit dem Zug zurückfahren, aber ich hätte sie nur zu gerne dabei.«

Er legt den Kopf schief. »Kann es sein, dass die beiden irgendetwas falsch gemacht haben?«

Betreten hüpfe ich von einem Bein aufs andere. »Na ja, nicht wirklich. Aber in den letzten Wochen wollten sie, dass ich aufhöre, daran zu glauben, dass du jemals wieder in meinem Leben auftauchst. Und außerdem habe ich Sit und Bo und auch Bos Frau für heute Abend in ein Lokal eingeladen gehabt.«

»In dem Fall wird es mir ein Vergnügen sein, sie nach München einzuladen. Samt Hotelzimmer.«

»Echt jetzt? Alle drei?«

»Ja. Echt jetzt. Alle drei. Aber ich habe um sechzehn Uhr Soundcheck. Also langsam sollten wir mal etwas Tempo machen.«

Ich umarme und küsse ihn. »Du bist der Beste! Danke!«

»Solange du das denkst, ist meine Welt in Ordnung«, schmunzelt er.

Mit dem Handy zwischen Schulter und Ohr geklemmt, versuche ich nicht nur, Sit im Büro zu erreichen, sondern gleichzeitig, ein Kleid, das ganz oben und hinten im Kasten gelandet ist. Nat zieht es für mich heraus.

»Das hier?«

Nein. Jetzt, wo er es mir hinhält, doch nicht. Ich schüttle den Kopf.

Ah! Ich habe ein rotes. Ein ganz tolles Kleid, das mir Kaal geschenkt hat. Das ist perfekt. Und es ist in einer Schachtel, wie ich es mir immer gewünscht habe. Aber die ist draußen im Vorzimmerschrank.

Ich deute Nat zu warten und laufe raus. Endlich! Sit ist dran. »Happy Birthday, du Nicht-Geburtstagskind.«

»Danke, aber wir haben jetzt keine Zeit zum Scherzen. Packt euch zusammen. Doris auch. Wir fliegen in zwei Stunden oder so nach München. Christina und ich kommen euch im Studio abholen.«

Stille.

Was daran hat Sit jetzt nicht verstanden?

»Bist du noch da?«

»Hast du getrunken?«

Ich muss lachen. »Ich nicht, aber Christina. Schnaps. Zum Frühstück. Aber egal jetzt: lockere Kleidung und etwas zum Übernachten. Wir machen einen Ausflug.«

»Willst du mir auch das Ziel unseres Spontan-Ausflugs nennen?«

»Nein, das ist eine Überraschung. Aber jetzt muss ich. Wir sehen uns im Studio.«

»Versprechen kann ich nichts, aber ich seh mal zu, wen ich alles für diesen Humbug gewinnen kann.«

»Sit, ich sag dir nur eines: Jeder Einzelne von euch dreien wird es bereuen, wenn er oder sie nicht mitkäme. So, jetzt hab ich aber keine Zeit mehr und du auch nicht. Bis später.«

Nat, der mir nachgegangen ist und jetzt mein rotes Kleid, das ich aus der Schachtel rausgezogen habe, um es ihm zu zeigen, mit einem zustimmenden Pfeifen goutiert, meint amüsiert: »Ihr müsst ja eine sonderbare Bürogemeinschaft sein.«

»Warum sonst, glaubst du, heißt unser Büro das Opossum-Cave? Weil wir normal sind? Das Kleid ist übrigens von Kaal.«

»Ich kann es nicht erwarten, dich heute Abend darin zu sehen.«

»Und es ist nicht zu auffällig?«

»Nein. Es passt perfekt.«

Na dann. Auf und meinen Trolley packen.

Schuhe.

Ich brauch dafür noch passende High Heels. Die darf ich auf keinen Fall vergessen.

16

Es gibt nichts Schöneres, als in ihre überraschten Gesichter zu sehen. Ich sollte sie fotografieren. So also sieht Sprachlosigkeit, gepaart mit einem verdammt schlechten Gewissen mir gegenüber, aus. Steht beiden ziemlich gut. Am Parkplatz vor unserem Studio streckt Nat ihnen die Hand entgegen. »Nat.«

»Bo.«, »Freut mich, Sit.«, »Hi, ich bin Doris.«

Sit kommt hinter Nat zu stehen und fuchtelt in der Luft herum. Und zeigt mir den Vogel.

»Da wir es eilig haben, können wir dann bitte?«, sagt Nat und deutet in Richtung der schwarzen Autos.

»Wo gehts denn nun wirklich hin?«, fragt Bo und hat Schweißflecken auf seiner Glatze. Ich glaub, er ist aufgeregt.

»München. Last-Minute-Vorpremiere im kleinen Kreis zu meinem neuen Programm *Stripped naked*.«

»Oh Mann! Das war ja in fünf Minuten ausverkauft! Ich habs gesehen«, meldet Sit. Und das ist jetzt der Zeitpunkt, an dem ich ihn am liebsten hier am Parkplatz versauern lassen würde. »Du hast davon gewusst und mir kein Wort gesagt, Sit?«

Betroffen sieht er zu Boden. »Na ja, du weißt ja, warum.«

Nat zeigt noch einmal auf die Autos. »Wir sind mit zwei Vans hier und zwei von meinen Leuten. Nehmt ihr bitte den zweiten Van.«

Christina ist gleich im ersten Auto sitzen geblieben. Ich steige zu ihr ein, Nat ebenso. Ein Amerikaner, der wie aus dem Nichts aufgetaucht ist und uns abgeholt hat, schließt die Tür von innen. Er heißt Luis und ist ganz offensichtlich Nats Personenschutz. Der andere sitzt im zweiten Van, der hier dazugestoßen ist. Ich glaube, er hat gesagt, dass er Wade heißt. Oder Jade?

»Wir fliegen jetzt echt nach München?«

»Ja, das tun wir, Flamingo.«

Ich lehne meinen Kopf an ihn und muss sagen, das wird doch noch der beste Geburtstag meines Lebens. Auch wenn ich dafür gerade zuvor meine Mutter habe anlügen müssen. Ich habe ihr nur erzählt, dass ich den Tag mit Christina verbringe. Natürlich weiß sie von Nat, aber ich wollte ihr nicht gerade heute die gesamte Story erklären müssen. Morgen muss reichen. Vorher erfährt sie es ja ohnehin von niemandem.

Aber jetzt mit allen nach München zu fliegen und dann auch noch Nat live auf der Bühne zu sehen, ist ein Wahnsinn. Ich bin sowas von überdreht und will mir nie wieder vorstellen, dass alles anders ausgehen hätte können.

Moment einmal.

»Hast du gestern eigentlich den ganzen Abend vor meinem Haus verbracht?«

Wieso belustigt ihn diese Frage so?

»Lisa, du musst noch so einiges lernen. Ich war knapp nach dir angekommen.«

Hä?

»Und wie geht das?«

»Glaubst du, ich fliege um die halbe Welt und habe das nicht geplant? Einer meiner Leute war sogar vor dem Lokal. Er hat Luis und mir Bescheid gegeben, als du mit dem Taxi losgefahren bist.«

»Du hast mich beschatten lassen?«

»Man könnte auch sagen, ich wollte den perfekten Zeitpunkt abwarten. Ins Lokal nachzukommen, erschien mir der falsche zu sein.«

Okay. Jetzt bin ich mal still. Er weiß also, dass ich mit Christina und Dominique dort war. »Sowas machst du nie wieder!«, bricht es aus mir heraus. »Schwörst du das?«

Er zwinkert mir zu. »Ich schwöre.«

Warum glaube ich ihm dann nicht? Aber ich finde es unglaublich süß. Er hat alles getan, damit wir eine zweite Chance bekommen. Er fliegt mit all meinen Freunden nach München. Dieser Mann ist ein Held. Mein Held. Und das sollte ich ihm sagen.

Oder nein. Besser, ich zeigs ihm.

Nach dem Konzert.

***

Mir bleibt das Herz stehen.

Von wegen kleines Konzert. Die Halle ist bummvoll. Ein paar tausend Menschen jubeln Nat gerade zu. Irgendwie sieht er in dieser modernen Version eines Pharaonenkostüms arg aus. Sexy und gleichzeitig angsteinflößend. Vielleicht ist die Beleuchtung daran schuld. Nat geht zu seinem Klavier, das auf einem Podest steht, während die Band schon die ersten Takte spielt. Alles ist in ein mystisches Goldgelb getaucht, auf der Videowall sind Pyramiden und davor schwebt sein Ankh-Symbol.

Bo und Sit schreien laut auf, als Nat seine ersten Worte singt. Wie der Rest auch. Gänsehaut überzieht meinen gesamten Körper. Dieser Mann da vorne strahlt etwas gänzlich anderes aus als der Nat, den ich liebe. Da oben ist er wie eine Urgewalt. Unheimlich präsent. Das ist er zwar auch sonst, aber nicht so. Hier fehlen die Zwischentöne. Auf der Bühne ist er eine Mischung aus Sex und Magie.

Die ersten Songs heizen das Publikum immer weiter an. Es ist, als koche die Halle. Die Luft tut es auf jeden Fall. Ich kann die anderen nicht fragen, was sie zum Konzert sagen, denn sie würden mich nicht hören, aber das muss ich auch nicht. So wie alle vier mitgehen, ja, selbst Christina ist aufgestanden und tanzt am Platz mit, gefällt es ihnen.

Seine neuen Nummern sind anders als das, was ich von ihm kenne. Oder aber live ist die Musik anders. Manche Nummern gehen ineinander über oder dauern lange, weil sie mit einigen Soli gespickt sind.

Plötzlich tippt mir jemand auf die Schulter.

Es ist Nats Bodyguard Luis.

»What?«, schreie ich ihn an, ohne unhöflich sein zu wollen. Aber er deutet mir, dass ich mitkommen soll. Ein zweiter Mann, ebenfalls über einen Meter neunzig, steht neben ihm.

Ich klopfe auf Christinas Schulter und versuche, ihr ins Ohr zu brüllen, dass die beiden Männer wollen, dass ich ihnen folge. Sie nickt.

Vielleicht macht Nat eine Pause und will mich in der Garderobe sehen?

Blödsinn.

Bei so einem Konzert gibt es keine Pause.

Der eine in schwarzen Jeans und einem schwarzen Sakko geht vor, Luis dicht hinter mir. Also wo auch immer sie mit mir hinwollen, das kann dauern. Und ich hasse es, mich an verschwitzten Körpern vorbeizuquetschen.

Wir erreichen einen Ausgang, hier ist es besser.

»He wants you on stage«, erklärt mir Luis, während wir einen Gang durchqueren.

Ich brems mich abrupt ein.

Nat will mich auf die Bühne holen? Nur über meine Leiche. Ich hab schon jetzt Schnappatmung.

»No. I can't do that!«

Luis lächelt und meint: »I guess you will.«

Bevor ich ihm in aller Ausführlichkeit meine hundert Gründe nennen kann, warum das eine saudumme Idee von Nat ist und warum ich dort oben, direkt vor all den Menschen, einen Herzinfarkt haben werde, legt mir der andere Bodyguard einen Arm um die Schultern und schiebt mich quasi vorwärts.

Warum tut Nat mir sowas an? Er hätte mich doch fragen können, ob ich das überhaupt will. Und was will er mit mir auf der Bühne? Ein Duett wird es wohl eher nicht sein. Selbst der Hund meiner Mutter legt die Ohren an und beginnt zu winseln, wenn ich mal irgendwo mitsinge.

Wir gelangen zum seitlichen Rand der Bühne.

Luis sagt etwas in sein Headset, aber ich kann es nicht verstehen.

Auf der Bühne gehen die Lichter aus. Völlig.

Alles ist schwarz. Woher soll ich jetzt wissen, ob mir schwarz vor den Augen wird und ich mich bei einem der beiden anhalten muss, um nicht umzukippen? Aber spätestens wenn hier alles vorbei ist, wird schon irgendeiner über mich stolpern. Falls ich umgefallen bin.

Nat erscheint wie ein Gespenst und umarmt mich.

»Ich brauche jetzt deine Unterstützung.«

Hey, ich kann ihm einen Kuchen backen, Schokoeis holen oder von mir aus nackt in seiner Garderobe auf ihn warten. Aber das wars.

»Ich tue alles für dich, aber ich kann nicht auf diese Bühne gehen.«

»Doch, du kannst. Ich bin ja da. Das wird einer der wichtigsten Momente meines Lebens und ich will dich dabeihaben. Aber ich schwöre, du musst keinen Ton sagen.«

Meine Beine beginnen zu zittern und ich frag mich, ob die ein Speisackerl haben.

»Aber ...«

Doch mir hört niemand zu. Im Gegenteil. Nat zieht mich an seiner Hand mit.

Shit. Sie richten einen Scheinwerfer auf uns beide.

Ich halte mir die Hand vor die Augen.

Das muss ja großartig aussehen. Vorne der Pharao und an seiner Hand zerrt er eine störrische Sklavin mit, die so verschreckt aussieht, als würde er sie demnächst einem Krokodil zum Fraß vorwerfen.

Ich muss mich zusammenreißen. Wenigstens meinen Körper durchstrecken.

Okay. Geht ja.

Er geht zum Mikrofonständer. Seine Musiker sitzen oder stehen auf der Bühne herum und starren mich alle an. Sorry. Ich hab gerade keine Zeit, mich euch persönlich vorzustellen.

»Are you doing good, Munich?«, brüllt er in die Menge. »Yeah!«, schallt es uns entgegen.

Schon seltsam. Nat ist gebürtiger Deutscher, aber auf der Bühne hat er noch nie ein Wort Deutsch gesprochen.

»Ich hab euch gefragt, ob es euch gut geht!«, schreit er noch lauter und die Menge ist knapp vor dem Ausrasten.

Erschrocken sehe ich ihn an. Was wird denn das jetzt?

»Ihr wisst, mein neues Programm heißt *Stripped naked*.« Sie brüllen weiter.

»Was hast du vor?«, zische ich in seine Richtung, aber er ignoriert mich.

»*Stripped naked* heißt, es soll aufs Wesentliche ankommen, oder?«

Sie schreien »Jaaa!«.

Die ägyptischen Pyramiden hinter uns auf der Videowall lösen sich in Luft auf. Ersetzt werden sie durch ein weißes Muster. Sonst nichts.

Sein schwarzer Flügel wird hinausgeschoben. Ein weißer auf die Bühne.

Selbst seine Backgroundsängerinnen haben sich umgezogen. Sie stehen nun in bodenlangen weißen Kleidern da.

Nur Nat ist noch im Umhang und trägt seine Maske.

»Stripped naked, oder?«, schreit er ins Mikrofon.

Jetzt können sie dann die Rettung rufen. Für mich und für die da unten. Die Halle bebt. Einige beginnen zu springen und skandieren »Maske ab! Maske ab!«.

Das können sie sich ja wünschen, aber es wird nie passieren.

»Wollt ihr das wirklich?«

Was will er denn noch von diesen armen Menschen? Wenn er so weitermacht, stürmen sie die Bühne. Diese aufgeheizte Menge jagt mir Angst ein.

Und er tut es.

Nimmt sich die Maske vom Gesicht, lässt theatralisch seinen Umhang fallen und steht in einer eng anliegenden weißen Hose und einem offenen weißen Hemd da. Er trägt eine Kette mit einer diamantbesetzten Variante seines Ankh-Symbols und fährt sich durchs verschwitzte Haar.

»Okay. This is me«, sagt er in einem völlig anderen Tonfall. Leise. Beherrscht. Und sie kreischen wie damals bei den Beatles.

»And this is she: Lisa. The love of my life.«

Unter tosendem Applaus nimmt er mich in die Arme und küsst mich. Alles dreht sich um mich, alle Scheinwerfer bis auf einen gehen aus und die Musiker beginnen zu spielen.

Hat er das jetzt alles wirklich getan? Seine Maske gelüftet und wildfremden Menschen gestanden, dass er mich liebt? Nat löst sich von mir, nimmt das Mikrofon und hält meine Hand fest.

Erdboden, bitte tu dich auf!

»I love you«, flüstert er ins Mikrofon und beginnt zu singen.

»She, she is the one that I came running to,

even though I never thought I would.

She, she was the one that made me laugh again,

in an hour I thought I never could.

She, just look at this innocent face of hers.«

Er deutet auf mich und alle schreien.

Ich pack das alles nicht.

»You can't do her any harm, but yes, you know I did.

There I was, alone underneath all of those stars …,
moments, when I thought I'd better quit.
Seeking salvation in yet another drink, one of those bars.«

Die Musik schwellt immer weiter an. Plötzlich hält Nat seinen Arm hoch. Verzweifelt sehe ich ihn an.

Oh. Er will, dass ich mich an seiner Hand drehe.

Schaff ich.

Am Ende zieht er mich an sich und singt weiter. Das Mikrofon ist direkt vor meinem Hals.

Nur nicht atmen. Sonst zerstöre ich alles.

»But you, you are the one that I come running to,
even though I never thought I would.
You, you are the one that makes me love again,
in a life I thought I would never care again.
So if you love me, girl,
like I love you, girl,
now it's in your hand,
make me the happiest man
here on earth.«

Er singt noch eine weitere Strophe und noch einmal den Refrain.

»I love you«, sagt er zum Schluss ganz laut und küsst mich noch einmal.

Bevor ich weiß, wie mir geschieht, wirbelt er mich herum, ich komme an seiner Seite zum Stehen und er verbeugt sich neben mir.

Nat lässt meine Hand los und geht einen Schritt zur Seite. Er schickt mir einen Luftkuss und?

Ah. Ich soll gehen.

Einfach so? Jetzt, wo ich mich wohlfühle?

Schade. Er sieht so heiß aus. Weiß steht ihm sowas von gut.

Ich murmle in seine Richtung: »Ich lieb dich auch!«

Er hält das Mikrofon zu Boden, kommt auf mich zu und flüstert in mein Ohr: »Heirate mich!«

Was?

»Ja«, flüstere ich zurück.

Nat strahlt. Alles an ihm strahlt. Mit funkelnden Augen raunt er: »Ich muss hier noch ein Konzert zu Ende bringen, wir reden später weiter.«

»Ja.«

Ich küsse ihn und laufe von der Bühne. Könnte auch sein, dass ich fliege.

Kommentieren seine Fans eigentlich alles mit frenetischem Applaus und Jubelgeschrei?

Luis nimmt mich in Empfang und schmunzelt. Ich schau ihn an. Er kann es nicht gehört haben, oder?

Plötzlich nickt er und deutet lachend auf sein Headset.

Oh Gott!

Alle hier haben es gehört.

Aber warum auch nicht?

Mich hat gerade der Mann meines Lebens gefragt, ob er mich heiraten will. Ich muss jemanden umarmen. Dann eben Luis.

Der Bär von einem Mann drückt mich kurz fest an sich und flüstert: »Congratulations. Just make him happy.«

»I will.«

»I know you will. Stay blessed.«

Wie lieb. Kein Weißer würde in so einer Situation sagen, dass ich gesegnet bleiben sollte. Aber ich mag es. Und ich mag Luis.

Er fragt mich, ob er mich zu den anderen bringen soll oder ob ich hierbleiben möchte. Natürlich bleibe ich hier. Keine Sekunde will ich Nat mehr aus den Augen lassen. Ich bin so aufgedreht, dass ich zum Song zu tanzen beginne. Ausgelassen. Innerlich die Welt umarmend. Äußerlich machen jedoch meine Arme die unglaublichsten Verrenkungen.

So lange, bis Luis sich zu mir beugt und lachend sagt: »Jeeze,
you dance like a white girl.«

Ups.

»I am a white girl.«

»Uh huh, something we got to work on.«

Heißt das, er mag mich?

Muss so sein, denn bislang hat er überhaupt nichts Persönliches gesagt.

Gut. Dann tanze ich eben wie eine Weiße. Da ich aber vor lauter Glück nicht weiß, wohin mit meinen Gefühlen, und ich Nat
nur zuhören und zusehen, statt ihn zu umarmen und küssen,
kann, tanze ich weiter.

Vielleicht mit weniger Armbewegungen.

17

Aufgeregt gackernd wie die Hühner erreichen wir Nats Suite. Wir mussten durch den Lieferanteneingang ins Hotel. Abgeschirmt durch seine Sicherheitsleute. In der Lobby und vor dem Hotel warten jede Menge Fans und Journalisten. Christina hat sich bei mir untergehakt. Händchen haltend, so habe ich sie schon lange nicht mehr gesehen, gehen Bo und Doris vor uns.

Wieder und wieder bedanken sich alle für den tollen Abend. Sit sagt in Richtung Nat: »So cool, Bro. Und wir waren dabei, als du die Maske hast fallen lassen. Ich packs nicht. Das ist ein Stück Musikgeschichte, und wir waren alle live dabei.«

Nat klopft ihm auf die Schulter. »Danke. Es ist für mich ungewohnt, ohne Maske aufzutreten. Ich wollte ja nie in der Öffentlichkeit stehen. Doch ab heute wird sich in meinem Leben vieles ändern, aber zum Guten, wie ich hoffe.« Dabei schickt er mir einen verschwörerischen Blick.

Mein Herz schlägt höher. Kein Wort habe ich über seinen Heiratsantrag verloren. Zu niemandem. Nur seine Bodyguards wissen davon. Aber ich denke, es war wohl mehr ein emotionaler Ausbruch aus der Situation heraus als ein ernst zu nehmender Antrag. Ein schönes Gefühl ist es trotzdem.

Luis spricht etwas in sein Headset und öffnet die Tür zur Suite. Er geht vor, wir folgen ihm durch den großen Vorraum in Richtung Wohnzimmer. Mein Magen knurrt laut. »Entschuldigung«, murmle ich. Aber ich habe nur am Nachmittag eine Kleinigkeit gegessen und bin jetzt echt hungrig. Hoffentlich können wir uns etwas vom Zimmerservice bestellen.

Nat bleibt stehen, daher bleiben alle stehen.

Er greift mit einer Hand zur Türklinke.

»Happy Birthday, Babe!«

Schwungvoll öffnet er die Tür und »Happy Birthday to you« ertönt. Nicht aus der Konserve. Nein!

Oh Gott! Im Wohnzimmer sind alle seine Musiker und Backgroundsängerinnen und singen mir ein A-capella-Ständchen. Die Stevie-Wonder-Version, zu der sie im Rhythmus klatschen. Ich liebe sie!

Und ... Kann das sein?

Ich schlage die Hände vor dem Gesicht zusammen.

Kaal kommt mir entgegen. Mit geöffneten Armen. Ein Rausch an Eindrücken blitzt durch mein Gehirn: Überall stehen Vasen mit flamingofarbenen Rosen. Große Kerzen. Auf der Seite ist ein Buffet aufgebaut. Auf einem der beiden Couchtische steht eine große Schale mit Eis, in der Champagnerflaschen, schätze ich mal, liegen. An ihr ist ein riesiger Luftballon mit ›Happy Birthday‹ befestigt.

Während alle in das Ständchen einstimmen, umarmt mich Kaal innig. »Auch von mir alles Gute, Herzchen«, sagt er leise in mein Ohr.

Ich muss schlucken. Damit habe ich nicht gerechnet, aber es ist einfach nur schön.

Kaal drückt meine Hand und Nat steht vor mir und singt mit.

Unter Applaus endet das Lied. Nat zieht mich eng an sich heran. »Ich hoffe, ab jetzt magst du Geburtstage wieder. Ich liebe dich.«

»Ich weiß gar nicht, was ich sagen soll, Nat!«

»Sag nichts. Ich bin bloß froh und dankbar, dass du durchgehalten hast. Glaub mir, du hast dich richtig entschieden, weil du dich für uns entschieden hast.«

Mir wird warm ums Herz. Wobei, noch wärmer, und ich zerfließe hier vor allen. Ich spüre, wie rot meine Wangen sind. Dieser Tag, der heute um kurz nach ein Uhr morgens begonnen hat, ist die Achterbahnfahrt meines Lebens. Mit nichts vergleichbar.

Niemals erträumbar. Und irgendwie kann ich nur hoffen, dass ich nicht aufwache, alleine im Bett liege und zum Schluss kommen muss, dass ich das alles nur geträumt habe. Zwar sehr lebhaft, aber eben doch nur geträumt.

»Zwick mich!« Ich halte Nat meinen Arm hin.

»Sicher?«

»Ja, sicher. Mach schon.«

»Aua!«

»Du wolltest es«, grinst er.

»Stimmt, aber jetzt bin ich sicher, dass ich nicht träume. Das ist der schönste und aufregendste Geburtstag meines Lebens. Danke, Nat.« Ich küsse ihn. »Und ich liebe dich auch.«

Auch die anderen kommen, um mir persönlich zu gratulieren, während ein Kellner eine Geburtstagstorte hereinschiebt. Ich schlage die Hände vor dem Gesicht zusammen. So viel sind dreiundvierzig weiße Kerzen? Verdammt, bin ich alt!

In der Mitte ist eine Lebenskerze in Rosarot und lauter Marzipanflamingos zieren die weiße Torte.

»Ist die herzig!« Christina ist mir zuvorgekommen. Genau das Gleiche wollte ich auch gerade sagen.

Im Schein der Kerzen, irgendjemand hat das Licht abgedreht, sieht der riesige Raum wahnsinnig romantisch aus. Ich sehe in lauter fröhliche Gesichter. Nat hat hier eine kunterbunte Schar an Menschen rund um mich versammelt. Seine zwei Backgroundsängerinnen sind mir schon vor dem Konzert unglaublich sympathisch gewesen. Sie sehen wie Schwestern aus, dabei stammt Meron aus Haiti und Andy aus Kamerun. Mit einem Lachen im Gesicht tanzen sie vor mir herum. »You got to make a wish!«, sagt Andy und sie deutet, ich solle die Kerzen ausblasen.

Nichts einfacher als das.

Es soll alles so bleiben, wie es ist. Mit Nat, meinen besten Freunden und mit vielleicht neuen, die mein Leben ganz sicher bereichern werden, an meiner Seite, kann mein neues Lebensjahr nur das beste meines Lebens werden. Nur schade, dass meine Mutter und mein Bruder nicht hier sind. Das muss ich nachholen, denn sie müssen Nat unbedingt kennenlernen.

Das ist mein Wunsch.

Ich hole tief Luft, beuge mich tief über die Torte und blase einmal reihum.

Alle Kerzen sind aus.

»Ahhh!«, höre ich mich gellend aufschreien.

Mit dem Gesicht voraus bin ich in der Torte gelandet. Arme reißen mich nach hinten.

Ich steh da, wisch mir Zuckerglasur aus den Augen und geniere mich in Grund und Boden. Wie hat das denn nur passieren können?

»Ich seh furchtbar aus, oder?«

Nat pflückt Kerzen von meinem Kleid. Christina fummelt an mir herum. »Meine Güte. Mir tut das so unendlich leid, Lisa. Ich bin einfach im Stehen mit den Stöckelschuhen umgeknickt.«

Ich sehe auf ihre Füße. Sie steht barfuß vor mir.

»Oh nein! Hast du dir wehgetan?«

»Ich weiß nicht, es hat kurz in meinem Knöchel gebrannt, aber es scheint alles gut zu sein. Aber ich hab Kaals Kleid ruiniert!«

Der bereits vom Sofa gegenüber aufgesprungen und zu mir geeilt ist. Auch er beginnt an meinem, also eigentlich seinem, Kleid herumzuzupfen. »Kindchen, dieses Kleid ist nicht mehr zu retten. Frontalcrash. Aber es lässt sich ersetzen. Viel wichtiger ist, dass du dir nicht mit den Kerzen die Augen ausgestochen hast. Ich will mir gar nicht ausmalen, was das Wachs alles hätte anrichten können.«

Betreten sehe ich mir die Bescherung genauer an. Frontalcrash trifft es. Die Torte sieht erbärmlich aus. Das ist echt schade.

»Hat jemand einen Spiegel?«

»Nein, du kommst mit mir ins Bad.«

Doris, Bos Frau, will auch mit. »Ich hole dir deinen Trolley aus dem Schlafzimmer. Nat kann mir sagen, wo das ist.«

»Danke. Aber ich hab bloß noch eine Jeans mit.«

Mein schöner Abend ist kaputt. Wie eine Prinzessin habe ich mich gefühlt. Neben Nat. In dem tollen Kleid. Christina hat mich vor dem Konzert geschminkt und es hat wundervoll ausgesehen. Selbst für mich, und ich bin, was mein Spiegelbild angeht, echt kritisch.

»Mach dir keine Sorgen, du bist auch so die schönste Frau der Welt.« Nat versucht mich zu trösten, was lieb ist, aber »Ja, die hübscheste Miss-Birthdaycake vielleicht, und das auch nur deshalb, weil vermutlich einer der Marzipan-Flamingos in meinem Haar klebt und mir das, weil es so peinlich ist, keiner von euch sagt.«

Alle lachen.

So witzig war das jetzt nicht gemeint.

»Schlüpf in den Bademantel und wenn du im Badezimmer fertig bist, lass es mich wissen.« Er verzieht seine Brauen und zwinkert mir zu. »Heute ist doch dein Geburtstag, da werden Träume wahr.«

»Tortenkuss?«

Er neigt sich zu mir.

»Unbedingt, ich brenne schon darauf, endlich zu wissen, wie sie schmeckt.«

Nat küsst mich, aber ich checke genau, dass er sich dabei verrenkt, einfach weil er nicht ebenfalls Torte im Gesicht haben will.

»Auseinander, ihr Turteltauben, oder heiraten.« Wieso packt Christina justament diesen blöden alten Spruch aus? Weiß sie was? Ich mustere sie, aber da sie mich bei der Hand nimmt und losgeht, habe ich nicht sehen können, ob sie diese zusammengekniffenen Augen und den spitzen Mund hat. Beides Zeichen dafür, dass sie etwas ahnt.

Christina öffnet die Tür zum Bad.

»Wow! Das ist ja eine Wellness-Oase und nicht einfach nur ein Badezimmer!«

»Ja, das kann man wohl sagen. Aber vergiss nicht, seit heute Nacht bist du die Freundin eines Weltstars. Und, und das wollte ich dir schon nach dem Konzert sagen, ab jetzt musst du aufpassen.«

Ah. Da ist ein Spiegel.

»Worauf denn? Oh Christina! Du hättest mir aber echt sagen können, wie ich ausschau!«

»Wie eine, die kopfüber in eine Torte gefallen ist.«

Ich dreh mich um. »Das ist nicht lustig und du warst schuld.«

»Stimmt. Und es tut mir noch immer leid. Ich bin ein Partycrasher. Heute früh und jetzt wieder.«

»Nein. Bist du nicht. Weißt du was? Ich dusche schnell und dann zieh ich eben meine Jeans und ein T-Shirt an.«

»Oder den hier.«

Sie hält mir einen weißen Bademantel hin. Keiner von den typischen Hotelmänteln. Der ist viel schöner. Edler.

Die Tür geht auf, Doris kommt herein und mein Trolley, den sie hinter sich herzieht, klappert am sandfarbenen Fliesenboden.

»Eine Minute. Ich beeile mich!«

Blöd, dass ich aber auch Haare waschen muss.

»Ich hole uns Champagner«, grinst Doris mich an. »Wenn schon, dann machen wir es uns hier jetzt richtig gemütlich.«

Und weg ist sie. Christina und ich sehen einander verdutzt an. »Hast du sie schon einmal zwei Sätze auf einmal sprechen hören? Und jetzt will sie auch noch Champagner im Badezimmer trinken?«

»Tja, dieser Abend hat so einiges verändert«, flöte ich ihr zu und verschwinde hinter der Glaswand der Dusche und drehe sie auf.

»Ach ja? Ich frag mich seit über einer Stunde, was der Grund für dein Dauergrinsen ist.«

»Ich höre dich nicht!«

Hab ich es nicht gewusst? Nichts kann man ihr verheimlichen. Nichts. Aber von mir erfährt sie diesmal auch rein gar nichts. Wer weiß, ob er sich morgen noch an seinen Heiratsantrag erinnert. Und wie stehe ich dann da?

Ich lasse das Wasser über meinen Körper rinnen.

Herrlich.

Christina klopft an die Scheibe.

»Du, da hat jemand Blumen für dich abgegben.«

Ich stecke den Kopf raus. »Was? Im Bad?«

»Äh nein, aber Nat hat gemeint, du sollst die Karte besser gleich lesen.«

Schon hält sie mir ein kleines Kuvert her.

»War die in diesem riesigen Strauß da?« Er ist bunt und wunderschön. Christina frischt ihn gerade im Waschbecken ein. »Ja. Keine Ahnung, warum der Strauß Nat so wichtig ist.«

Ich auch nicht. Also mache ich mit tropfenden Fingern den Umschlag auf.

Und mein Herz bleibt stehen.

Da steht nur ein einziger Satz. ›Willkommen in der Firma, Lisa! John‹

Rechts oben ein Pentagramm. Das umgedrehte mit den zwei Zacken oben. Das Zeichen von Baphomet. Mittlerweile weiß ich genügend über ihn. Über sie.

Tausend Gedanken rasen durch meinen Kopf.

Ich sollte rennen. Um mein Leben. Meine Seele. Was weiß ich, auf jeden Fall sollte ich weg.

»Was ist los?« Ohne mich zu fragen, nimmt mir Christina die Karte aus den Händen. Liest sie. Ich bin wie gelähmt.

Was bedeutet das?

Oh. Ich weiß, was es bedeutet. ›Wir haben dich im Auge, Lisa.‹ Das bedeutet es. ›Spiel nach unseren Regeln, dann ist alles gut.‹ Auch das bedeutet es.

Christina unterbricht meine gedankliche Fahrt in die Hölle. »Sag ist die von seinem Ex-Schwiegervater?«

Ich nicke.

»Und wieso schaust du dann so echauffiert? Das ist doch nett von ihm. Mal abgesehen von der Wortwahl.«

Ihre Unwissenheit möchte ich haben. Und etwas zum Anziehen. Turnschuhe zum Weglaufen. »Kannst du Nat etwas ausrichten?« Sie schickt mir einen ihrer Blicke. »Sorry! Bitte, Christina.«

»Ich verstehe zwar gerade rein gar nichts, aber ja. Was denn?«

»Sag ihm, ich habe mich sehr über die Blumen und die Karte von John gefreut. Und ich bin gerne in der *Firma*, solange er auch da ist.«

»Du bist ganz sicher? Diesen Schwachsinn soll ich ihm wortwörtlich ausrichten?«

»Ja. Bitte. Er wird es verstehen. Ach, noch etwas. Sag ihm auch, dass ich heute nicht mehr über seinen Ex-Schwiegervater sprechen möchte.«

Sie richtet ihre Brille.

»Noch was? Weil sonst sprichs mir aufs Handy.«

»Nein, das ist alles. Und danke, du bist die Beste.« Aber nur, wenn du schnell gehst, bevor mich mein Mut verlässt.

»Das will ich auch meinen.«

Christina zieht ab.

War das mutig oder strohdumm?

Ich drehe den Wasserhahn wieder auf.

Nein. Es war vorallem richtig. Niemals lasse ich mich von denen fertig machen. Auch nicht von John. Es reicht, wie sie Nat zugerichtet haben. Das lasse ich nicht noch einmal zu. Und sie werden mir nicht diesen Abend versauen. Reicht schon die Torte.

Gut. Ich dusche mal schnell fertig. Angst vor mir selbst kann ich dann morgen haben. Heute nicht. Heute ist mein Geburtstag.

***

Ich drehe mich vor dem Spiegel im Schlafzimmer im Kreis und könnte die Welt umarmen, nicht nur Nat.

»Wow! Jetzt bist du tatsächlich mein Flamingo.«

»Ich fühl mich aber wie eine Prinzessin. Das muss an dir liegen!«

»Und an Kaal.«

»Ist er nicht der Beste? Dieses Kleid, das er mir mitgebracht hat, ist einfach ein Traum!«

Es ist bodenlang, eng anliegend und hellrosa. Ärmellos und hochgeschlossen. Am Hals endet es mit einem weißen Bündchen und der Stoff ist fluffig und hat lange Fransen. Geschlitzt ist es zu beiden Seiten, sonst könnte man vermutlich nicht gehen. Es ist edel. Einfach ein Traum. Und er hat es mir zum Geburtstag geschenkt. Ein Wahnsinn!

Um zu mir zu passen, hat Nat sein Rockstaroutfit, Boots, Jeans, Lederjacke, gegen einen schwarzen Anzug getauscht. So könnten wir auch auf einen Ball gehen.

»Sind wir overdressed?«

Er zieht mich an sich.

»Du bist heute Abend der Star und ich der Mann an der Seite des Stars. Ich denke, wir sind angemessen gekleidet. Aber jetzt sollten wir rübergehen. Schließlich warten alle auf uns und auf dich noch einige Geschenke.«

»Dann los! Ich sag einfach, du hast so lange gebraucht.«

Er gibt mir einen Klaps auf den Po. »Wehe!«

Statt loszugehen sieht er mir tief in die Augen. »Bist du dir ganz sicher?«

»Ob ich mit dir zu den anderen will? Ja. Bin ich.«

Falsche Antwort, wie ich seinem Blick entnehme.

»Ich meine *sie*. John. Meinen Deal.«

Ich stelle mich direkt vor ihn und schlinge meine Arme um seinen Nacken.

»Was immer du machst, ich tue es mit dir. Und frag nie wieder, ob ich sicher bin, hörst du? Ich liebe dich. Nur das zählt.«

»Das wollte ich hören. Ich liebe dich.«

Er küsst mich innig, löst sich aber schnell wieder von mir und Hand in Hand laufen wir durch die beiden Räume, die zwischen dem Wohnzimmertrakt und seinem, also unserem, Schlafzimmer liegen. Ich will nicht mehr nachdenken. Heute will ich einfach glücklich sein. Mit Nat. Mit all meinen Freunden.

Die Party dürfte in vollem Gang sein, so wie es klingt. Sie spielen ›Let's go crazy‹ von Prince.

Kaum öffnen wir die Tür, höre ich ein kollektives »Ohhh!«.

Irgendwer beginnt zu klatschen. Also Applaus, einfach weil ich da bin, habe ich mein ganzes Leben noch nie bekommen. So sehr ich mich geniere, irgendwie ist es auch cool.

Einer von Nats Musikern schaltet die Musik leiser, der Kellner drückt uns Champagnerflöten in die Hand und Christina stellt sich vor mich hin. »Du siehst bezaubernd aus. Das Kleid ... also ich bin sprachlos.«

Kaal gesellt sich zu uns und ich drücke ihn fest an mich. »Danke, danke, danke! Das ist das schönste Kleid, das ich je tragen durfte.«

Er schmunzelt. »War doch gut, dass ich es mitgebracht habe.«

»Was heißt gut? Du bist ein Zauberer!«

Seine Augen lächeln glücklich und er drückt mir einen Kuss auf die Wange. »Und ich habe es nur für dich gemacht. Mein erstes Kleid seit über zehn Jahren. Happy Birthday, Lisa.«

Ich drücke ihn ganz fest. »Danke!«

»Was muss ich tun, Kaal, damit ich auch eines bekomme?«
Christina ist völlig überdreht.

»Mit einem alten Mann, wenn die Musik hoffentlich etwas
langsamer wird, ein Tänzchen wagen?«

Wir lachen. »Also das kannst du haben, auch ohne Kleid.
Aber erst muss unser Geburtstagskind seine Geschenke aufma-
chen. Komm.«

Auf einem Tisch liegen unter einem gewaltig großen Rosenstrauß noch einige Päckchen. Christinas erkenne ich, aber woher
sind all die anderen?

»Die sind alle für mich?«

»Ja. Von Nat hauptsächlich«, schmunzelt Christina.

Ich küsse sie beide und sie drückt mir ihres als erstes in die
Hand.

Zum Vorschein kommt eine breite, zylindrische Glasvase. Ge-
füllt mit Muscheln und Sand. So schön!

»Ist der von Provo?«

»Ja. Ist er. Aber schau mal genauer.«

Ich sehe nichts. Christina wird ungeduldig und greift ins
Glas. Hebt eine der großen Muscheln auf und drückt mir einen
Schlüssel in die Hand.

»*Das* ist mein eigentliches Geschenk.«

Ein Schlüssel? Sieht aus wie der zu ihrem Haus in der Karibik.
Ich bin etwas ratlos.

»Heißt das, du schenkst mir einen Urlaub?«

Sit beugt sich von hinten über sie. »Also wenn sie Urlaub bekommt, dann bestehen wir darauf, mitzukommen.«

Ihre Wangen laufen rot an. »Nein, ich ... also ich konnte ja
nicht ahnen, dass Nat wieder ...«

»Christina! Was soll der Schlüssel?«

»Ich habe alles beim Notar vorbereiten lassen: Ich schenke dir
die Hälfte meines Hauses auf Turks und Caicos.«

Ich muss mich setzen. Da aber kein Stuhl da ist, bin ich froh, dass Nat mich an der Taille hält.

»Das ist nicht dein Ernst, oder?«

»Doch! Ich schenk dir ja nicht das ganze Haus. Du musst also schon noch damit rechnen, dass ich auch dort bin«, grinst sie.

Mir ist heiß. »Das kann ich nicht annehmen, Christina.«

»Doch, und wie du kannst, außer, du willst mich verdammt unglücklich machen.«

Nat hat die ganze Zeit über nur still dagestanden. Er sieht von Christina zu mir und wieder zu ihr und lächelt. Das ist alles.

Ich steh wieder auf und falle ihr um den Hals. »Christina, danke! Mehr kann ich grad nicht sagen, das müssen wir noch in Ruhe besprechen, wenn ich wieder denken kann. Also morgen oder so.«

»Schon gut. Und bevor du dir Sorgen machst, ich kenne dich ja, die Betriebskosten zahle ich. Zu hundert Prozent.«

Ich bin so gerührt, dass ich sie einfach nur fest drücke und schlucke. Oder schluchze?

»Kannst du dann bitte weitermachen? Du hast noch ein paar Geschenke!«, motzt Sit gespielt ernst. »Wir wollen dann nämlich wieder tanzen.«

»Jaja.«

»Sie sind nummeriert«, sagt Nat und drückt mir ein rosa Päckchen in die Hand, auf dem tatsächlich im rechten oberen Eck ›1‹ steht.

Ich öffne es.

Auf Seide liegt ein Armband, auf dem ein kleiner Flamingo hängt. Er passt exakt zu meiner Kette.

»Oh ist das schön! Danke!«

Er lässt sich küssen, will aber, dass ich gleich das nächste öffne.

Es ist ein weiterer Charm für das Armband. Es ist sein Ankh-Symbol. Das mit den Flügeln. Ebenfalls mit Diamanten besetzt.

»Bevor du hier jetzt herumtrödelst und dich schon wieder bedankst, mach bitte weiter.«

Er fährt sich aufgeregt durchs Haar. Wieso denn das? So aufgeregt war er nicht einmal vor seinem eigenen Konzert.

»Ihr habt es aber alle eilig!«

Er drückt mir das dritte Geschenk in die Hand. Ein letztes liegt noch unter den Blumen. Warum sind hier alle so ungeduldig? Schon als Kind habe ich es genossen, zu Weihnachten Packerln zu öffnen. Nie habe ich sie aufgerissen, sondern immer fein säuberlich aufgemacht. Erst die Schleife, dann das Papier und erst wenn ich meine Neugier kaum mehr aushalten konnte, habe ich hineingesehen.

Diesmal ist es ein Herz. Umrandet mit Diamanten.

Wunderschön.

Ich strahle ihn an.

Nat fährt sich schon wieder durchs Haar. »Du bringst mich noch um den Verstand. Erst die Sache mit der Torte und jetzt das.«

»Was, das?«

»Würdest du bitte lesen, was draufsteht?«

Ich lese.

Starre das Herz an.

Langsam dämmert es im Nebel meiner Fragezeichen.

Er hat alles geplant gehabt? Seine Frage auf der Bühne. Alles kein Zufall.

»Würdest du es bitte laut vorlesen?«, fragt Doris.

»In English also? Please?« Das war Andy.

Ich nicke.

Mit krächzender Stimme lese ich: »Willst du meine Frau werden? Also, do you want to be my wife?«

Ein Sturm bricht los. Alle jubeln und schreien so etwas wie »Ja!«.

Nat geht mit dem letzten Päckchen in der Hand vor mir auf die Knie. »Ich weiß, Lisa, dass ich dich etwas überrumple. Aber seit dieser Nacht im Hurrikan bist du alles, was zählt. Ich bin einen weiten Weg gegangen, um heute hier sein zu können. Doch ab jetzt bitte ich dich, gemeinsam mit mir zu weiterzugehen.«

Nicht einmal weinen kann ich. Immer habe ich mir ausgemalt, wie ich in Tränen ausbrechen werde, sollte mich jemals ein Mann um meine Hand bitten. Jetzt kniet der in meinen Augen tollste, fescheste und liebevollste Mann dieses Planeten vor mir und nicht eine Träne kullert aus meinen Augen. Warum bin ich so geschockt?

Weil es jetzt ernst ist?

Vor ein paar Stunden, auf der Bühne, hab ich es eher als liebevolle Geste von Nat betrachtet. Aber hier sind wir. Vor allen. Und er fragt mich.

Er fragt *mich*.

Weiß er, was er hier tut?

»Lieselotte Walters, ich liebe dich mehr, als ich es mit Worten sagen kann. Würdest du mir die Ehre erweisen und meine Frau werden?«

Stille.

Alle Augenpaare sind auf mich gerichtet. Das spüre ich.

Nat und ich sehen uns an.

Er liebt mich.

Das sehe ich. Fühle ich.

Hat er ja auch gerade gesagt.

Unsanft schubst mich Christina.

»Sag was«, raunt sie.

»Jaaa!«, schreie ich durch den Raum und falle ihm in die Arme. Und mit ihm nach hinten auf den Boden.

Ist mir egal.

»Ja! Ich liebe dich auch!«

Mit einem Kuss verschließt er meinen Mund.

Alle klatschen und während ich ihn schmecke, in ihm versinken will, spielt plötzlich wieder Musik.

»Are you serious? Bruno Mars?«, sagt er laut nach hinten.

»I think it's just perfect«, kichert Andy und Meron drückt Sit einen Kuss auf die Wange. Er fällt beinahe um.

Herrlich!

Nat krabbelt auf und stellt auch mich wieder auf beide Beine. Alle beginnen zu tanzen und zu ›Marry you‹ mitzusingen.

Christina bückt sich und drückt Nat das letzte Päckchen in die Hand. »Ich denke, das brauchst du noch.«

»Stimmt. Danke.«

Er öffnet es, indem er das Papier einfach zerreißt.

Christina hält mich von hinten an den Schultern. Ich kann spüren, wie bewegt sie ist. Damit ist sie nicht alleine. Meine Schockstarre hat sich in einen Adrenalinschub gewandelt. Ich weiß gerade nicht, wohin mit meinen Gefühlen.

»Ich bin der glücklichste Mann dieser Welt«, sagt Nat und steckt mir einen Verlobungsring an, der sich gewaschen hat. Ein großer, eingefasster Solitär thront auf einem mit kleinen Diamanten besetzten Ring.

Gewaltsam muss ich meinen Blick von dem Ring lösen. »Bist du ganz sicher, dass du das alles willst? Dass ich das alles hier wert bin?«

Er kneift die Augen zusammen und sieht mich tadelnd an. »Wenn ich noch mal sowas höre, dann muss ich es mir tatsächlich noch einmal überlegen!«

»Tus bitte nicht!«

»Tanz mit mir.«

»Gleich?«

»Nein, morgen dann, wenn wir alleine sind.«

Er gibt Andy ein Zeichen und sie spielt Bruno Mars von vorne.

Ich schwebe. Zur Musik. Über den Parkettboden. Drehe mich unter seinem Arm im Kreis. Er zieht mich an sich, schiebt mich wieder weg. Es ist so unwirklich. Himmlisch.

Ein Märchen.

Unser Märchen.

Nat hält mich kurz in seinen Armen gefangen.

»Ich liebe dich«, flüstere ich.

»I love you more.«

Er lässt mich in einer Drehung wieder los und ich rufe den anderen zu: »Bitte tanzt mit!«

Nach gefühlten zehn Wiederholungen von ›Marry You‹ und nachdem sowohl Nat wie auch ich mit jedem getanzt haben, klopft Christina mit dem Löffel auf ihr Glas. »Darf ich euch kurz um eure Aufmerksamkeit bitten?«

Nat und ich bleiben umarmt stehen, die anderen nehmen auf den verschiedenen Sofas oder in den Couchsesseln Platz.

»Nachdem Lisas Mutter nicht hier ist, und das tut mir im Nachhinein betrachtet wirklich unheimlich leid, würde ich gerne, sozusagen als Lisas Ersatz-Mom, ein paar Sätze sagen, wenn ihr erlaubt.«

»Sie ließe es sich aber auch nicht verbieten«, flüstere ich Nat zu.

»Das hab ich gehört!«, lacht Christina.

Ich sag nichts, schick ihr aber einen Luftkuss.

»Also: Vor vierzehn Monaten habe ich meinen Urlaub zwei Wochen lang mit einem Häufchen Elend zugebracht. Ich geb ehrlich zu, damals hätte ich dich umbringen können, Nat.«

Alle lachen.

Sit gibt für die Amerikaner den Übersetzer und Christina wartet, bis er fertig ist. Jetzt lachen auch sie.

»Und glaubt mir: Dieser Wunsch ist in all den Monaten, die nun Gott sei Dank hinter uns liegen, noch gewachsen. Niemand von uns, weder Lisas Familie noch wir alle hier, ihre Freunde, haben verstanden, was euch beide verbindet.«

Kaal räuspert sich.

»Okay, okay. Bis auf Kaal. Du warst wirklich der Einzige, der Lisa immer wieder bestärkt hat, an Nat und diese Liebe zu glauben.«

Nat drückt meine Hand.

»Und bis gestern in der Früh war ich der Meinung, dass Nat ohnehin niemals mehr auftauchen würde. Aber er hat mich eines Besseren belehrt.«

Andächtig hören alle zu.

Ich liebe sie dafür, dass sie so ehrlich ist.

»Nat, entschuldige also bitte all meine Mordgelüste dir gegenüber, aber woher sollte ich auch wissen, dass es auf diesem Planeten noch Männer wie dich gibt?«

»Du hättest mir einfach glauben können«, rufe ich ihr belustigt zu.

»Oder dich mal mit uns auseinandersetzen«, meint Bo pikiert.

Alle lachen.

»Seis drum. Euch beide zusammen zu sehen, ist ...« Oh, oh! Christina schluckt und ihre Augen werden feucht. »... einfach das Schönste, das ich mir für Lisa jemals hätte wünschen können. Ähm, und deshalb gratuliere ich euch beiden hier im Namen von uns allen von ganzem Herzen zu eurer Verlobung!«

Sie erhebt das Glas, alle tun es ihr gleich.

»Auf Lisa und Nat!«

»Auf Lisa und Nat!«, wiederholen alle im Chor.

»Danke!«, sagen Nat und ich gleichzeitig. Sie kommt zu mir und ich falle ihr um den Hals.

»Das war sooo schön, Christina. Danke, noch einmal. Ach: Und du hast den Job als Trauzeugin. Falls du das möchtest.«

Sie sieht mich groß an. »Falls ich das möchte? Ich hätte dich statt Nat umgebracht, wenn du mich nicht gefragt hättest.«

Meine Christina!

Nun umarmt auch Nat sie total herzlich. So schön, dass die beiden in so kurzer Zeit zueinandergefunden haben.

»Danke. Du bist eine umwerfende Frau, Christina!«

Sie zwinkert ihm zu.

Moment einmal.

Ich zupfe an ihrem Arm.

»Du hast es gewusst? Du hast gewusst, dass Nat mich fragen wird?«

Ich spule die letzten Stunden geistig ab. Wann war sie mit ihm alleine? Ich kann mich nicht erinnern.

»Auch du musst einmal aufs WC. Und ja, da hat er mich eingeweiht.«

Oh!

Ich sehe Kaal an, der mich gerade auf die Wange küsst.

»Und du? Das Kleid war nicht nur mein Geburtstagsgeschenk, oder?«

Er schüttelt belustigt den Kopf.

Oh Gott!

Mir steigt es heiß auf.

Ich trete einen Schritt nach hinten. »Du bist ja echt eine Hexe, Christina! Ich bin nicht zufällig in die Torte geplumpst!«

»Was? Bist du nicht?«

Aha. Bo hat also nichts geahnt. Ich nehme an, Sit auch nicht. Genauso wenig wie Nats Leute hier.

»Das war doch bloß die Rache, weil du mir von Nats erstem Heiratsantrag auf der Bühne nichts erzählt hast!«

Sie macht auf beleidigt.

»Woher weißt du denn davon? Nat, hast du ihr das auch vorher gesagt?«

»Nein, denn das war spontan. Keine Ahnung, woher wusstest du das, Christina?«

»Ich kann Lippen lesen, meine Lieben. Also: Unterschätzt mich niemals. Aber können wir jetzt dieses Verhör bitte beenden? Ich muss noch mal mit Kaal tanzen, oder?«

»Mit dem größten Vergnügen, Mylady.«

»Andy? Would you play ›Damn U‹, please?«, fragt Nat sie laut.

Andy nickt. Ich hab keine Ahnung, welchen Song er damit meint.

In der Sekunde reicht Sit Meron den Arm hin und fordert sie zum Tanzen auf. Also da hat sich ja einer verschossen.

Und schon beginnt ein neuer Song.

Wow. Hab ich noch nie gehört. Aber verdammt sexy.

Nat umarmt mich und wir tanzen eng umschlungen.

»Hör ausnahmsweise nicht auf die Lyrics«, murmelt er.

»Hab ich gar nicht.« Ich bin schwer damit beschäftigt, ihm nicht den Anzug vom Leib zu reißen und hier vor allen mit ihm zu schlafen. Diese Musik tut das ihre, um diesen Wunsch geradezu übermächtig werden zu lassen.

»Prince?«

»Damn U, ja.«

»Sehr passend.«

»Wieso?«

»Nat! Ich würde am liebsten mit dir von hier abhauen.«

»Gefällt dir unsere Geburtstags-Verlobungsparty nicht, Babe?«

»Damn you«, lache ich. »Du weißt ganz genau, dass ich vor lauter Gefühlen am Explodieren sein muss. Du wirst mein Mann.«

Dieser Gedanke hängt für ein paar Augenblicke in meinem Kopf. Ist das alles wahr? Nat wird mein Mann?

»Yap. Und du meine Frau.«

Mit schnellen Tanzschritten wirbelt er mich im Kreis herum, biegt meinen Oberkörper plötzlich nach hinten. »Aber wir müssen noch ein wenig leiden!«

Nat zieht mich wieder hoch.

Bitte.

Dann lass auch ich ihn jetzt leiden.

Ich löse mich von ihm, ziehe das Kleid bis zu den Hüften hoch und lege unter Pfiffen der anderen ein Solo hin.

Wie in Trance.

Ich will ihn.

Jede Faser von ihm.

Seinen Geruch, seinen Geschmack, seine Haut … alles will ich spüren.

Er steht da und sieht mir zu. Ich kann fühlen, wie sehr es ihn erregt.

Was mich weiter anspornt.

Ich tanze um ihn herum, reibe mich Rücken an Rücken an ihm. Umschlinge sein Bein mit meinem. Lege alles, was ich empfinde, in diesen Tanz.

Vergesse mich.

Alles rund um mich.

Verliere mich in diesem Song.

In meiner Liebe für ihn.

Sanft verklingen die letzten Akkorde. Ich komme wieder zu mir.

Oh. Alle stehen im Kreis um uns herum.

Nat zieht mich an sich.

»Damn you«, grinst er und küsst mich.

»Now that was dancing like a black girl«, höre ich Luis sagen. Anerkennend. Mein Herz schlägt höher.

Schwungvoll hebt Nat mich hoch.

»Ihr entschuldigt uns?«

Ohne eine Antwort abzuwarten, geht er mit mir durch die Tür in Richtung Schlafzimmer.

Endlich!

»Und was ist mit unseren Gästen?«, frage ich, als er mich gerade durch den Salon, der vor dem Schlafzimmer liegt, trägt.

»Welche Gäste?«

Ich schmiege meinen Kopf an seinen Hals. Stimmt. Egal, was. Ich mache es lieber mit ihm. Wie kann ein Mensch so viel Glück haben wie ich? Plötzlich schießt mir Dominique durch den Kopf.

Nicht auszudenken, wenn ich schwach geworden wäre. Aus purer Verzweiflung zugestimmt hätte, seine Freundin zu werden.

Doch ich beruhige mich wieder.

Ich habs ja nicht getan. Weil ich daran glauben wollte, dass Nat irgendwann sein Versprechen einlöst und zu mir zurückkommt. Nicht in meinen wildesten Träumen habe ich mir ausmalen können, dass es so sein wird, wie es geworden ist. Manchmal zahlt es sich aus, auch in den dunkelsten Stunden den Glauben nicht zu verlieren. Der Liebe zu vertrauen. Nicht darauf zu hören, was andere sagen, sondern auf das eigene Herz.

Sanft legt er mich aufs Bett und streichelt mir zärtlich übers Gesicht.

Im gedimmten Licht sehe ich, dass seine Augen glänzen.

»Das war der emotionalste Tag meines Lebens.«

»Meiner auch.«

»Ich will nie wieder auch nur eine Nacht ohne dich verbringen.«

»Ich auch nicht.«

Mehr müssen wir nicht mehr sprechen.

Unsere Körper erzählen einander alles.

Wie aufwühlend die letzten Stunden waren. Wie sehr wir gebangt und gehofft haben, dass unser Märchen wahr werden kann. Und wie Liebe, wahre Liebe, alles zum Guten ändert.

Tief blicke ich in seine Augen.

Sehe alles in ihnen: Unsere Hochzeit. Die strahlenden Augen Christinas. Kaals. Meiner Mama. Wie die karibische Sonne auf meinen schwangeren Bauch scheint und er ihn sanft streichelt. Nat. Vor Glück weinend. Mit unserem Baby im Arm. Mich selbst, in seinen Armen erwachend und Gott dankend, dass ich all das erleben darf.

Kein Satz der Welt kann ausdrücken, was ich gerade empfinde. Es ist, als wäre ich mitten in einem Hurrikan der Vorfreude, der durch mich hindurchfegt. Vorfreude auf ein Leben mit ihm. Dem Mann meines Lebens.

Und doch wispere ich: »Ich will dich spüren.«

Und eins sein.

Mit ihm.

Der Liebe meines Lebens.

Plötzlich erklingt sein Song in mir: Love, yours shall be done …

ENDE

Danke!

Liebe Leserin, lieber Leser!

Ich danke Ihnen von Herzen, dass Sie gemeinsam mit Lisa,
Christina, Nat und Kaal nach Providenciales auf Turks
und Caicos gereist sind (natürlich steht da auch die Villa
von *Prince*). Vielleicht ist es mir gelungen, Sie für ein paar
Stunden aus dem Alltag zu entführen. Das würde mich riesig
freuen, denn genau das versuche ich mit meinen Romanen zu
erreichen.

Immer, wenn ich an genau an dieser Stelle eines Romans
angekommen bin, weiß ich, ich habe ein neues Buch geschafft.
Ich weiß aber auch, dass es ohne die vielen Menschen rund um
mich nicht möglich wäre. Daher geht eine Riesenumarmung an
mein Dreamteam!

Martina König, weil du einfach immer da bist, alles verstehst
und alles siehst!

Janos R., weil du eigentlich überhaupt alles machst!

Zu meinem Dreamteam gehören aber auch all die Frauen und
Männer, die mich seit Jahren unterstützen und mir den Rücken
stärken – meine Powerprinzessinen und Prinzen. Meine
Freundinnen, Leserinnen und Bloggerinnen, ohne die mein
Miraversum sehr einsam wäre.

Tja, es soll auch schon vorgekommen sein, dass zwei ganz Liebe
wegen mir extra den Weg von Linz nach Wien angetreten sind,
bei Salvo auf ein Glaserl waren und mich bei einer Lesung
überrascht haben.

Ehrlich. All das rührt mich zutiefst! Was wäre ich ohne euch
alle?
Ohne *Sie*, meine Leserinnen und Leser?

Eben.
Ein großes Danke geht auch an all die vielen YouTuber/innen,
die mich mit ihren Videos über ‚Verschwörungstheorien‘
inspiriert haben. Und natürlich an Prince Rogers Nelson –
musikalisch die Liebe meines Lebens.

Keep on dreamin' und bleiben Sie mir bitte gewogen!

Stay blessed,

Ihre

Mira Morton

www.miramorton.com

Email: principessa@miramorton.com

Instagram: @mortonmira

Facebook: www.facebook.com/MortonMira

Übersetzungen

Love, Yours Shall Be Done
The Egyptian, written by *Mira Morton*

Love, I want to run,
I can no longer lie,
I can no longer die,
no longer can I resist that butterfly
turning my inside out and so I sigh …

Liebe, ich möchte flüchten,
ich kann nicht länger lügen,
ich kann nicht länger sterben.
Nicht länger kann ich diesem Schmetterling wiederstehen,
der mein Innerstes nach außen kehr und daher seufze ich …

Love, I want to hide,
I need some more strength,
'cause I have to win this fight.

Liebe, ich möchte mich verstecken,
ich brauche etwas mehr Kraft,
weil ich diesen Kampf gewinnen muss.

Love, yours shall be done!
I can no longer lie,
I can no longer die,
no longer can I resist that butterfly
turning my inside out and so I sigh …
Love, yours shall be done!
Yours … my love … shall be done …
Love, yours shall be done!

Liebe, deines soll geschehen,
ich kann nicht länger lügen,
ich kann nicht länger sterben.

Nicht länger kann ich diesem Schmetterling wiederstehen,
der mein Innerstes nach außen kehr und daher seufze ich …
Liebe, deines soll geschehen!
Deines … meine Liebe … soll geschehen …
Liebe, deines soll geschehen!

Love, I can no longer,
no, I don't any longer,
want to carry this ton,
that makes me weak.
'Cause I only seek
with this trembling heart of mine,
your sun to always shine.

Liebe, ich kann nicht länger,
nein, ich will nicht länger
diese Tonne tragen.
Denn ich sehne mich,
mit diesem, meinem zitternden Herzen …
dass deine Sonne immer scheint.

And I will try,
to no longer run,
to no longer cry
for you,
my love,
yours shall be done.

Und ich werde versuchen,
nicht länger zu flüchten,
nicht länger zu weinen,
für dich,
meine Liebe,
deines soll geschehen.

This Is She
The Egyptian, written by *Mira Morton*

She, she is the one that I came running to,
even though I never thought I would.
She, she was the one that made me laugh again,
in an hour I thought I never could.
She, just look at this innocent face of hers.

Sie, sie ist die, zu der ich gelaufen komme,
auch wenn ich niemals gedacht habe, dass ich das würde.
Sie, sie war diejenige, die mich wieder zum Lachen gebracht hat,
in einer Stunde, ich der ich dachte, ich könnte es nie mehr.
Sie, sieht dir nur dieses unschuldige Gesicht von ihr an.

You can't do her any harm, but yes, you know I did.

There I was, alone underneath all of those stars ...,

moments, when I thought I'd better quit.

Seeking salvation in yet another drink, one of those bars.

Du kannst ihr nichts Böses antun, aber ja, du weißt, ich habe es
getan.
Da war ich, alleine unter all diesen Sternen ...,
Momente, in denen ich gedacht habe, ich gebe besser auf.
Nach Erlösung suchend in noch einem dieser Drinks, einer dieser
Bars.

But you, you are the one that I come running to,
even though I never thought I would.
You, you are the one that makes me love again,
in a life I thought I would never care again.
So if you love me, girl,
like I love you, girl,
now it's in your hand,
make me the happiest man
here on earth.

Aber du, du bist die, zu der ich gelaufen komme,
auch wenn ich niemals gedacht habe, dass ich das würde.
Du, du bist die, die mich dazu bringt wieder zu lieben,
in einem Leben, in dem ich gedacht habe, mich würde nichts
mehr kümmern.
Wenn du mich liebst, Mädchen,
wie ich dich liebe, Mädchen,
jetzt liegt es in deiner Hand,
mach mich zum glücklichsten Mann
hier auf Erden.

I love you.

Ich liebe dich.

Quellennachweise

Meine Geschichte sowie sämtliche Charaktere darin sind frei erfunden. Doch zur Einbettung in die Realität habe ich Namen von realen Personen, Filmen und Filmfiguren, Institutionen, Marken, Firmen, Sehenswürdigkeiten, Lokalen und Locations etc. erwähnt:

Markennamen, Firmen und/oder Produkte: *Nespresso, M&M's, Lilienporzellan, WhatsApp, Snickers, Netflix, WhatsApp, GQ-Magazin, Tanzschule Willy Elmayer-Vestenbrugg, Google, Porsche Panamera Hybrid, GoPro, YouTube, Ray-Ban*

Bands, Künstler, Schauspieler: *Prince, Kiss, Lordi, ABBA, George Clooney, Johnny Depp, Bette Davis, Doris Day, Marilyn Monroe, Grace Kelly, Pierce Brosnan, Paul McCartney, Beatles, Lady Diana, Charles, Prince of Wales, Bruno Mars, Beyoncé, Lukas Graham, Steve Wonder*

Fernsehsendungen, Filme, Serien: *›Pretty Woman‹, ›Dame Edna‹, ›Mamma Mia 2, Here we go again‹*

Autoren: *Dan Brown*

Andere: *Ku-Klux-Klan, Heinrich Schliemann*

Locations und Lokale: *Pronto da Salvo (Spiegelgasse 2, 1010 Wien), Olympiahalle München (Spiridon-Louis-Ring 21, 80809 München), Hotel Imperial (Kärntner Ring 16, 1015 Wien)*

Des Weiteren habe ich Songs und deren Interpreten genannt:

›One Of Us‹ von *ABBA*:
Aus dem Album *The Visitors*, 1981

›Yesterday‹ von *The Beatles*:
Aus dem Album *Help!*, 1965

›**Let's Go crazy**‹ von *Prince*:
Aus dem Album *Purple Rain*, 1984

›**Damn U**‹ von *Prince*:
Aus dem Album *Love Symbol*, 1992

›**7 Years**‹ von *Lukas Graham*:
Aus dem Album *Lukas Graham (Blue Album)*, 2015

›**Happy Birthday**‹ von *Stevie Wonder*:
Aus dem Album *Hotter Than July*, 1980

›**Marry You**‹ von *Bruno Mars*:
Aus dem Album *Doo-Wops & Hooligans*, 2010

›**5. Sinfonie**‹ von *Ludwig van Beethoven*

All dies macht meine Geschichte bunter und bettet sie in eine
Realität ein, die Sie und ich kennen!